Kugane Maruyama | illustration by so-bin

마루야마 쿠가네 지음 **김완** 옮김

OVERLORD [16] The half elf God-kin

하프 엘프 신인 下

16
오버로드

Contents **목차**

4장 마을에서의 생활

Chapter 4 | A Life in the Village

1

아인즈는 마레와 함께 다크엘프 마을을 향해 걸었다.

마레는 평소의 여장이 아니라 아인즈가 보유했던 남성용 옷을 입고 있었다. 이것은 아우라에게 빌려준 것과 마찬가지로, 안에 데이터 크리스털이 들어있지 않은 ——마력이 담기지 않은——외장뿐인 물건이다.

이 세계의 아이템은 마화(魔化)되지 않으면 자동으로 사이즈를 맞춰주거나 하지 않지만, 이것은 위그드라실의 아이템이므로 마레에게 딱 맞는다. 다만 방어능력은 평소보다도 극단적으로 저하되었으니 전투할 때는 신중을 기해야만 할 것이다.

처음에는 아인즈도 두 사람에게 다른 옷을 입히는 게 좋지 않을까 생각했다.

쌍둥이에게 들은 말이었지만, 부글부글찻주전자가 평소의 장비품 이외에도 두 사람에게 마련해준 아이템이 많이 있었기 때문이다.

하지만 그중에, 이번과 같은 장소에 갈 때, 신분이나 실력을 숨기기에 적합한 것이 있느냐고 묻는다면, 유감스럽게도 고개를 가로저을 수밖에 없었다. 평소의 장비품 이외의 것이라고 하면 아우라의 인형탈 아머나 마레의 드레스 아머 등, 아인즈의 평가로는 개그 아이템으로 분류될 것들이 대부분이었기 때문이다. 따라서 두 사람의 옷은 아인즈가 마련하게 되었다.

게다가 이것은 아인즈의 계획이다. 그렇다면 그 계획에 필요한 물건을 아인즈가 마련하는 것은 당연하다.

그렇다면 세 사람의 외장이 완전히 똑같은가 하면, 아인즈와 마레의 차림에는 아우라와 크게 다른 점이 한 가지 있었다.

그것은 두 사람의 얼굴 아래쪽 절반을 마치 마스크 같은 천으로 감싸고 있다는 점이었다. 머리에도 천을 써서 이마 언저리까지 덮었으므로 눈 이외의 모든 부분을 가린 상태였다.

마레에게는 더울 수도 있으니 미안하지만, 아인즈를 위해 동참시키기로 했다.

마을 입구──솔직히 입구라고 할만한 장소는 없지만──에 아우라의 모습이 보였다. 아인즈와 마레가 다가오는 것을 봤다거나 우연히 타이밍 좋게 그곳에 있었던 것은 아니다. 〈전언 Message〉으로 연락을 했으므로 기다려주었던 것이다.

그 뒤에 아우라의 신자 다크엘프 일행이 보였다. 아우라와 마찬가지로 지상에 있다. 나무 위에서 일상생활을 하는 엘프들에게는 보기 드문 모습이다. 아무리 마을 근처라고는 하지만 위험한 지상에 서 있는 것은 강자인 아우라를 신뢰해서일까, 아니면 신앙하는 인물과 같은 장소에 있고 싶다는 마음 때문일까.

그리고 나무 위—— 나무에 걸린 다리에는 아인즈와 마레를 쳐다보는 다른 다크엘프들의 모습이 있었다. 옆사람과 무언가 이야기를 나눈다. 거리가 멀어 내용은 들리지 않지만 분명 아인즈와 마레의 화제일 것이다.

"사사, 삼촌! 마레!"

조금 멋쩍은 듯 ——모두에게 들리도록—— 아우라가 손을 흔들고, 아인즈는 웃음으로 받아주었다.

'443촌이냐'고 말해주고 싶은 마음도 들었지만 아우라의 실수를 놀리는 꼴이 될 것 같아 꾹 참았다.

"여어, 아우라! 삼촌 왔다!"

아인즈는 활달한 목소리로 대답하고, 등에 짊어졌던 짐을 발밑에 내려놓으며 손을 흔들었다. 그리고 옆에서 쭈뼛거리던 소년의 등을 가볍게 두드렸다.

"네, 네에."

마레도 손을 가볍게 흔들었다.

"누나."

힘없이 말했지만 저쪽에서 들릴만한 성량은 아니었다.

하지만 목소리의 크기는 문제가 되지 않았다. 중요한 것은 아우라의 친척 남자와 남동생이 왔다고 알리는 것이다. 뭐, 손을 흔들지 않아도 친한 사이라는 사실은 다들 이해했겠지만 어필해두어서 손해 볼 것은 없으리라.

그래서는 아니겠지만, 다크엘프들은 이쪽을 주목하면서도 아인즈가 아우라에게 다가가도 잠자코 지켜보기만 했다.

"어, 그러면 사, 삼촌. 마을을 안내하겠, 할게."

난처한 듯 긴장한 듯 뻣뻣한 웃음을 머금은 아우라에게 아인즈가 미소를 지었다. 평소와 다른 아우라의 모습에 너무 귀엽다, 머리 마구 쓰다듬어주고 싶다 하는 부드럽고 따뜻한 감정이 솟아났다가── 그것이 급격히 진정되어 냉정함을 되찾았다.

"──아니다, 음……."

약간 냉담하게 들릴만한 목소리가 나오는 바람에, 아인즈는 몇 차례 헛기침을 한 다음 조금 전의 활달한 목소리를 냈다.

"……나는 여기 계신 분들께 아우라가 신세를 졌다고 감사의 말을 전해야지. 아우라는 어딘가에 집을 빌리고 있는 거야?"

아우라는 고개를 크게 끄덕였다.

"그럼 마레와 함께 그곳으로 갈래? 나도 나중에 갈 테니."

"네, 알겠습……이 아니고, 응, 알았어?"

지금 아인즈는 아우라의 삼촌이라는 설정이다.

덧붙여 부글부글찻주전자의 오빠인지 동생인지, 만약 동생이라면 페로론치노의 형인지 동생인지에 대해서는 사전에 셋이 합의해두었다. 최종적으로는 부글부글찻주전자와 페로론치노의 동생인 것으로 되었다.

이를 잘 연기해야만 하는 아우라는 어떤 태도를 보여야 좋을지 아직 잘 모르는 듯 갈팡질팡했다. 아우라를 먼저 혼자 보냈기 때문에 시간이 부족했는지 각오가 덜 됐는지, 캐릭터 메이킹이 잘 되지 않은 모양이었다.

"하하하. 자, 아우라. 마레를 데리고 가렴. 긴 여행이라고 할 정도는 아니었다만 마레를 쉬게 해줘야지."

"아, 네! 알았어요!"

속으로 무언가 결론을 내렸는지, 아우라가 씩씩하게 대답했다. 약간 자포자기한 느낌도 안 드는 것은 아니다.

아인즈에게 등을 돌리고 걸어가는 두 사람의 모습을 잠시 지켜본 후, 모여든 다크엘프들 쪽으로 시선을 돌렸다.

꽤 많다.

장로들의 모습은 아직 없지만 마을 사람들의 절반 정도는 모이지 않았을까. 그중에는 아이들의 모습도 몇 명 보였다. 아우라가 이 마을에 가져다준 은혜 덕분에 그들에게서 부정적인 감정은 느껴지지 않았다. 다만, 아우라의 삼촌이라는 이 남자는 어느 정도의 존재일까 품평하듯 강한 시선을 보내는 자들이 있었다.

아우라 신자 다크엘프와 그를 추종하는 자들이었다.

아인즈는 약간 위화감을 느꼈다.

나중에 아우라의 동생을 데려왔다고는 하지만, 어린 아우라를 혼자 보내는 그런 삼촌이다. 일반적인 감각의 소유자라면 저런 표정을 하는 것도 이해가 간다.

그러므로 그 시선이 평범한——아우라의 신자가 아닌—— 다크엘프들의 것이라면 아인즈는 위화감을 느끼지 않았을 것이다.

하지만 그들은 달랐다.

우수하다면 나이 따위 상관없다고 생각하는 자들의 모임이다. 훌륭하고 우수한 레인저를 혼자 앞서 보낸다는 선택지는 합리적이라고 판단해야 할 것이다.

그렇다고 한다면——

'——저 시선에는 다른 의미가 있다는 뜻이 되는데.'

아인즈는 아주 잠깐 생각해보고, 이거다 싶은 답을 찾아냈다.

'……아아, 혹시 무능한 삼촌이 마음대로 부려먹는 거 아니냐고 생각하는 건지도 모르겠군. 그렇다면 저런 시선이 될 수도 있겠지. ……으음, 아주 틀린 말도 아니라는 게 괴로운데. 아차…… 슬슬 시작할까.'

관객은 충분히 모였다. 이 이상 시간을 들일 수도 없고, 호기심으로 달아오른 손님들의 분위기가 식어버리는 것은 피하고 싶었다.

'오랜만인걸…….'

아인즈는 살짝 긴장감을 느꼈다. 강당의 선생님이나 무대에 서는 배우는 이런 시선을 받는 데 익숙한 걸까. 멀거니 그런 생각을 하면서, 미리 준비해두었던 대화의 전개에 따르기 위해 다소 밝은 목소리로, 나무 위에 늘어선 다크엘프 청중에게 말을 꺼냈다.

"자아——."

아인즈는 얼굴 아래쪽을 덮은 천을 벗고 그 아래의 얼굴을 드러냈다.

그리고 웃음을 보인 다음, 이내 조금 전과 마찬가지로 얼굴을 가렸다.

"——죄송합니다. 저희 부족은 규칙에 따라 남성은 이렇게 얼굴을 가려야만 하지요. 만약 얼굴을 가리는 것이 이 마을——부족에서는 무례에 해당한다 해도 부디 너그러이 용서해주셨으면 합니다."

청중에게서 불만의 목소리는 나오지 않았다. 보아하니 아인즈의 차림을 용인해준 모양이다.

물론 새빨간 거짓말이다.

아인즈는 고무 마스크를 뒤집어쓴 후 이 얼굴을 환술로 만들고 있다. 모몬 스타일이다. 다만 저레벨의 환술이므로 뚫어지게 관찰하면 날카로운 감각을 가진 레인저는 간파할 수도 있다. 따라서 탄로 나지 않도록 최대한 얼굴을 숨기기로 한 것이다.

아무리 그래도 눈만 보고 환술이라고 간파할 가능성은 낮을 거라고 생각하고 싶다.

"그러면—— 처음 뵙겠습니다. 저희 아우라가 많은 신세를 졌다지요……. 아우라가 말씀드렸을지도 모르겠지만, 제 이름은 아인 벨 피오르라고 합니다."

셋이서 열심히 생각한 가명을 댔다. 덧붙여 실제로는 거의 두 사람이 생각해준 이름이다.

"조촐하나마 선물을 가져왔습니다. 테이블 같은 것을 좀 빌릴 수 있을까요?"

갑자기 근처의 나무가 꿈틀거리는가 싶더니 짐을 펼치기에 충분한 넓이의 판이 옆에서 불쑥불쑥 돋아났다. 모인 사람 중 누군가가 마법을 쓴 모양이었다.

"감사합니다."

인사를 하며 아인즈는 지면에 내려놓았던 짐을 테이블 위에 쿵 내려놓았다.

"마음에 드실지 모르겠습니다만, 받아주시면 기쁘겠습니다."

무슨 선물을 가져갈지에 대해서는 아인즈도 꽤 고민했다.

나자릭의 엘프들이 음식을 맛있게 먹던 광경을 떠올리고, 처음에는 조미료—— 소금 같은 것은 어떨까 생각했다. 아인즈에게도 역시 조리에 소금은 빼놓을 수 없다는 생각이 있었다.

그러므로 처음에는 암염 덩어리를 가져가려고 했는데, 인간에게는 소금이 필요해도 다크엘프에게까지 그러리라는 법은 없다는 생각이 들었다.

만약 필요하다 해도 다크엘프는 인간보다 훨씬 소량의 염분으로도 괜찮은 종족일 수도 있다. 그렇다면 소금의 가치는 떨어진다.

실제로 이 마을에서 조리할 때 소금 같은 것을 넣는 모습은 ——아인즈가 훔쳐봤을 때는—— 없었다. 게다가 육포 같은 것을 만드는 광경도 못 봤다. 이것은 부패 등을 피하기 위한 수단으로 마법이 존재하기 때문이리라.

그렇다면 귀중품이라 아끼는 걸까 생각해봤지만 그렇지도 않은 듯했다.

아무리 〈완전불가지화Perfect Unknowable〉를 썼더라도 부엌을 뒤져 소금의 존재를 확인하는 것까지는 할 수 없었지만.

그런 정황이나, 사냥감의 피를 함부로 버리지 않는 자세에서 생각해봤을 때, 육식동물처럼 혈액에서 염분을 섭취하는 것인지도 모른다.

덧붙여 에 란텔의 영지 내에는 대규모 암염 광상이나 염호 같은 것이 없으므로 소금은 생활마법 등을 익힌 매직 캐스터가 만들어냈다. 그 외에는 왕국이나 제국에서 수입한다. 그러므로 아인즈가 점령했던 초기에는 한때 소금의 가격이 다소 올라가기도 한 모양이지만, 지금은 아무 문제도 없다고 한다.

그런 내용을 서류로 읽었던 기억이 있는 듯 없는 듯했다. 아인즈가 기억하는 것은 그 정도였다. 아마 알베도가 잘 처리했겠지.

아무튼 아인즈는 소금을 가져오려던 생각은 접었다.

그 대신 가져온 것이——

"드워프가 만든 금속 날붙이입니다. 멋지지 않습니까? 여기서는 나무를 마법적으로 가공해 굉장히 단단하게 만들어 사용한다고 들었습니다만, 그래도 금속보다 단단하지는 않겠죠. 이물건들은 대장장이 일에 특히 뛰어난 드워프가 만든 것입니다. 다시 말해 일등급이죠."

가장 먼저 자루에서 꺼낸 것은 가늘고 길며 납작한 나무상자로, 안에 든 것은 부엌칼이었다. 그 이외에도 화살촉이나 식사용 나이프 같은 것이 테이블 위에 놓였다.

이것은 견본시장이다. 마도국 경제권 내에 있는 드워프 나라에 외화를 보내기 위한.

물론 이 마을이 고객이 된다 해도, 자급자족으로 성립된 이마을에는 지불할 금전이 없다. 그렇게 되면 이번에는 이 마을이 외화를 벌 수단을 마련할 필요성이 생기는데, 마도국이 중간에 서서 이 마을도 경제의 세력권 내에 편입시켜버릴 수 있을 거라고, 아인즈는 그렇게 생각했던 것이다.

문제는 이 건에 대해 알베도의 판단을 묻지 않았다는 점이다.

'——나처럼 머리 나쁜 놈이 생각한 계획이 잘 먹힐 것 같진 않지만, 잃어버릴 건 하나도 없으니까. ……없겠지?'

그러므로 실패해도 딱히 곤란한 일이 일어나진 않을 테고, 성공하면 그건 그거대로 평가를 받지 않을까 하는 소소한 기대감도 있었지만, 지나치게 기대했다가는 망했을 때의 충격이 클 테니 될 수 있는 한 생각하지 않기로 했다.

'필요 없다는 소릴 들어도 딱히 문제는 없어. 호의로 가져왔을 뿐이니까, 마음에 들지 않는다니 유감이네요, 로 넘어갈 수 있겠지. 그래도…… 분위기는 괜찮은데.'

주위에 있던 다크엘프들이 눈을 빛내고 있었다. 사냥꾼의 우두머리이기도 한 다크엘프가 제일 먼저 말을 걸어왔다.

"조금 봐도 되겠습니까?"

"물론이죠, 물론이죠. 직접 들고 보십시오."

아인즈의 곁으로 다가온 그가 손댄 것은 역시 화살촉이었다. 당연한 선택이다. 여기서 수렵장이 부엌칼을 제일 먼저 봤다면 놀랐을 것이다.

"훌륭하군요. 드워프라면 산에 산다고 하는 종족이죠? 이런 물건을 만들 수 있는 자들이었군요……. 이건 상당히 귀중한 물건 아닙니까? 어떤 물건과 교환해야 좋을지……."

'……오, 예상대로인데.'

영업사원 스즈키 사토루가 씨익 웃었다.

고객이 원하는 것을 제대로 제시할 수 있었다는 웃음이다.

엘프 왕도는 법국과 분위기가 나빠지기 전까지는 인간 사회와 거래도 있어, 일부에서는 화폐도 쓰였다고 한다. 하지만 이런 외진 마을까지는 경제활동이 미치지 않았을 테고, 엘프 이외의 행상이 올만한 곳도 아니다. 그러므로 물물교환이 기본인 듯했다. 게다가 아니나 다를까, 이렇게 '진귀하고 좋은 물건'은 환영받는 모양이었다.

"……이건 다른 물건과 교환하기 위해서가 아니라 여러분에게 드리기 위해 가져온 겁니다. 나중에 필요하신 분끼리 나눠 쓰십시오."

화살촉의 예리함을 손으로 확인하던 수렵장이 씁쓸한 표정을 지었다.

"아닙니다, 저희야말로 조카분께 많은 신세를 지고 있습니다. 이걸 대가도 없이 받을 수는……."

"아뇨, 아뇨. 얼마 안 되지만 친애와 감사의 뜻이니까요. 받아 주십시오. 정 물물교환을 하고 싶으시다면…… 드워프 특유의 기술, 룬이라는 훌륭한 기술로 만들어낸 매직 아이템이 있습니다."

아인즈는 수렵장의 눈에 깃든 광채가 커지는 것을 느꼈다.

"룬? 매직 아이템이라고요?"

"그렇습니다. 룬으로 만들어낸 매직 아이템이죠. 제가 개인적으로 사용하는 것입니다만, 원하시는 것이 있다면 교환할 물건에 따라서는 생각해 보겠습니다. 그들 말로는 초보적인 것이라는데, 그렇다 해도 마법의 물품을 공짜로 드릴 수는 없으니까요. 원래 나름대로 값이 나가는 것이었으니."

물건을 싸게 제공하면 사람을 모을 수 있다. 그러나 도가 지나치면 싸게 해줘야 구입하겠다는 고객층을 만들어버린다.

드워프들이 그렇게 하는 것은 상관없지만 아인즈가 그래서는 안 된다. 지금은 반대로 비싸게 파는 것이 정답이다. 그렇다고는 하나 아인즈 개인적으로는 이 마을에서 얻고 싶은 물건이 없었다. 아니—— 아인즈가 모를 뿐 무언가 있을 수도 있지만.

'솔직히 말해 룬 기술은 별로 결과가 잘 나오지 않아서 말이야. 갖고 싶다는 사람도 별로 없었고. 채산이 안 나오는 부문이긴 하지만, 멈추는 건 시기상조겠지. 100년이나 그 이상까지 내다봐야 할 거야.'

"하지만 여러분처럼 드루이드가 많은 마을에서는 별로 쓸모가 없을 것 같군요."

그렇게 말하며 아인즈가 품에서 꺼낸 것은 금속제 막대였다. 이렇게 보여줄 준비를 해두었기 때문에 꺼내는 손길은 조금도 머뭇거리지 않았다.

"이건 끄트머리에 작은 불꽃을 켜기 위한 것입니다. 조명이라기보다는 부싯돌 같은 용도로 쓰는 것이 기본이죠. 왜냐면 이렇게 손을 떼면 불꽃이 사라져버리거든요."

에이 뭐야, 하는 부정적인 반응이 없는 데에 아인즈는 조금 안도했다.

"그밖에도 몇 가지 있지만, 그건 나중에 하고. 저도 슬슬 아이들이 묵는 집에 가서 여독을 풀고 싶군요."

모여든 다크엘프들에게서 수긍의 빛이 떠올랐다.

그들은 마을을 벗어나는 일이 별로 없지만, 살고 있는 장소의 위험성을 잘 알기에 여행을 온 사람이 피로를 풀고 싶다는 마음은 이해해주었다.

"——피곤하신데 죄송합니다만 마지막으로 두 가지만 물어봐도 될는지?"

"네, 그러시죠."

플럼이라는 이름의 아우라 신자인 남자가 질문했다.

아인즈는 자세를 바로 했다. 여기서 대답을 실수했다간 그들이 적으로 돌아설 가능성도 있다. 하지만 그들이 바라는 답을 하면 강력한 아군이 되어줄 것이다.

"하나는…… 당신은 혹시 엘프의 피가 섞여 있거나 한가요?"

"이봐, 그건 실례——."

수렵장이 말을 가로막으려 했지만 아인즈가 가볍게 손을 들어 그를 말렸다.

"괜찮습니다. 그런 말은 들어본 적이 없지만…… 그렇게 보였나요?"

"아, 아뇨, 아니라면 마음에 두지 않아도 됩니다. 왠지 그런 느낌이 들어서."

"그러셨군요."

예리하다.

상당히 예리하다.

아인즈의 지금 얼굴은 엘프 수도에서 본 엘프의 얼굴을 흉내 낸 것이며, 피부색만 다크엘프와 같게 한 것이다. 아인즈가 보기에는 완벽했고, 마레도 딱히 차이를 느낀 것 같지는 않았는데, 타고난 다크엘프가 보면 눈매만으로도 미묘한 위화감을 느낄만한 얼굴이었던 것이리라.

"……부모님께 들은 적은 없지만, 그렇게 느끼셨다면 혹시나 아주 옛날에 조상님 중 엘프와 맺어졌던 분이 계셨는지도 모르겠습니다. ……그리고 또 한 가지 질문은?"

"……피오라 님은 레인저의 재능이 뛰어나신데, 삼촌인 당신도 그렇습니까?"

삼촌 앞에서도 '아우라 님'이라고 말하다니, 아주 푹 빠졌구나.

아인즈는 그렇게 이상한 데에서 감탄하며, 자신도 조카에게 '님'자를 붙이는 이유를 물어봐야 하나 잠시 생각했다. 아니면 건드리지 않는 게 좋을까.

어느 쪽이 좋을지 명확한 답을 낼 수는 없었다. 다만 그 전에 상대의 질문에는 대답해두었다.

"아뇨, 저에게는 그 아이 같은 레인저의 재능은 없습니다. 다만 저는 이래 봬도 일류 위저드라고 자부하고 있죠."

"······위저, 드."

"네, 위저드입니다."

플럼의 시선이 흔들렸다.

'아, 이건 위저드가 뭔지 모르는 거구나. ······그럴 수도 있나? 아니, 위저드는 지식을 획득해서 마법을 행사하는 자니까. 이렇게 제대로 된 교육제도가 없는 곳에서는 존재가 알려지지 않을······수도? 그럼 뭐, 모르는 것도 무리는 아닐지도?'

수긍이 가는 것은 아니지만 원래 그런 거라면 수긍할 수밖에 없다.

"음, 마력계 매직 캐스터입니다."

"마력계······ 그렇군요, 그렇군요. 그건 굉장한데요. 역시 피오라 님의 삼촌이시군요."

잘 모르겠지만 굉장한 것 같으니 일단은 칭찬하고 보자는 느낌이 전해졌다. 하지만 이 정도면 충분하다. 나자릭에서는 늘

광적인 찬사를 온몸에 뒤집어쓰다 보니, 이렇게 겉보기뿐인 칭찬이 차라리 홀가분할 정도였다.

"아~ 그 뭐냐, 설명이 부족했군요. 위저드란 건…… 드루이드처럼 마법을 쓸 수 있는 클래스를 말합니다."

"오오! 그렇군요! 그럼 음식을 만들 수도 있나요?"

"네? 아, 아뇨, 죄송합니다. 그런 위저드도 있……다고 하지만, 저는 유감스럽게도 그런 것은 못합니다. 굳이 따지자면 적을 쓰러뜨리는 마법이 특기일 겁니다."

생활마법으로 향신료나 조미료를 만들 수 있다고 들었는데, 고위가 되면 식재료도 만들어낼 수 있을까?

원래 아인즈는 남이 자신을 무능하다고 여기는 것을 그리 불쾌해하지 않는다. 사실 스스로도 별로 대단한 인물은 아니라고 생각하고, 상대가 방심하거나 얕잡아보는 편이 파고들기 편하기 때문이다. 오히려 '무능'이란 속으로 의미심장한 웃음을 지어야 할만한 평가였다.

하지만—— 아우라의 삼촌으로서 무능하다는 딱지가 붙는 것은 반드시 피해야만 한다. 지금의 아인즈는 부글부글찻주전자의 대리인이라는 위치였으므로.

"적을…… 그렇군요……. 그러면 사냥꾼으로서 활동할 수도 있겠군요? 그렇군요. 역시 피오라 님의 친척이십니다."

아니아니, 본업 사냥꾼이 뭔 소리를 하는 거야.

아인즈는 곤혹스러워했다.

이 마을에서는 외적을 쓰러뜨리는 것이 사냥꾼의 역할이겠지만, 그것이 전부는 아닐 것이다. 굳이 따지자면 위험한 숲에서 식재료를 조달해 돌아오는 것이 사냥꾼의 원래 역할 아닐까. 적을 쓰러뜨리기만 해서 사냥꾼 인증을 받을 수 있다면 이 마을에는 전신갑주를 입은 우락부락한 중전사들만 남을 것이다.

하지만 사냥꾼도 아니고, 이 마을에 대해 알지도 못하는 아인즈가 이를 지적하는 것도 이상하고, 상대가 불쾌해해도 곤란하다.

아우라와 마레가 지낼 이 마을의 생활에 풍파를 일으키지 않도록 주의해야만 한다. 자신이 오면서 인상이 악화되면 뭐라 사과해야 좋을지 알 수 없다. 아우라는 진심으로 신경 쓰지 않아도 된다고 할 테니 더더욱.

그렇다고는 해도 제대로 설명하고 말로라도 확인을 받아두는 편이 좋을 것이다. 나중에 이러쿵저러쿵 다른 소리를 들었을 때 일이 꼬이는 것은 사양하고 싶었다. 여기서는 아우라와 마레가 항상 아인즈의 언동을 듣고 본다. 아인즈가 멍청한 실수를 했을 때, 나자릭의 최고 두뇌진이라면 의미를 지나치게 깊이 생각한 나머지 "역시 아인즈 님!"이라고 말하고 끝나겠지만 아이들은 천진난만하게 "왜 그런 말씀을 하셨어요? 가르쳐 주세요."라고 할 것 같아 무섭다. 아이들에게는 "스스로 생각해봐라."도 써먹을 수 없다.

곰곰 그런 생각을 하고 있으려니, 플럼 쪽도 속으로 무언가 결론을 내렸는지 크게 고개를 끄덕였다.

"정말 대단하십니다. 훌륭하네요!"

훌륭한가? 아인즈는 다시 곤혹스러워졌지만 상대가 그렇다고 한다면 그런 거 아니겠냐고 수긍하기로 했다. 게다가 생각해보면 이 상황은 그리 나쁘지 않다. 그렇다면.

아인즈는 입을 열었다.

"저는 사냥꾼으로서 활동해본 적이 없어서 자신은 없습니다 만, 이 마을의 뛰어난 사냥꾼 분들이 인정해주신 것 같아 안심 이 되는군요."

이로써 책임은 너희에게도 있다고 넌지시 일러두었다.

"지금은 아우라가 사냥꾼으로서 활약하고 있을…… 거라 생 각하는데, 그 역할을 제가 대신해보죠. 그동안 두 아이는 이 마 을에서 놀게 해주실 수 있을까요?"

플럼이 뭔가 엄청난 소리를 들었다는 표정을 지었다. 딱히 이 상한 말은 한마디도 하지 않았는데. 아인즈는 자신이 한 말을 곱씹어보았다. 하지만 역시 마음에 걸리는 점은 없었다.

"저는 도시에서만 자라던 그 아이들에게 다크엘프 마을에서 의 생활을 체험시킬 수 있었으면 해서 찾아왔습니다. 그러니 도 시에서는 할 수 없을 만한…… 어디 보자, 이 마을 특유의 놀이 같은 것을 배울 수 있다면 좋겠군요."

"그렇군요. 도시의 생활은 마을의 생활과는 많이 다를 테니까 요."

수렵장이 이해했다는 듯 말했다. 어떤 상상을 했는지는 모르 겠지만, 그가 혼자 착각한 것까지 아인즈가 책임을 질 수는 없 다. 아인즈는 작은 거짓말은 했어도 큰 거짓말은 하지 않았으니 까. 나중에 뭐라 해도 얼마든지 얼버무릴 수 있다.

"──저도 질문을 좀 해도 될까요?"

입을 연 것은 다리 위에 있던 레인저로 보이는 남자였다. 엘프가 전반적으로 그렇지만 제법 단아한 얼굴이었으며 쿨하다는 표현이 잘 어울렸다.

"그러시죠, 그러시죠."

전혀 기쁘지 않았고, 조용히 있었으면 좋겠다. 하지만 그런 말은 할 수 없다.

남자는 다소 망설임을 보이면서 물었다.

"피오라 님에게는 약혼자가 있습니까?"

아인즈는 "흐아?"라고 말할 뻔했다가 꾹 참았다. 완전히 생각도 못했던 질문이 날아왔다.

이 자식은 무슨 생각으로 이런 이상한 질문을 하는 거야.

눈을 껌뻑거리며 주위를 둘러보니, 아인즈와 마찬가지로 놀라는 사람이 대부분이었다.

'……보아하니 이 녀석의 독단인가 보군. 그렇다 쳐도 아우라의 약혼자를 신경 쓰는 이유는……? 우리가 사는 도시에 약혼자가 있는지 어떤지 알고 싶어서인가…… 아. 뭐야, 그 이유밖에 없겠군.'

아인즈는 질문의 의도를 파악했다고 확신했다. 그렇다기보다 답은 이것 말고는 있을 수 없다고 생각했다.

'아우라의 피를 이 마을에 섞고 싶단 거군. 실제로 아이들 중에는 사내아이도 있고.'

아인즈는 아이들에게 슬쩍 눈길을 돌렸다. 사내아이가 몇 명 있었다.

'혹시 저 중에 저 녀석의 아들이 있나? ……다크엘프는 외견으로는 나이를 잘 모르겠어. 하지만 결혼 같은 건 생각해본 적이 없는데. 뭐, 아우라가 좋다고 하는 사람이 있다면 좋지 않을까? 부글부글찻주전자님의 대리로서 그 녀석이 제대로 된 놈인지는 알아봐야겠지만! ……아차차, 생각이 옆길로 샜군. 지금은 거짓말을 할지 사실대로 말할지를 정해야지.'

그렇다고는 하지만 이것은 생각할 것까지도 없었다. 사실을 전해도 손해는 없고, 반대로 거짓말을 하면 또 다른 거짓말을 계속해서 만들어내야만 한다.

"……아뇨, 아직까지는 없습니다."

"그렇군요."

조금 안도한 기색이었다.

'……아이의 결혼 상대를 찾는 데에 꽤나 간섭하는 타입인가? 이거 안 좋은데. 여기에는 친구를 만들러 왔다고. 이 남자가 자기 아이만 내세우고 다른 아이들을 견제하면 귀찮아질 거야. 자세한 정보를 얻어야겠어…….'

"……그런데…… 성함을 여쭈어도 될는지?"

남자의 표정이 빠릿빠릿해졌다.

"블루베리 에그니아라고 합니다."

아인즈도 블루베리라는 음식이 있다는 것은 안다. 아까의 플럼이라는 남자도 그랬지만 음식 이름을 붙이는 것이 다크엘프의 문화인 걸까? 그렇다면 '친구에게 가명을 불리면 어떤 기분일까'는 생각하지 말고 아우라의 이름도 완전히 가명으로 하는 편이 나았을지도 모르겠다. 그리고 여기서 고민되는 것은 그들이 과일 이름을 이 세계의 언어로 발성하고 그것이 자동번역되어 아인즈의 귀에 들어오는 것인지, 혹은 그들도 의미를 모른

채 이름을 대고 있는 것인지—— 다시 말해 플레이어의 흔적인
지 판별할 수 없어서였다.

"……그렇군요. 기억해 두겠습니다. 블루베리 에그니아 씨로
군요."

"네, 그렇습니다. 기억해주셔서 고맙습니다."

왜 고마워하는지 모르겠다.

그 이유를 묻고자 아인즈가 입을 열려 했을 때, 다크엘프들이
살짝 웅성거렸다.

분위기가 달라진 원인은 금방 알 수 있었다. 다크엘프들의 시
선 너머를 쳐다보니, 생각한 대로 장로들이 있었다.

주위에서는 '이제야 왔냐' 하는 목소리가 들렸다.

아인즈는 마음속으로 한숨을 쉬었다. 전에도 그랬지만 분위
기는 최악이었다.

'……외부인에게 들리도록 험담을 하는 회사가 이제까지 있
었던가? 푸념이 새나오는 정도는 있었지만 험담까지는…… 없
었던가? 으음…… 이런 마을에 정말로 아우라를 놔둬도 괜찮을
까? ……애들이라면 상관없다고 판단해야 할까? 하지만……
부모가 험담을 하는 걸 들은 아이들은 어떤 감정을 가지고 무슨
행동을 하게 될까? 모르겠어……. 아무튼 나도 아우라와 마레
에게 악영향을 주지 않도록 평소의 언동을 주의해야겠다.'

이후의 전개는 예측할 수 있었다. 하지만 아인즈는 쓸데없는
트러블에 끼어들고 싶지는 않았다. 어디까지나 자유로운 위치
를 유지하고 싶었다.

그렇다면 여기서 대응을 잘 해야 한다. 다시 말해——.

'──시뮬레이션했던 결과를 유감없이 발휘할 뿐!'

자아, 덤벼라. 마음속으로 긴장한 아인즈에게, 주위의 시선을 무시한 채 장로 중 한 사람이 말을 걸었다.

"젊은 나무 피오라 양과 같은 흐름을 가진 분이여. 먼 곳에서 잘 와주셨네."

'젊은 나무? 역시 그렇군.'

아인즈는 마음속으로 씨익 웃었다.

다크엘프 식의 표현이다. 이 세계에서는 각 종족의 언어가 아인즈도 이해할 수 있는 말로 번역되어 들린다. 그럼에도 젊은 나무라는 말이 그대로 들려오는 것은 여기에 의미가 없기 때문일 것이다. 만약 소녀나 소년처럼 모종의 의미가 있는 단어라면 아인즈도 알아들을 수 있는 단어로 변환되었을 테니까. 다시 말해 아이의 이름 앞에는 젊은 나무라는 말을 붙이는 것이 규칙일 뿐이겠지.

다크엘프 식의 표현을 쓰는 것은 이쪽이── 도시의 다크엘프 성인이 얼마나 지식을 가졌는지를 알아보고 싶어서가 아닐까.

이 다크엘프 마을에는 장로들처럼 전통을 중시하는 파벌과 전통에서 탈각하고 싶어 하는 젊은이를 중심으로 한 파벌, 두 세력이 존재한다는 것을 아우라의 조사로 ──그리고 아인즈가 엿들어서── 알아냈다. 장로들은 아인즈가── 도시에서 살아가는 다크엘프가 어느 쪽인지를 가늠하고 싶은 것이겠지.

'……계속 박쥐로 있고 싶은데. 하지만 여기서 섣부른 발언을 했다간 어느 한쪽 파벌에 강제로 말려들지도 몰라. 만약 어느 한쪽에 속해야 한다면 아이들의 친구를 만든다는 의미에서는 부모에 해당하는 다크엘프들에게 호감을 사야지── 젊은이 파벌이 좋을 거야. 하지만 그게 정답일 거란 근거는 없어…… 아직 정보가 부족해. 지금은 적당히 그럴듯하게 얘기하고, 이게 우리 식 인사라고 억지로 얼버무리는 게 제일이겠다.'

그렇게 생각했기에 아인즈는 준비를 해두었던 것이다.

"──대지는 같으나 다른 숲에서 온 이로서, 이 숲에 살아가는 이들이 받아들여준 것을 감사드립니다."

별로 생각하지 않고 대충 적당히 그럴듯하게 말하자, 잠시 눈을 깜빡거리던 장로들이 "호오." 하며 짧은 숨을 내쉬었다.

그것은 결코 나쁜 인상을 품은 한숨이 아니었다. 반대로 호감을 가지고 받아들인 것처럼 느껴졌다.

"상수리나무와 떡갈나무는 마찬가지로 단단하고 가지를 뻗은 모양새 역시 웅장하지요. 저는 만족했습니다. 많은 나무가 자라나면 분명 숲이 될 겁니다."

막힘없이 이어서 말한 아인즈는 만족스럽게 한 차례 고개를 끄덕였다.

솔직히 무슨 소리를 한 건지 스스로도 모르겠다. 애초에 아인즈는 아무 생각이 없었다.

말을 한 아인즈도 의미를 모르니 듣고 있는 쪽은 더 그렇겠지.

그렇게 생각했더니 장로들도 이에 응답하듯 크게 주억거리고 있었다.

이해했다고밖에 말할 수 없는 태도였다.

하지만 장로들의 이 반응. 사회인인 스즈키 사토루는 이것이 무엇인지 잘 안다. 이런 광경을 본 적이 있다. 아니, 아인즈 자신이 늘 하고 있기에 안다고도 할 수 있다.

'아, 이거. 전문용어라든가 약칭처럼 자기가 모르는 소리를 부하에게 들었을 때 상사의 태도다…….'

아인즈가 이것으로 인사를 마치자 잠시 침묵이 있었다.

"……그거 다행이군. 그러면 우리는 이만 물러나도록 하겠네. 먼 길을 오신 분께 오랫동안 인사를 하는 것은 넝쿨이 뻗는 것과 같으니."

"넝쿨이라고요?"

아인즈는 자신도 모르게 되물어버렸다. 오랫동안 이야기하는 것이 좋지 않다고 할 때 다크엘프는 이렇게 말하는 걸까? 만약 그렇다면 그런 뉘앙스가 전해졌을 텐데, 말 그대로의 의미 말고는 전해지지 않았다.

그런 아인즈의 지성 없는 질문이 들리지 않았을 리 없건만, 장로들은 등을 돌리고 걸어가버렸다.

'……어라?'

시뮬레이션한 대로 되지 않았다.

아인즈는 자신이 가져온 선물에 눈을 돌렸다.

원래 같으면, 선물의 분배는 우리에게 맡겨 달라는, 그런 이야기를 장로들이 꺼낼 거라고 생각했는데.

'어? ……정말로 인사만? 어떻게 된 거야? 내가 뭐 실수라도 했나?'

아인즈는 면접이 너무나도 금방 끝나버렸을 때와 같은, 근질거리는 듯한 기분을 느꼈다. 면접이 시작되고 두어 마디 나눴더니 면접관이 "뭔가 질문하실 게 있나요?" 하고 물어본다면 분명 같은 기분이 들 것이다.

만약 조금 전 아인즈의 대응에 상대가 불쾌감을 보이는 등, 그런 확실한 반응으로 실수를 명확하게 알았다면 다른 마을로 떠날 수밖에 없게 되더라도 좋은 공부가 됐다고 생각했을 것이다.

하지만 상대의 반응을 전혀 이끌어내지 못했기에 좋았는지 나빴는지조차 알 수 없었다. 이래서는 이 경험을 나중에 살리지 못한다.

주위의 반응을 보면 아인즈에게 불만이나 적의를 품은 분위기도 아니었다. 굳이 따지자면 그들도 곤혹스러워하는 것 같았다.

'모르겠⋯⋯지만, 이 이상 생각해봤자 소용이 없지. 경우에 따라서는 나중에 장로들이 모인 나무에 〈완전불가지화〉로 잠입해서, 나에 대한 반응이 어땠는지 알아볼까?'

아인즈는 장로들의 뒷모습을 지켜보다가, 생각났다는 듯 근처의 마을 사람에게 물었다.

"⋯⋯보아하니 환영해주시는 듯하군요. 장로님들께 말씀드리고 싶은 것도 있었는데, 바쁘신가 보죠?"

"네? 아, 네⋯⋯ 그렇죠."

마을 사람은 조금 당황하면서 애매하게 대답했다. 지금의 대화에 대해 열심히 생각했던 모양이다.

"장로님들이 모이는 나무가 있으니 나중에 장소를 가르쳐 드리겠습니다."

제일 가까이 있던 수렵장이 차분한 태도로 말을 보태주었다. 정말로 이 관록이라면 아우라에게 아저씨라고 오해를 산 것도 무리는 아니다.

"그렇군요. 시간이 있을 때 찾아뵙고 말씀을 드리죠. ——그러면 저는 이만, 아이들이 있는 곳으로 가보겠습니다. 누군가가 안내를 해주시면 고맙겠습니다만."

"그러면 제가 기꺼이!"

갑자기 옆에서 큰 목소리가 튀어나오는 바람에 있지도 않은 아인즈의 심장이 벌컥 뛰었다.

블루베리였다.

수렵장과 이야기를 하는 사이에 다리 위에서 조용히 내려온 모양이었다.

"……심장에 좋지 않으니 갑자기 소리를 지르지는 말아 주십시오."

"죄, 죄송합니다……. 앞으로는 이런 일이 없도록 주의하겠습니다."

굉장히 안 좋은 짓을 했다는 표정을 짓는 블루베리에게 아인즈는 그 이상 아무 말도 할 수 없었다. 도량이 있는 모습을 보여주어야 한다는 판단도 있었고, 또 뜬금없는 행동을 하지 않도록 진정시킬 필요도 있었다.

"이해해주시니 다행입니다. ……그러면 번거로우시겠지만, 블루베리 씨에게 부탁드려도 될까요?"

"번거로울 일은 전혀 없습니다. 이 마을에서 무언가 곤란한 일이 있으시다면 부디 제게 말씀해 주십시오. 최대한 도와드리겠습니다."

"그거 든든하군요."

아인즈는 대답하고 블루베리를 따라 걸어나갔다. 다만 이것으로 끝난 것은 아니었다. 가장 중요한 일이 남아있다.

가는 길에 아인즈는 발을 멈추고는 시선을 아이들 쪽으로 돌렸다. 그리고 웃음을 ──얼굴은 천 때문에 거의 덮여 있긴 하지만── 지었다.

아이들의 무리는 사내아이가 넷, 여자아이가 둘이어서 합계 여섯 명.

아우라와 마레보다도 작은 아이가 둘 있었다. 사내아이와 여자아이가 하나씩이다. 비슷한 또래의 사내아이가 하나. 나머지 셋은 연상인 듯했다.

"안녕, 얘들아."

말을 걸며 아이들에게 다가갔다.

주위 어른들이 경계하며 말리거나 하지는 않았다. 이것은 이제까지 아인즈가 보인 태도가 어느 정도 괜찮았기 때문이리라.

"우리 아우라와 마레를 잘 부탁한다."

아이들이 엥? 하는 표정을 지었다. 여기서 끝낼 수는 없다. 확실하게 밀어붙여야 한다. 까놓고 말해 아인즈의 이번 여행은 이 순간을 위해서였다고 해도 과언이 아니다.

"너희의 놀이에 그 아이들도 끼워주렴. 물론 운동신경을 겨루는 거라면 그 아이들에게 이기지 못하겠지. 그러니까 다른 놀이, 도시에서는 못할 것 같은 놀이에 불러주면 고맙겠구나."

장로들과의 대화는 마레의 도움을 받아 시뮬레이션을 했다. 반면 아이들과의 대화 시뮬레이션은 아인즈 혼자서── 뇌내 회의로 해버렸다. 이것저것 실수나 빈틈이 있을 것이다.

어른 앞에서 실수를 하면 어쩌면 앞으로의 전개에 마이너스가 될 수도 있다. 그러므로 가능하다면 아이들만 있을 때 해치우고 싶었다. 하지만 낯선 외부인을 어른의 감시 없이 소중한 아이들과 만나게 해줄까 하는 의문이 남는다. 그러므로 여기서 말해야만 한다.

손을 품에 넣은 아인즈는 가죽자루를 꺼냈다.

그리고 그 안에서 호박색이 나는 엄지손톱만 한 덩어리를 집었다.

"자, 손을 내밀어보렴."

아인즈가 말을 건 것은 선두에 서 있던 소년이었다. 아마도 이마을 아이들의 리더일 것이다.

아인즈는 손이 직접 닿지 않도록 주의하며 그것을 소년 다크엘프의 손바닥 위에 톡 떨어뜨렸다.

편의점 점원이 거스름돈을 떨어뜨려서 건네주는, 그런 마음가짐은 결코 아니었다.

아인즈도 떨어뜨리지 않고 직접 건네주고 싶었지만, 이 손은 환술이다. 만약 닿았다간 손의 이상한 감촉을 알아차릴지도 모른다.

그것만은 반드시 피해야 한다.

'으음…… 범죄자의 팔을 잘라다 피부나 살로 장갑 같은 것만들면 어떨까? 나자릭 안을 뒤져보면 그런 걸 잘 하는 사람도 있을지도……. 인간의 팔 같은 건 싫어하려나? 뉴로니스트 같은 녀석은 좋아할 것도 같은데…….'

"어, 저기, 이건……."

손바닥 위의 형용하기 힘든 물건을 보는 소년에게, 아인즈는 미소를 지으며 부드럽게 말했다.

"사탕이야. 과일보다 달지. 아, 깨물지 말고 빨아먹어야 해. 뭐…… 진짜로 맛있는 과일만큼 달지는 않을지도 모르지만……."

아인즈는 살짝 자신 없게 말했다.

아인즈는 이런 몸을 가졌으므로 맛을 모른다. 기껏해야 씹는 감촉을 확인할 수 있는 정도다. 그러므로 맛에는 자신이 없었다. 그야 원래 세계의 사탕이라면 먹어본 적은 있다. 하지만 먹어본 적 없는 위그드라실 사탕이 현실로 바뀌었어도 그것이 얼마나 맛있는지는 알 방법이 없었다.

게다가 이 세계에는 마법적인 힘을 가진 과일이 있다는 것도 생각해보면, 아인즈가 가져온 사탕보다 맛있는 음식이 존재할 가능성도, 다크엘프들이 그것을 일상적으로 먹고 있을 가능성도 있다.

다만 평범한 과일이라면 지지 않을 자신도 있었다.

품종개량 같은 것이 이루어지지 않은 이 세계의 과일은 반드시 먹기 편한 것만은 아니라고 한다. 그렇기에 나자릭에도 품종개량을 하는 자가 있다.

예를 들면 부주방장이 그렇다.

소년은 아인즈가 준 사탕을 조심스럽게 입에 넣었다.

주위의 아이들이 ──그리고 아인즈와, 이를 지켜보는 어른 다크엘프들이── 불행하고도 용감한 소년의 반응을 살폈다.

"──달아!! 맛있어!! 이거 뭐야!!"

눈을 동그랗게 뜬 소년의 첫 마디에 아인즈는 미소를 지었다.

소년이 놀라 입에서 꺼낸, 침투성이 사탕을 보고도 표정은 흐트러지지 않았다.

'맛없다고 안 해서 정말 다행이다……. 그 외에는 알레르기 같은 게 걱정되지만, 뭐, 없겠지…….'

"자, 자. 너희에게도 줄게."

아인즈는 아이들을 불러 한 사람 한 사람 사탕을 나눠주었다.

어른들에게서도 먹고 싶어 하는 시선이 날아들었지만 이쪽은 무시했다. 이것은 아이들에게 주는 뇌물이니 어른에게도 주면 의미가 없다. 아우라와 마레를 아이들에게 부탁하기에 주었다는 사실이 중요한 것이다.

사탕을 다 돌린 아인즈는 다시 한 번 다짐을 받았다. 물론 위협으로 받아들여지지 않도록 목소리의 분위기에 충분히 주의를 기울였다.

"그러면 그 아이들을 잘 부탁한다."

아인즈는 해야 할 일은 끝났다고 생각하며 걸음을 옮겼다. 아무도 자신을 붙잡지는 않을 거라 확신하고——

'히얏호~!'

——마음속으로 외쳤다.

이번 선물은 꽤 잘 먹힌 것 같은데? 아니지. 아인즈는 표정을 ——움직이지 않지만—— 다잡았다.

성공했는지 아닌지는 아이들이 아우라와 마레에게 놀자고 찾아왔을 때 비로소 알 수 있을 것이다. 그렇기는 하지만——.

'——해야 할 일은 했어. 근데…… 앞에서 걷는 블루베리가 아무 말도 하지 않는 이유는 뭐지? 자기 아이들에게 뭔가 주면 부모로서 고맙다고 한마디쯤 하는 거 아닌가? 혹시 그 애들 중에는 블루베리의 아이가 없었나? 걔들 말고도 애들이 있나? 나 원, 조금 더 여러모로 애써야겠군.'

2

방에 있던 것은 세 사람.
최장로 라즈베리 너버.
남자 장로 피치 올베어.
여자 장로 스트로베리 피슈차.

그들의 화제는 하나뿐이었다. 당연히 조금 전에 찾아온 여행자, 뛰어난 능력을 가진 레인저── 아우라의 삼촌에 대해서였다.
그리고 그들은 머리를 감싸쥐고 있었다.
그 이유는──
"상수리란 게…… 어떤 나무지? 거기서 그 이름을 꺼낸 데에 대체 무슨 의미가 담겨 있지?"
돌아오자마자 열린 회의에서, 낯을 일그러뜨린 피치의 질문에 마찬가지로 씁쓸한 표정을 지은 라즈베리가 대답했다.
"모르겠어. 하지만 그 자리에서 그런 말을 어떻게 물어봐……. 만약 그게 그 사람의 부족에서 조상신앙이나 제의 같은 데 쓰이는 신성한 나무를 의미하는 거라면, 그걸 모른다는 건 모욕으로 받아들여질 수도 있잖아?"

하아 한숨을 쉰 스트로베리가 말했다.

"우리가 아는 게 당연하다는 태도였으니까 말이지. 거기서 모른다고는 입이 찢어져도 말 못하지."

"다른 종족이라면 몰라도 같은 다크엘프인데. 심지어 왔던 방향을 보면 우리의 부모 시절에 갈라진 다른 씨족일 가능성이 높아. 그렇다면 언어의 차이는 크지 않을 텐데. 그런 것들을 종합해보면 그건 그들 부족의 방식에 따른 정식 인사였겠지."

"눈밖에 안 보여서 확신할 수는 없겠지만 엘프의 피가 흐르는 얼굴인 것 같았어. 어쩌면 엘프에게서 유래된 인사 방식일지도 몰라."

그 이외에도 그가 엘프와 관계가 있을 법하다는 근거는 있었다. 그것은 이름이었다.

다크엘프의 이름은 성, 이름 순서였으며 반대로 엘프는 이름, 성 순서다. 그렇게 보면 그들은 엘프식 작명법에 가까웠다.

"……아무리 그래도 엘프들의 방식까지는 모르는데. 두 사람은 아나?"

대답은 없었다.

무엇보다, 그들도 다크엘프의 전승을 모두 아는 것은 아니었다. 이 숲에 오는 동안 몇 가지 구전은 사라지고, 무엇을 잃어버렸는지도 모르는 상태였기 때문이다. 그렇기에 고민하고 있는 것이다.

"아무튼 그의 부족 사이에서 우리가 떡갈나무 부족이라는 호칭으로 전해지고 있거나, 혹은 그와 관계가 있을 법한 의미, 예를 들면 떡갈나무는 갈라져서 자라나니 갈라진 씨족인 우리를 그렇게 부른다는, 그런 의미를 가졌다는 것까지는 두 사람도 이해했지?"

"이야기의 흐름으로 생각해보면 그밖에 달리 판단할 여지는 없겠지. 하지만 상수리도 그렇지만, 떡갈나무라는 건 또 어떤 나무일까? 우리가 아는 나무의 다른 이름일 가능성은 없을까? 게다가 그 나무를 선택했다는 데에는 무슨 의미가 담겨 있지?"

상식적으로 생각하면, 그 나무를 선택한 데에는 무언가 의미가 있을 것이다.

반대로 아무 의미도 없이 상수리나무나 떡갈나무라는 나무를 들어 비유를 했다면 그 사람이 제정신인지를 의심해야 할 것이다. 따라서 그 나무를 알면 거기에 담긴 의미는 파악할 수 있을 것이다. 하지만 나름대로 나무의 풀에 지식을 가진 그들도 상수리나무나 ──특히── 떡갈나무라는 나무는 알지 못했다.

씨족에 따라 나무의 호칭이 다르다는 것까지 고려하면 답은 나오질 않았다.

"으음……. 그에게 직접 물어볼 수 있으면 좋겠지만……."

"그럴 수 있으면 진작 그렇게 했지. ……만약에 그가 그런 것도 모르냐고 하면 골치가 아파지지 않겠나? 그의 입을 통해 젊은이들에게 새나갈 수도 있고."

그들도 젊은이 그룹이 자신들을 싫어한다는 것쯤은 안다. 하지만 젊은이들도 나이를 먹으면 자신들이 가진 지식에 경의를 품게 될 거라고 생각했다. 전통── 오래 된 지혜란 것은 언뜻 보면 의미가 없을 것 같아도 사실은 전부 무언가 이유가 있고, 그것은 무시할 수 있는 것이 아니다. 그들도 지혜가 힘이라는 사실에는 동의할 것이다.

그런데 여기서, 정식 인사도 제대로 모른다고—— 전통을 상실했다고 젊은이들이 판단해버린다면 어떻게 될까. 그것은 지금보다도 더 심각하고 치명적인 대립을 낳을 수도 있다.

그렇기에 고민하는 것이다.

"눈을 봐도 아무 감정이 떠오르질 않는 것 같고, 정말로 평범한 인사였을까……? 너무 무표정해서 좀 으스스했어."

"……그래서…… 어떻게 할까? 다크엘프의 전승에 관한 그의 지식을 물어보고 싶은데……."

"……지나치게 위험해. 수치를 감내하고 그에게 몰래 이야기를 들려달라고 청하더라도, 정말로 그가 입을 다물어줄지 어떨지 모르는걸. 그렇게 되면……. 역시 쫓기지도 않는데 가시덤불에 뛰어들 필요는 없겠지."

"맞아. 다가가지 말고 어느 정도 거리를 유지하는 게 제일 좋겠어."

"그렇다면…… 그의 선물은 어떻게 할까? 다크엘프나 엘프 이외의 종족이 사는 지역의 토산품이야. 희귀한 것도 있다잖아."

선물의 분배를 장로 세 사람이 맡는 데에는 큰 메리트가 있다.

물론 분배된 내용물에 따라서는 불만을 드러내는 자도 있을 테고, 원한을 산다는 디메리트도 있다. 하지만 대부분의 경우 그런 자들은 어떤 물건을 받아도 불평을 하게 돼 있다. 일부 젊은이는 장로가 나누어준다는 사실만으로도 불만을 제기할 것이 뻔하다. 하지만 장로들이 공평하게 분배하면 그 이외의 사람들은 불평하는 자를 냉대할 것이다.

그러므로 장로들은 자신들이 분배의 역할을 맡는다 해도 자기들 자신은 선물을 받을 마음이 없었다.

욕심 없는 장로들이라는 이미지를 만들어내는 것은 희귀한 물건을 품에 넣는 것보다도 가치가 있을 것이다. 하지만——

"——조금 전에도 말했듯 일부러 가시덤불에 뛰어들 필요는 없어. 그의 선물을 분배할 경우 무조건 그에게 직접 찾아가 감사를 올려야 해. 그렇게 되면 역시 제대로 된 격식에 따른 형식으로 마음을 전해야만 하겠지."

"……격식을 중시하는 상대라면, 우리를 무례하다고 여길 수도 있고, 선물에 불만이 있는 걸로 받아들일 수도 있단 말이구나."

그가 만약 마을의 장로들은 제대로 된 격식을 알고 있을 거라 생각하고 있다면, 예의에 어긋난 태도를 보였을 때 어떤 반응을 보일까. 떨어질 때는 높은 곳에서 떨어질수록 대미지가 커지는 법이다.

게다가 훌륭한 선물을 받았다면, 평범하고 별 거 아닌 선물을 받았을 때와 똑같이 대응할 수는 없다. 예를 다해야만 할 것이다.

"그렇다면 젊은이들에게 맡기지. 운 좋게도 그들이 처음 손을 대지 않았나. 이야기를 자세히 들었을 테니 그대로 맡겨버리는 식으로 하면 돼."

"그래. 그게 제일 좋겠어."

라즈베리와 스트로베리가 결론을 내린 가운데 피치가 떨떠름한 표정을 지었다.

"그건 상관없지만 젊은 녀석들에게 주의를 줘야 하지 않을까? 전승을 소홀히 하는 그 녀석들이 모르는 사이에 그의 부족을 모욕해버릴 수도 있는데."

"으음……."

다른 두 사람도 떨떠름한 표정을 지었다.

"역시 강권을 발동해서라도 철저하게 가르쳤어야 했나—— 아니, 그런 말을 할 때가 아니지. 그 우르수스 로드를 쉽게 격퇴한 피오라 님의 삼촌이잖나. 그만한 실력을 가지고 있으리란 건 의심의 여지가 없지. 그런 인물에게 적의를 사고 싶지는 않아."

"그렇기는 하지만 우리가 뭐라고 해도 그 바보들이 순순히 받아들여줄 것 같진 않은걸? 아무튼 경고만은 해두고, 만약 그들이 뭔가 실수하면 그때는 우리가 흙탕물을 뒤집어쓸 수밖에…… 없으려나? 솔직히 말하면 싫지만, 그래도 우린 장로니까……."

"책임이 있으니까 말이지……. 어쩔 수 없지……."

"하지만…… 어떻게 할까? 그 삼촌이란 사람이 어떤 이유로 동족을 만나러 왔는지 물어봐?"

"……이 마을에 전해지는 격식을 배우러 왔다거나 하는 이유라면 어쩌지? ……솔직히 말해서 그 부분은 건드리고 싶지 않아."

"환영 연회는 안 하면 안 되겠지? 피오라 님이 왔을 때도 삼촌이 올 거라는 이유로 연회를 열지 않았는데, 며칠 동안 그렇게나 열심히 일해준 레인저에게 환영 연회를 열어주지 않는 건 우리 마을의 수치야. ……그리고 그 연회에 우리가 참가하지 않는 건 무례 정도가 아니라 싸움을 거는 것과 마찬가지고."

"……하아. 연회에는 참가하겠지만 될 수 있는 한 다가가지 말도록 하지. 삼촌이란 사람은 젊은 것 같았어. 분명 젊은이들이 상대해줄 거야."

"그렇겠지. 자기들 쪽으로 포섭하려고 움직일 그 아이들에게 감사해야겠어."

그리고 몇 가지 의제가 끝나자, 라즈베리가 피치 쪽으로 고개를 돌려 조금 전부터 묻고 싶었던 질문을 건넸다.

"그런데 그 넝쿨이 뻗는 것 같다는…… 그건 무슨 의미였어? 들어본 적이 없는 비유인데."

스트로베리도 시선을 향했다. 그녀도 궁금했던 모양이었다. 아무리 그래도 그 자리에서 물어볼 수는 없었지만 지금이라면 괜찮다.

질문을 받은 피치는 더듬더듬 대답했다.

"……미안. 나도 모르게…… 분위기 맞추려고…… 생각나는 대로 말했던 거야……."

"하아."

라즈베리가 깊은 한숨을 쉬었다.

"……삼촌이란 사람, 처음 들어본 말이라고 당황하는 게 목소리에서 드러나던데."

"어떡하지……. 혹시 다음에 만났을 때 의미를 물어보면 뭐라고 대답할까?"

"우리한테 물어보면 알아……? 만약 그런 질문을 받으면, 지금 이 자리에서 그럴듯한 대답을 생각해뒀다가 대답할 수밖에 없겠지……. 그냥 멋 부리려고 한 말이에요, 그럴 수는 없잖아……. 그랬다가 우리가 평소에 들려주는 전승 같은 것도, 그냥 멋 부리는 거라고 젊은이들이 받아들였다간 큰일이야."

"뭐, 그럴 수밖에 없겠지. ……이젠 두 번 다시 멋 부리는 소리는 하지 마."

"그래, 미안해. 앞으로는 절대 안 할게."

"그러면…… '넝쿨이 뻗는 것 같다'는 말에 어떤 의미가 있는지 같이 정해보자. 누가 질문을 받아도 똑같이 대답할 수 있도록."

장로들은 끝났다고 생각했더니 튀어나온 새로운 의제에 대해 다시 의견을 나누기 시작했다.

*

장로들이 머리를 감싸쥐고 하나의 대답을 찾아내려던 것과 같은 시각. 마찬가지로 머리를 감싸쥔 사람들이 있었다.

장로들과 대립하는 젊은이들이다.

그들——군이 이름을 붙인다면 청년파벌——이 장로들에게 반항하는 것은 그들의 주의주장이 장로들과 대립되기 때문이다.

숲이라는 위험한 장소에서 살아가는 이상, 더 뛰어난 능력을 가진 사람을 따르는 것이 마을을 위한 길이며, 오래 살아왔다 해도 후배들보다 능력이 떨어진다면 자리를 양보해야 한다는 의견이었다.

말하자면 장로들이 전통이나 전승을 중시하는 반면, 청년파벌은 능력지상주의였다.

그러므로 장로들이 순수하게 능력 면에서 ——여기서는 마법이나 전투력 등 눈으로 보고 알 수 있는 것—— 뛰어나다면 청년파벌도 따랐겠지만, 유감스럽게도 장로들에게는 그만한 능력은 없었다. 그런 자들이 사사건건 간섭하면 그들의 입장에서는 짜증만 솟았다.

그래도 완전한 대립으로까지 발전하지 않는 것은 이 마을에서 그들이 존경하며 따르는 4명——수렵장, 블루베리 에그니아, 약사장, 제사장——이 장로들과의 대립을 바라지 않기 때문이다.

하지만 여기에 돌 하나가 던져졌다.

아우라의 존재였다.

너무나도 우수한 레인저. 그녀가 여행자라는 사실을 감안하더라도, 아우라의 말은 그들 내에서는 매우 큰 무게를 가졌다. 이제까지 신망을 모아왔던 마을의 4명과 동등하거나 그 이상이었다.

그렇기에 아우라의 생각이 너무나도 궁금해서 견딜 수가 없었다.

덧붙여 청년파벌 중에서도 과격한 의견을 가진 자들이 신자 다크엘프들이다.

"그래서 어떻게 될 것 같아?"

젊은이 중 하나가 시선을 움직이지 않고 모두에게 물었다.

시선 너머에 있던 것은 아우라의 삼촌이 가져온 선물이었다. 내가 분배하겠다고 말을 꺼내는 사람이 나타나지 않았으므로, 일단은 마을의 공동창고로 쓰이는 엘프 트리까지 옮겨다 놓은 참이었다.

"누가 분배하게 될까. 장로들일까?"

평소의 패턴이라면 그렇게 될 것이다. 이럴 때 꼭 끼어드는 것이 장로들이다. 그러므로 평소 같으면 청년들이 먼저 분배해버리자는 의견이 나왔겠지만, 이번에는 아무도 말을 꺼내지 않았다. 그뿐 아니라——

"——그래도 상관없지 않을까?"

그런 의견까지 나왔다.

이것은 역시 그들이 존경하는 아우라와 관계가 있었다.

아우라가 왔을 때, 그녀는 자신의 부족에 전해지는 격식을 보인 적이 없었다. 그렇기에 숲 밖에서는 그런 것이 쇠퇴했거나 능력 있는 자는 신경을 쓰지 않을 거라는, 젊은이들의 생각이 옳다는 증거처럼 여겨졌다.

하지만 아우라의 삼촌—— 아인 벨 피오르가 등장하면서 그 생각에 의구심이 생겨났다.

삼촌 다크엘프——약간 엘프의 피가 섞인 것 같은——의 인사는 무슨 말인지 이해할 수 없었던 것이다. 이런 자리에서 의미 없는 말을 하지는 않았을 테니, 그건 틀림없이 장로들이 말하는 격식에 따른 인사였으리라.

먼저 와서 그런 기색을 보이지 않았던 아우라와, 나중에 와서 예의를 중시한 삼촌.

이 차이는 어디에서 비롯되었을까.

말로는 하지 않았지만, 모두가 이미 답을 내고 있었다.

아이와 어른의 차이다.

삼촌인 그는 두 사람을 놀게 해달라는 희망사항을 밝혔다. 다시 말해 그만한 힘을 가진 아우라를 단순한 아이로 취급하고 있다는 뜻이 된다.

있을 수 없는 이야기다.

그야 숲이라는 가혹한 환경에서 살아가면서 아이들이 가장 먼저 배워야 할 중요한 사항이 예절인가 하면, 그렇지는 않다. 그보다도 훨씬 중요한 많은 것들—— 생존에 관한 것을 가르쳐야 한다.

그렇기에 아이들이 격식을 완전히 모르는 것도 무리는 아니고, 장로들도 아이들에게 예식을 엄격히 가르치려는 모습을 보인 적은 없다.

그런 점을 고려해봤을 때 문제가 되는 것은, 아우라의 삼촌은 왜 장로들이 올 때까지 의례적인 태도를 보이지 않았는가 하는 점이다.

아우라의 삼촌에게는, 그 자리에 모였던 자들이 아우라와 같은 아이들로밖에 보이지 않았던 걸까? 청년파벌 사람들만이 아니라 그 자리에 있던 모든 이가 삼촌에게 올바른 예의를 보이지 않았다. 그런 격식을 모르는 아이들에게 어른은 어떤 행동을 취할까?

설마 어른이 나서서 격식을 갖춘 인사를 할 리는 없으리라. 아이들과 같은 눈높이에서 상대할 것이다.

이제까지 경시했던, 의미 없는 예의에는 의미가 있었던 것이다. 그것은 상대에게 경의를 표하기 위한 기호였으며, 또한 그는 장로들에게만 예의를 보였다.

그것이 답이었다.

"삼촌이란 사람이, 우리는 어른처럼 생긴 아이라고 생각하고 있다면, 우리가 선물을 멋대로 나누는 걸 보면 이 마을은 애들이 지배한다고—— 아니면 예의를 모르는 야만족의 마을이라고 생각할지도 몰라."

"격식에 따른 인사를 모른다고 해서, 그것만 가지고 애들이라고 판단하지는 않을지도 모르지만…… 판단할 수도 있지. 만약 그렇게 되면, 그가 도시에 돌아갔을 때 숲에 사는 다크엘프 마을에서는 애 같은 녀석들이 활개치고 다닌다고 소문을 낼 수도 있어."

"……화나는데."

"그래, 동감이야. 이 마을이 외부에서 비웃음을 산다는 건 조금—— 아니, 많이 불쾌해."

"……상대가 먼저 격식에 따른 인사를 하지 않았던 건, 우리가 어느 정도인지 판단하기 위해서였겠지."

"그래. 만약 우리가 제대로 된 격식에 따라 대응했으면 피오르 님의 태도는 달라졌을 거야."

물론 함정에 빠졌다는 기분도 조금 있었다. 하지만 악의가 있어서 그랬던 것은 아닐지도 모른다. 그렇다기보다 악의를 가지고 이쪽과 접촉해서 그에게 무슨 이득이 있단 말인가. 물론 단순히 그의 성격이 고약해서일 가능성도 없지는 않지만.

"……어째 수긍하기 힘들지만, 역시 격식을 지켜서 인사를 했던 장로들에게 맡길 수밖에 없겠어."

장로들에게는 격식에 맞는 인사를 했던 것 같으니 장로들도 예의 바른 태도를 보였을 것이다. 현재 삼촌이란 자는 장로들 쪽에 경의를 보이는 것 같다. 장로들이 선물을 분배한다면 그도 이상하게 생각하진 않을 것이다.

"그래. 우리가 아무 것도 안 하면 장로들이 알아서 나눠주겠지. 아니면…… 그 자리에 없었던 약사장이나 제사장에게 부탁할 수밖에 없을 텐데…… 어떻게 생각해?"

"그 두 사람…… 특히 약사장은 분명 싫어할걸."

약사장은 이런 일을 귀찮아해서 하지 않는 타입이고, 제사장에게 물어보면 장로들에게 맡기겠다고 할 것이다.

"……좋아. 결론은 나왔군. 일단 우리는 부탁받은 일은 했어. 얼른 여기서 나가자."

"그래, 그러자. 그 외에는…… 장로들에게 최소한의 격식을 배워두는 게 좋을까?"

젊은이들은 언짢은 표정을 지었다.

이제까지는 격식 따위 쓸모없다고 단언했기 때문이다. 하지만 먼 곳에서 온 강자인 손님이 다시 격식에 맞는 대응을 보였을 때 아이 취급을 받는 것은 두 번 다시 경험하고 싶지 않았다.

다만 이제 와서 장로들에게 고개를 숙이는 것도 싫었다.

복잡한 심경의 젊은이들은 가슴속 깊은 곳에서 우러나는 한숨을 쉬었다.

"게다가…… 피오르 님과 동생이 오면 환영 연회를 열기로 했는데…… 어떡할까? 분명 연회에도 예의에 따른 방식이란 게 있을 거야. 예의에 어긋나면 수치가 될 텐데?"

"연회라면 괜찮겠지만…… 우리 마을을 예의도 모르는 아이들의 집단이라고 생각하게 해선 안 돼. 연회의 지휘는 장로들에게 맡기자."

"그게 좋겠어. 장로들이라면…… 인정하기는 아니꼽지만, 그 점에서는 잘 해줄 테니까."

＊

장로들, 젊은이들이 저마다 앞으로의 일로 고민하고 있을 때, 더욱 고민하는 자가 있었다.

여섯 명의 아이들이었다.

둥그렇게 둘러앉은 그들 중에서 가장 고민하던 것은 처음에 아인즈에게 사탕을 받았던—— 다시 말해 직접 아우라를 부탁받은 아이였다.

먼 도시라는 미지의 장소에서 찾아온 소녀에게 아이들이 강한 호기심을 품은 것은 사실이었다.

지금도 관심이 있고, 친해지고 싶고, 같이 놀아보고 싶었다. 그럼에도 불구하고 멀리서만 바라보며 결코 다가서지 않는 데에는 이유가 있었다.

살고 있는 세계가 다른 것이다.

마을 최고의 사냥꾼을 넘어서는 실력을 가진 소녀란 존재는, 나이로는 자신들과 비슷해도, 입장으로는 하늘과 땅만큼의 차이가 있었다. 그런 인물에게 쉽게 다가가 말을 걸다니, 어떻게 그럴 수 있겠는가.

자신이 존경하는 초 유명인을 보더라도 말을 거는 것조차 저

어되는 것이 보통이다.

하지만 이제부터 그런 일을 해야 한다.

"어떻게 하라고……. 뭘 하고 놀면 돼……. 운동신경을 겨루지 않는 놀이가 뭔데……. 그러니까 몸을 써서 나무를 타거나 하는 거 말고, 뭐 그런 뜻이잖아……? 그런 놀이가 어딨어…….."

다크엘프 아이들이 아우라를 놀자고 불러내는 데 긍정적인 이유는 사탕을 받았기 때문이기도 하지만, 그 이상으로 역시 그들이 아우라와 놀아보고 싶어서였다. 어떤 의미에서 아인즈의 제안은 명분을 가져다준 셈이었다.

"'나뭇잎 속'은 어때?"

'나뭇잎 속'이란 다른 종족이 말하는 술래잡기다.

"오늘 온 남자애는 몰라도 그 여자애는 완전 끝내주는 레인저잖아? 순식간에 찾아낼걸? 상대도 안 돼."

"찾으면 어때. 놀이란 게 원래 그런 거 아냐?"

"바보야. 놀아주는 거랑 같이 노는 건 다르잖아."

그 말을 들은 다른 아이들이 휘익 휘파람을 불었다.

"쿠우 멋있다~."

"역시~."

"야 야, 당연한 소리 하지 마."

쿠우—— 오렌지 쿠우나스. 아인즈에게 사탕을 받은 아이가 자랑스러운 웃음을 지으면서 두 손을 내밀어 모두의 말을 가로막았다.

"뭐, 내가 멋있다는 사실은 잠깐 미뤄두고. 뭔가 그, 운동신경을 겨루지 않는 놀이란 거, 너희 아는 거 있어?"

"나무 타기는…… 겨루는구나."

음음 생각에 잠겼던 아이들 중에서 나이가 비교적 많은 여자아이가 말했다.

"그럼 말야, 걔들이 도시에서 하고 있는 놀이를 가르쳐달라고 하면 되지 않아?"

쿠우나스는 여봐란 듯이 하아 한숨을 내쉬고는 단적으로 대답했다.

"바보야."

"누가 바보야!"

"──왜 화를 내는데. 그 사람 얘기 생각해보면 당연하잖아. 그 사람은 도시에서는 못하는 이 마을의 놀이를 시켜달라고 했는데? 벌써 까먹었어?"

"……그랬어?"

"그랬어. 그러니까 도시에서는 못 할만한…… 그런 놀이란 거잖아. 근데 도시에선 무슨 놀이를 하지? 그것부터 물어봐야 하나?"

"마을 특유의 놀이…… 그럼 숲에라도 갈까?"

"관둬!"

한 사람의 제안에 쿠우나스가 심각한 표정을 지었다.

"너희도 숲에 놀러갔던 애가 어떻게 됐는지 모르는 건 아니잖아?!"

모두가 입을 다물었다. 그중에서도 발언했던 아이는 얼굴이 새파랗게 물들었다.

마을 안에서는 비교적 안전하지만 마을 주위는 다르다. 숲에 아이들끼리 놀러 가면 위험이 닥친다. 그야 한두 번은 괜찮을지도 모른다. 하지만 그 행운은 몇 번이나 이어지진 않는다. 돌아오지 못하는 아이가 생긴다. 그리고 어른들이 여기에 무언가 대책을 세워주지도 않는다.

아이들의 모임에 감시자를 붙이거나 긴 끈을 묶어놓는 등 단순한 일조차도 하지 않는다.

어른들 말을 어기고 위험한 행동을 한 결과, 돌아오지 못하는 사람이 생겨도 그것은 필요한 희생으로 간주해버리는 것이다.

한 아이가 죽으면서 숲의 위험성을 다른 아이들에게 가르쳐줄 수 있었다면 큰 손실은 아니라고.

반대로 숲의 위험성을 모르는 채 어른이 되는 편이 더 무섭다고.

실제로 어린 시절의 친구를 숲에서 잃어본 적이 없는 어른은 이 마을에 아무도 없다. 그렇기에 그들은 숲을 충분히 두려워하고, 또한 경계하며 이 마을의 생활을 영위한다. 이 숲에서 살아간다는 것은 그런 일이다.

"그 여자애가 뛰어난 레인저니까 어른들이랑 같이 가는 것보다도 안전하다고 생각하는 것도 이해해. 하지만 우린 위험하다고. 에일즈하고——"

쿠우나스는 가장 어린 사내아이를 가리켰다.

"——나하고는 체력 같은 게 완전히 다르잖아. 하다못해 얼른 나무에 올라갈 수 있어야 해."

"그럼 어떻게 하라고."

결국은 원점으로 돌아왔다.

"역시 그 애들한테, 도시에선 뭘 하고 노는지 물어볼까?"

"근데 도시란 데는 어떤 곳이야? 역시 여기보다 나무가 많을까? 걔들이 엄청난 레인저가 됐을 정도로 사냥감이 많을까?"

아이들은 얼굴을 마주 본 후 자연스럽게 쿠우나스를 보았다.

쿠우나스는 으스대는 얼굴로 대답했다.

"걔랑 같이 사냥했던 어른들한테 들었어."

"역시 쿠우는 대단해. 끝내준다."

"진짜 대단해, 쿠우."

"헤헤헤. ……도시란 건 말야, 다크엘프랑 엘프만이 아니라, 여러 종족 녀석들이 많이 사는 곳이래. 그리고 나무 같은 건 하나도 없어. 그 대신 벽돌인지 회칠인지 하는 흙으로 만든 집이 많이 있대."

"흙으로……? 그리에이크처럼?"

이 숲에 사는 종족의 이름을 댔다.

그리에이크도 잡식성이지만 지적 생물까지는 먹지 않으므로, 다크엘프와는 숲에서 만나도 서로 말없이 멀어지는 그런 거리감을 유지하고 있다.

그런 그들의 주거는 흙으로 굳힌 상자 같은 모양이라고 한다.

아이들은 그런 상자가 많이 서 있는 초원을 상상하고, 이해할 수 없다는 듯 고개를 꼬았다.

"우와, 뭔가 엄청난 곳에서 왔네……."

"도시 얘기도 좀 들어보고 싶다……."

"저기 말야, 하지만 들어봤자 그 놀이를 도시에서도 해본 적이 있었으면 우리가 준비한 놀이가 줄어들기만 할 거 아냐? 그러니까 놀이의 내용을 여러 개 준비해야 하는 거잖아."

"아~."

다시 모두 함께 생각에 잠겼다.

정말로 어려웠다.

"저기, 소꿉놀이는?"

가장 어린 여자아이가 불쑥 말했다.

나이 많은 사내아이 셋이 조금 싫다는 표정을 했다. 그들은 그런 놀이는 졸업했다고 말하고 싶을 것이다. 하지만── 쿠우나스만은 중간부터 그것도 나쁘지 않겠다는 표정이었다.

"하기야 그거라면 운동신경을 겨루지도 않지. 아니, 그것밖에 없어!"

"하지만 숲에서만 할 수 있는 놀이는 아니잖아. 그거야말로 어디서든 할 수 있어!"

"마을에서만 할 수 있는 소꿉놀이로 하면 돼."

마을에서만 할 수 있는 소꿉놀이.

그것이 어떤 소꿉놀이인지, 말을 꺼낸 쿠우나스를 제외하고는 아무도 모르는 것 같았다.

"그리고 말이야, 나중에 온 남자아이. 걔는 별로 운동을 잘 하는 것 같진 않았으니까 소꿉놀이도 괜찮을지 몰라. 그 정도 나이라면 소꿉놀이도 하잖아?"

"안 해~."

한 사람── 아우라나 마레와 비슷한 또래의 사내아이가 말하자 주위의 다른 아이들이 "뭐~?" 하며 반론했다.

"넌 혼자서도 소꿉놀이 했잖아."

"그건 소꿉놀이 아니야! 다크엘프 영웅 놀이였어!"

아이들의 화제는 다크엘프 영웅 놀이는 소꿉놀이와 어떻게 다른가 하는 쪽으로 바뀌었다.

*

블루베리의 안내로 아인즈가 도착한 곳은 어떤 엘프 트리였다. 물론 아인즈는 이곳에 아우라가 묵는다는 사실을 이미 알고 있었다. 그러므로 안내는 필요가 없지만, 아인즈가 온 것은 오늘이 처음인 것으로 되어 있으므로 아는 척할 수는 없었다.

쌍둥이는 바깥에는 보이지 않았으므로 먼저 집 안에 들어가 있는 모양이었다.

"안내해주셔서 고맙습니다."

무언가 마음에 걸리는 점이라도 있는지 두 사람이 있는 엘프 트리를 살피는 기색이던 블루베리가 조금 아쉬워하는 목소리로 말했다.

"도움이 되었다면 다행입니다. 필요한 게 있으면 말씀해 주십시오. 짐을 집 안까지 옮겨드릴까요?"

"아, 아뇨, 그렇게까지 해주시면 죄송하죠. 마음 쓰지 마십시오."

"그런가요? 뭐든 말씀해주셔도 괜찮은데."

어째서인지는 모르겠지만 불쑥불쑥 들이댄다.

사람에게는 퍼스널 스페이스라는 것이 있다. 다크엘프는 그

개념이 일반적인 인간보다 좁은 걸까.

생각해보면, 이 마을처럼 주위에 몬스터가 나오는 위험한 장소에서 살아간다는 것은 서로 힘을 합쳐야만 살아갈 수 있다는 뜻이기도 하다. 혹시 그 영향이 이런 데에서도 드러나는 걸까. 하지만 부탁하고 싶은 것은 정말로 하나도 없었다.

"아뇨, 정말 아무 것도 없습니다. 여기까지 안내해주신 것만으로도 충분합니다."

"그렇군요……. 그러면 피…… 아, 아우라 씨에게도 안부 전해주십시오."

'……왜 아우라한테만? ……아! 그런 뜻이었구나!'

아인즈는 마침내 답을 찾아냈다.

'……내가 실수했어. 마레를 소개해주지 않았잖아. 아우라가 이름을 불렀던 게 전부였으니까.'

다만, 어른에게 마레를 소개해줄 메리트는 별로 없다. 아이들이 알아주면 그만이었으므로 그 부분은 아우라에게 맡겨두면 될 것이다.

"알겠습니다. 전해두죠."

몇 번이고 이쪽을 돌아보는 블루베리를 배웅하고 아인즈가 엘프 트리 안으로 들어서자, 아니나 다를까, 두 사람이 기다리고 있었다.

"수고……"

아인즈는 얼른 입을 다물고 하려던 말을 정정했다.

"아니, 오래 기다렸지, 애들아?"

"그럼 이제부터 어떻게 하실지에 대해——"

"——잠깐. 과도한 존댓말은 생략하자꾸나. 레인저인 아우라의 귀라면 이 마을의 어떤 다크엘프가 몰래 다가와도 발소리를 놓칠 일은 없다는 걸 잘 안다. 다시 말해 지금 이 장소가 안전하고, 어떤 말투를 써도 문제가 없다는 것도. 하지만 연기란 평소에 해두지 않으면 사소한 데서 허점이 드러나는 법이다. ——이 마을에 있는 동안 나는 아우라의 삼촌이다. 존댓말을 쓸 필요는 없다."

"으윽."

아우라가 신음소리를 냈다. 그리고 옆에 있는 마레를 흘끔 보더니, 조금 시선을 낮추고, 그리고는 윗눈질로 아인즈를 보며 물었다.

"어, 삼촌. 그럼 이제 어떻게 해?"

옆에서는 마레도 같은 의견이라고 고개를 끄덕이고 있었다.

"굿. 잘했다…… 아니, 나도 아우라의 삼촌으로서 이런 말투는 좀 그렇군. 아까하고 비슷한 느낌으로…… 좋아, 아우라. 이 정도면 될까?"

아우라가 쓴웃음인지 곤혹인지 멋쩍음인지 모를 표정을 지었다. 안 된다는 태도는 아님을 확인하고 ——안 된다고 해도 평소보다 친근감 있는 태도를 취했다고는 생각하지만—— 아인즈는 두 사람에게 말했다.

"——각설하고, 아니지, 어디 보자, 라고 하면 되나? 아무튼 처음 예정대로 길면 일주일 정도 이 마을에서 체류할 예정은 변함이 없다…… 없어, 쪽이 낫나? 상황이 어떻게 변화할지, 변화하고 있는지는 알 수 없으니 단언은 못하겠지만, 느긋하게 지내면서 정보를 수집할 생각이야."

"어, 음, 그러니까요, 삼촌. 정보란 건 어떤 정보예요?"

"굿, 마레. 아주 좋았다."

평소와 어조가 별로 다르지 않은 것 같기도 했지만 일단은 칭찬해두었다. 마레의 수줍어하는 얼굴을 흘끔 본 다음 설명을 시작했다. 이곳에 오는 도중에도 마레에게 같은 질문을 받았지만, 아우라가 함께 있을 때 설명하겠다고 시간을 끌었던 것이다.

덕분에 적절한 변명을 준비할 수 있었다.

"전부야. 이 다크엘프 마을의 전부. 그러니까 앞으로 너희가 평범한 다크엘프로서 행동할 날이 올지도 모르지? 아니, 그럴 날이 안 올 수도 있지만. 다만 그런 때가 왔을 때 다크엘프의 상식을 모르고 행동하면 수상하게 보일 거야. 그러니까 지금부터 장래를 생각해 이 마을에서 다크엘프의 상식을 조금이라도 접할 수 있었으면 해."

꽤 괜찮은 변명이 아닐까. 그리고 중요한 것은 이제부터다.

"특히 너희는 일반적인 다크엘프 아이들의 연기를 하게 될지도 몰라. 그러니까 아이들하고 놀아보면 어떨까? 물론! 이건 명령이 아니야. 다른 더 좋은 방법이 있으면 그렇게 해도 상관없어."

두 아이에게 친구를 만들어준다는 계획에서 보자면 이 지시는 아슬아슬하지 않을까. 조금 더 파고들면 명령이 되어버리고, 파고들지 않으면 아이들을 상대해주지 않을 가능성이 높다.

다만 두 아이가 조금 의아하다는 표정을 지은 것은 예상 밖이었다.

'어? 왜? ……몇 번이나 시뮬레이션을 거듭해 짜낸 만큼 완벽하다고 생각했는데, 뭔가 부족했나?'

"법국의 정보는 괜찮으신…… 어…… 괜찮아요?"

아우라의 질문에 이번에는 아인즈가 의아하다는 표정을 짓고 말았다. 그렇다고는 해도 환영으로 만든 얼굴은 미동도 하지 않지만.

왜 법국의 정보 얘기가 나올까. 아인즈는 마음속으로 고개를 갸웃했다.

여기 온 것은 유급휴가 때문이라고 나자릭에서도 이미 얘기했을 텐데. 이것은 나자릭이 아인즈나 아우라, 마레와 같은 상위 간부가 자리를 비워도 문제없이 돌아가는지 아닌지 하는 테스트도 겸한 그런 거라고 말한 기억이 있다. 하지만——.

'——법국 얘기는 안 했지? 아니다, 그 엘프를 매료시켰을 때도 법국에 대한 질문을 제안했지…… 왜 그랬을까? 아, 그렇구나! 나자릭에 있는 노예 출신 엘프들이 있으니까, 친척 종족이라 걱정하는 건가? 이 아이들은 알베도나 데미우르고스하고는 달리 카르마가 그렇게 낮지 않았으니까.'

왕국에서 두 사람이 했던 일은 무시했다.

애초에 이 두 사람이 품고 있을지도 모르는 친근감은 엘프와 다크엘프에 대한 것뿐일 수도 있고, 단순히 인간은 싫어하는 것일 수도 있다.

"아, 그렇구나. 만약 법국의 정보도 얻을 수 있다면 부탁할까?"

"네! 알겠습니다! ——아닌가? 응, 알았어……?"

아직 익숙하지 않은 듯한 아우라에게 웃음을 지어주고, 아인즈는 짐을 싼 자루를 풀었다.

"좋아, 그러면 최장 일주일은 지내야 하니 짐을 정리해둘까."

아인즈 일행은 드워프가 만들어준 식기 등 여러 가지 물건을 가지고 왔다. 양이 꽤 많았지만 이것은 다크엘프들의 관심을 끌기 위한 것이다. 조금 전의 선물도 그렇다. 그렇기 때문에라도 적당히 놓아두는 것이 아니라 매력 넘치는 코디네이트가 필요했다.

다시 말해 모델하우스를 만드는 것이다.

미적 감각에 전혀 자신이 없는 아인즈가 쌍둥이와 힘을 합쳐 엘프 트리 내부를 장식하고 있으려니 아우라가 문득 손을 멈추었다.

"삼촌. 이쪽을 향해 일직선으로 오는 발소리가 여섯 있어. 기척을 죽이고 접근하는 건 아니에요. 가벼운 걸 보니까 애들일까?"

오.

아인즈도 손을 멈추고 입구로 시선을 돌렸다. 설마 오늘 당장 올 줄은 생각도 못했다. 아이들에게 속으로 감사의 마음을 보내고 있으려니, 사탕을 주었던 소년이 입구에서 고개를 내밀었다.

남의 집을 엿보는 행위는 일반적으로는 무례한 행위지만 이 마을에서는 이것이 보통인 듯했다.

"여어, 혹시 아우라랑 마레하고 놀려고 온 거니?"

"어, 아, 네. 맞아요."

방안을 보고 조금 놀랐는지 쭈뼛쭈뼛 대답하는 소년에게 아인즈는 활짝 웃음을 지었다.

"그렇구나, 그렇구나. 기다리고 있었어. 자자, 너희는 아이들하고 놀다 오렴."

"에? 저, 저기, 사, 삼촌. 하지만, 요. 방을 정리해야……."

"괜찮아, 마레. 나머진 삼촌이 해놓을 테니까. 이 삼촌한테 다 맡겨! 아, 맞아. 삼촌은 미적 감각에는 자신이 없으니까 나중에 '이렇게 하는 게 더 좋겠다' 싶은 게 있으면 너희 말대로 할게!"

핫핫핫 웃는 아인즈에게 아우라와 마레가 놀란 표정을 지었다.

그야 평소의 아인즈는 핫핫핫 웃거나 하진 않으므로 그 마음도 이해가 가지 않는 것은 아니다. 캐릭터 메이킹이 조금 연극적이었나 생각은 들지만, 나중에 물어본다면 얼마든지 연기라고 우길 수 있다.

"──삼촌이 그렇게 말한다면…… 알았어! 갈 테니까 조금만 기다려! 그럼 마레, 다녀오자."

"으, 응."

쌍둥이가 나가고, 아인즈는 마음속으로 만족스러운 웃음을 지었다.

'데리러 와준 아이들에게 감사의 표시로 사탕을 더 주고 싶은 걸! 아니지, 잠깐만……? 아이들이 사탕을 원해서 자기들 노는 데 끼워주러 왔다는 걸 두 아이가 알면 어떤 반응을 보일까? 충격을 받을지도 몰라.'

솔직히 쌍둥이가 그렇게까지 섬세할 것 같지는 않지만──.

'──난 찻주전자님이 아니니까. 그 아이들에 대해 전부 알지는 못하지. 그럼 역시 지금은 충격을 받을 거라 가정하고 행동해야겠다. 위험을 무릅쓸 필요는 없지. 이러다 트라우마라도 돼

서 친구를 만들지 않겠다고 하면 찻주전자님에게 면목이 없어. 근데 애들은 뭘 하고 놀까?'

아인즈는 눈을 가늘게 뜨고 과거를 그리워했다.

스즈키 사토루의 찬란한 시절. 위그드라실이라는 게임에 모였던 40명—— 그리고 또 한 사람의 모습을 떠올렸다.

그곳에 모였던 동료들은—— 각자 살아가는 세계가 달랐다.

메가 코퍼레이션의 아콜로지에서 살아가는 사람. 그보다는 못하지만 돔 시티에서 생활하는 사람. 그리고 스즈키 사토루처럼 가혹한 환경에서 살아가는 사람. 그리고 더 열악한 환경을 견디던 사람.

보통은 접점이 없었을 완전한 타인을 같은 놀이가 이어준 것이다.

"……놀이는 벽을 넘는다. 넘게 해주는 거야. 아니, 놀이만이 벽을 넘을 수 있다고 해야 정확하겠지. 그리고…… 살아가는 세계가 달라도 친구가 될 수 있어. 내가…… 우리가 그랬듯……."

압도적 강자인 수호자와 나약한 어린이. 이곳을 떠나면 접점은 사라질 것이다. 그래도——

"——친구라는 존재는 멋지다는 걸 알아주면 기쁘겠는데."

당연한 말이지만, 시선 너머에 그 둘의 모습은 없다.

그래도 쌍둥이의 모습이 보이는 것 같았다.

아이들과 놀아보고, 마음이 맞지 않는다면 그건 어쩔 수 없다.

아인즈도 그랬다. 위그드라실에 접속한 플레이어의 수가 얼마나 됐는지까지는 모른다. 상당히 많았을 것이다. 그래도 친구라 부를 수 있는 존재는 겨우 41명뿐이었다.

만나는 모든 이와 친구 사이가 될 수 있는 것은 아니다.

두 사람이 친구가 되어도 좋겠다고 생각할만한 사람과 만날 기회가 있으면 되는 것이다. 그리고 친구를 만든다는 것은 나쁘지 않다는 사실을 알아준다면 이곳에서의 계획은 모두 성공이다.

아인즈는 반지를 끼지 않은 오른쪽 약지로 시선을 떨구고 잠깐 웃은 후——

'——전에도 생각했는데, 데미우르고스와 알베도, 샤르티아에게도 친구를 만들어줄 노력을 해야 할까? ……………뭐, 됐어.'

그쪽은 너무 깊이 고민하지 않기로 했다. 잠시 생각한 것만으로도 좋아졌던 기분이 사라져버릴 것 같았으므로.

'그건 그렇다 치고—— 왜 나한테는 아무도 안 오지? 〈완전 불가지화〉로 이야기를 엿들었던 느낌으로는 슬슬 환영 연회를 열어줄 때가 됐는데? 언제쯤 되면 그 이야기를 하러 올까? 설마 서프라이즈로 열어주려는 건가?'

이쪽에도 일정이란 것이 있으므로 갑자기 초대하면 곤란하다.

무엇보다도 아인즈는 식사를 할 수 없다. 어떤 연회가 열릴지까지는 모르겠지만, 평범하게 생각하면 이 마을의 권력자들이 모인 가운데 아인즈의 앞에도 음식이 잔뜩 놓일 것이다. 그 음식에 전혀 손을 대지 않는 상황을, 상대는 어떻게 받아들일까.

분명 좋게 생각하지 않을 것이다.

만약 완전히 다른 종족이라면 그런 일도 있으려니 생각할 테고, 입에 맞지 않는 음식을 제공한 호스트 측이 비난을 받아야 한다. 하지만 아인즈가 환술로 변신한 모습은 같은 다크엘프다.

알레르기 등의 이유로 일부 식재료를 먹지 못하는 경우는 있을지 몰라도, 모든 요리를 먹지 못한다는 것을 평범한 변명으로 얼버무리기는 무리일 것이다.

그렇기에 선수를 쳐서 이유를 마련해야 한다.

'아니면 우리가 피곤할 거라고 생각해서 배려해서 당장은 오지 않으려는 건가? 그렇다면 연회 자체를 여는 것도 늦춰줄 테니 그건 상관없지만, 준비가 갖춰진 다음 와달라고 하면 곤란한데. ……내가 만나러 가볼까?'

아인즈는 잠시 생각하다 고개를 가로저었다.

'아니야, 관두자. 그렇다면…… 누군가가 오면 그 다크엘프에게 말을 전해달라고 부탁하는 게 좋을까?'

아인즈는 〈완전불가지화〉 상태로 마을에 숨어있을 때 본 광경을 떠올렸다.

'이른 아침에 식사를 함께 가져다주는 게 일반적이었는데, 시간으로 보면 슬슬 때가 됐으려나? 그럼 요리를 가져온 사람한테 물어보는 건 어떨까? 아니면, 그건 여행자이긴 하지만 레인저로서 잡은 사냥감을 마을에 넘겼으니까 분배를 해준 거였나? 그렇게 되면 일하지 않는 우리한테는 식사가 제공되지 않나? 아니, 그럴 리가 있나. 아우라가 열심히 일했고 선물도 그렇게 많이 가져왔는데. 일주일 정도는 일하지 않아도 먹여주겠지.'

물론 아인즈도 일하지 않을 마음은 없다. 스스로를 마력계 매직 캐스터라고 소개했으니, 필요할 때가 오면 마법도 제4위계까지는 쓸 생각이고, 아우라를 대신해 사냥감을 잡아올 마음도 있다.

앞으로의 관계가 어떻게 될지 모르는 이상 거저 얻어먹기만 할 마음은 없었다.

'아직 시간이 이른 것뿐일지도 모르지. 오면 그때 말하면 돼. 안 오면 내가 찾아가고. 게다가…… 찾아가서 얻고 싶은 정보도 있고.'

*

아우라는 주인의 배웅을 받으며 집을 나온 후로 계속 고민하고 있었다.

'다크엘프의 상식을 배우기 위해 아이들과 놀아보자'는 것이 주인의 제안이었다. 하지만 여기에는 의문점이 있었다.

아이들이 상식을 모르거나 비상식적인 존재란 것은 아니지만, 아이에게 배운 것을 다크엘프의 상식으로 받아들이는 것은 불합리하다는 생각이 들었다. 어른들에게서 배우는 것이야말로 이 수해에서 살아가는 다크엘프들의 상식 아닐까? 비교를 위한 올바른 상식을 모르는데, 아이들에게서 배운다는 건 위험하게 여겨졌다.

'잘못된 상식을 연기해야 아이다울 수도 있지만, 그런 생각으로 보내신 걸까? 그게 더 아이답다는 의미에서.'

지나친 생각인지도 모른다. 하지만 출발하기 전에 알베도에게 들었던, 항상 생각하면서 행동하라는 말이 뇌리를 스쳤다.

지금 주인을 수행하는 것은 자신들뿐이다. 그렇다면 모든 일에 항상 생각을 하면서 수호자의 대표로서 부끄러움이 없는 모습을 보여야 한다.

도토리 목걸이를 쥐고 힘을 발동해 마레에게 말을 걸었다. 그러자 즉시 반응이 돌아왔다.

그리고 자신의 생각── 의문점 같은 것을 쌍둥이 동생에게 전했다.

『──응. 나도 그렇게 생각해.』

대답한 마레는 목걸이를 쥐고 있지 않았다. 이것은 먼저 송신한 쪽이 발동할 때 ──아이템을 기동할 때── 필요한 동작이고, 대화를 지속할 때에도 수신한 쪽은 목걸이를 쥘 필요가 없기 때문이다.

『그럼 역시…… 같이 노는 건 상식을 배우는 것 이외에도 뭔가 노림수가 있다는 뜻이잖아? 그게 대체 뭐라고 생각해? 이 마을에 오면서 우호적으로 대하라고 말씀하셨으니까 그런 행동의 일환일까? 우리가 아이들과 노는 게 우호적이라는 어필이 되니까?』

『그것도 있을 것 같지만…… 으음……. 아, 혹시 아이들을 포섭하려고?』

『뭐~? 이왕이면 어른을 포섭하는 게 낫지 않아? 거치적거릴 것 같긴 하지만 간단히 넘어올 것 같은 녀석도 있었고.』

점점 더 아이들과 노는 의미를 알 수가 없었다.

『그럼 아인즈 님은 아이들을 이용해서 무언가를 하실 생각이신 걸까?』

마레의 말에 아우라는 앞장서서 걷는 여섯 아이의 등을 바라보았다.

힘없고 나약한 존재이며, 지위도 높지 않다. 이용가치가 어디에 있을지 수수께끼다.

『어떤 이용방법이 있지? 인질?』

『완전히 부정하진 못하겠지만 그건 별로 아닌 것 같아.』

『아이…… 아이……. 아이를 이용한 정보수집?』

『으~음. 하지만 아이가 얼마나 정보를 알고 있을까?』

『그렇지……?』

아이들만이 쥐고 있는 정보가 중요한 것이리라고는 생각하기 힘들었다. 아니면 다각적으로 분석하기 때문에 아이들의 정보도 필요하다는 걸까?

『근데 말야, 너 아까부터 부정만 하잖아. 뭔가 이거다! 싶은 추측은 없어?』

『으─음…….』

조금 간격을 두고 다시 마레의 목소리가 울렸다.

『아! 여기 애들을 에 란텔로 데려가실 생각은 아닐까?』

『그렇구나……. 그건 가능성 있을지도 몰라. 하지만 그럴 거면 역시 어른이 낫지 않아?』

『세상 물정을 잘 모르는 아이들이 더 쉽게 구슬릴 수 있어서라든가……. 아니다, 어쩌면 아이들만이 아니라 이 마을 전원을 데려갈 생각을 하시는지도?』

『아~ 그렇구나……. 하지만 마을 다크엘프 전원이 대상이라면 군이 아이들과 친하게 지내기 위해 같이 놀라고 하시진 않을 것 같아.』

만약 마레의 말대로라면 역시 어른을 포섭하도록 행동해야 할 것이다. 아이의 발언권이 매우 강하다면 이야기가 다를 수도 있지만, 아우라가 체류했던 지난 사흘 동안 마을에서 그런 기미는 전혀 찾아볼 수 없었다.

아무리 생각해도 아이들에게 특별한 가치가 있을 것 같지는 않았다.

『그럼 역시 우호적인 관계를 만들어서 아이들에게 정보를 수집하라는 그런 말씀 아니었을까…….』

『그것밖에 없나……. 뭐, 어른이라면 입이 무거울 수도 있지만 애들이라 자기도 모르게 정보를 누설해버리거나 그럴 수는 있겠지. 응! 정보를 엄청 소중히 여기는 아인즈 님이라면 그런 생각도 하실 것 같아! 그럼 이것저것 화제를 띄워봐야겠다.』

『누나, 힘내…….』

『너도 힘내야지. 두 사람뿐이라면 평범하게 얘기할 수 있으니까 연습해, 연습.』

『목걸이 쓰고 있으니까 그렇지…….』

앞장서서 걸어가던 아이들의 발이 멈추었다.

마을 한구석이지만 놀이기구 같은 것은 보이지 않았으며, 특별히 뭔가가 있는 곳도 아니었다. 물론 그런 것이 이 마을 어디에도 없다는 사실은 마을을 산책하며 이미 알고 파악했다.

아니지.

아우라는 자신의 생각이 틀렸다는 것을 알아차렸다.

어쩌면 이곳에 있는 아이들 중 누군가가 마법으로 나무에서 놀이기구를 만들어내는 것도 충분히 있을 법하다.

레인저인 아우라의 감지범위에는 이쪽을 쳐다보는 어른이——하나.

『아, 그 녀석이다. 또 이쪽 쳐다보고 있어.』

『누구?』

『시선은 맞추지 마. 우리 왼쪽 대각선 방향에, 이 마을 최고의 사냥꾼이 있어. 저 녀석, 이 마을에 온 후로 이따금 내 쪽을 보고 있거든. 하지만 다가오진 않아.』

『수상하지만 확증이 없으니까 감시하는 정도로만 그치는 걸까?』

『그런 것 같아. 마레도 수상하게 여겨질만한 행동은 하지 않게 주의해. 나중에 아인즈 님께도 전해야지.』

아우라는 애써 남자를 무시했다.

뛰어난 레인저인 자신이 알아차리지 못하리라 생각하는 걸까. 아니면 알아차리게 하는 게 목적—— 감시하고 있다고 말 없는 견제를 할 생각인 걸까.

짜증나지만 죽일 수는 없다. 만약 죽일 거라면 주인의 허가를 받은 후 안킬로우르수스나 다른 마수가 죽인 것처럼 상황을 만들고 간단한 알리바이 공작도 해야만 하리라.

뭐, 마수사인 아우라라면 쉽게 할 수 있는 일이지만.

"……근데 이런 데서 뭘 할 거야?"

"웅! 소꿉놀이 할 거야!"

제일 커다란 사내아이가 큰 목소리로 말했다. 기세로 이쪽이 고개를 끄덕이게 만들려는 듯했다.

'——소꿉놀이?'

그게 어떤 놀이인지 아우라도 알고는 있었다.

'롤플레잉의 일종이었지. 분명…… 페로론치노 님이 「나는 아기가 돼서 엄마에게 쓰담쓰담받고 싶어」라고 했다면서 부글부글찻주전자 님이 탄식하셨는데…… 그런 걸 하나?'

아우라는 자신이 샤르티아의 머리를 쓰다듬어주는 광경을 상상해보았다.

'아~ 그건가 보네……. 하지만 내가 그런 걸 하거나 받아야 하나……?'

엄마 역할이라면 그나마 낫지만 아기 역할은 창피하다. 그렇다기보다 롤플레잉이라고는 해도 지고의 존재가 계층수호자로 창조한 자신이 아기 역할 따위를 했다간 그건 부글부글찻주전자 님에 대한 결례가 아닐까?

'페로론치노 님의 말씀을 들었을 때 야마이코 님과 팥고물떡 님은 웃으셨지만……. 부글부글찻주전자 님이라면 화가 나실지도…….'

하고 싶지 않다고 말하기는 쉽다. 하지만—— 정보수집을 위해, 상대의 입을 가볍게 만들기 위해서라도 받아들여야 할지 모른다. 누구나 그렇다. 자신의 제안을 받아들여준 사람과 거절한 사람. 어느 쪽에게 호감을 가질까. 그리고 같은 놀이를 함께 하는 쪽이 보통은 친해지기 쉽다.

반면, 하고 싶지 않다고 할 경우에는 어떻게 될까.

그럼 어떤 놀이를 할 거냐고 상대가 물었을 때, 아우라는 좋은 제안을 할 자신이 없었다.

아우라도 몇 가지 놀이를 제안할 수는 있다. 예를 들면 달리기, 나무타기, 칼싸움 같은 것이다. 하지만 이런 놀이는 능력 등의 차이에 따라 승패가 확실하게 정해져버린다. 그리고 아우라와 마레——특히 마레——와 견줄만한 신체능력을 가진 아이가 있을 리 만무했다.

그렇게 되면 결과가 뻔해 재미없는 놀이가 될 것이다. 그들의 기분을 띄우기 위해 적당히 져줄 수는 있다. 하지만 아우라가 우르수스 로드를 격퇴했던 ——이야기는 그렇게 되어 있다——것은 모두가 아는 사실. 그런 강자가 달리기를 하는데 "아~ 졌다~." 같은 소릴 하면 아이들도 접대 플레이라는 것을 알아차릴 수밖에 없다. 그렇게 해 사이가 좋아질 수 있다면 그 아이들이야 말로 사람이 됐다고 할 수 있으리라.

그렇다고 놀지 않는다는 선택지는 어떤가 하면, 그건 있을 수 없다.

절대적인 주인이 '놀고 오라'고 했으므로.

그렇다면——

"누, 누나……. 서, 설마……."

시선을 돌린 곳에 있던 마레가 움찔하는 표정을 지었다. 아마도 아우라와 같은 생각을 하고 같은 대답에 도착했을 것이다.

그런 마레에게 아우라는 혼신의 미소를 보냈다.

"이게 바로 '아주 높은 수준의 일'이야, 마레!"

아우라와 마레를 내보내고 짐을 다 정리한 아인즈는 벽에 몸을 기댄 채, 이따금 손에 든 조그만 메모를 읽으며 멀거니 천장을 올려다보고 있었다.

심심했다.

원래 짐이 그렇게 많은 것도 아니었으므로 정리는 금방 끝났다. 인테리어 코디네이트에 관해서는 나중에 아이들과 의논하면 된다.

그런 그렇다 쳐도 누군가가 금방 올 줄 알았는데, 아직 아무도 나타나지 않았다.

아인즈는 손에 든 메모지를 보았다.

그곳에 적힌 것은 다크엘프 마을에 온 후로 일어날 수 있으리라고 아인즈가 생각했던 사태와 대처법이었다. 하지만 아무도 오지 않는 경우는 전혀 상정하지 못했다.

자신이 생각했던 시나리오에 일찌감치 구멍이 있었음을 인정하지 않을 수 없었다.

충격을 받지는 않았다. 어차피 일반인인 자신의 플래닝 따위 그 정도일 거라고 생각했기 때문이다. 중요한 것은 여기서 어떻게 만회하는가다.

당장 생각할 수 있는 큰 줄기는 두 가닥. 하나는 여기서 지긋이 기다리는 것. 또 하나는 자신이 먼저 움직이는 것.

아인즈가 선택한 것은 전자였다. 길이 엇갈리는 것을 피하기로 했다.

한동안 딱히 하는 일도 없이 기다리는 아인즈. 역시 이 선택은 잘못이 아니었을까 불안을 느끼기 시작했을 때, 그제야 한 다크 엘프 여성이 사양도 않고 입구에서 얼굴을 들이밀었다. 이 마을에서의 인간관계는 항상 이런 거리감이다. 그런 그녀는 아인즈와 눈이 마주치자 조금 놀란 듯한 기색을 보였다.

아인즈는 여기에서 약간의 위화감을 느꼈다.

아인즈가 있다는 것이 그렇게까지 놀랄 일일까?

'아니지, 남의 집——빌린 거긴 하지만——을 들여다보던 중에 사람과 눈이 마주치면 저런 반응을 보이는 것도 당연한가? 다크엘프 인간관계의 거리감을 생각해보면 조금 다른 것도 같지만…….'

여자는 아인즈에게 인사를 하듯 고개를 한 번 숙이더니 시선을 바닥으로 향하고, 실내로 들어와, 가져온 접시를 바닥에 내려놓았다.

다크엘프는 엘프 트리 안에서도 신발을 벗지 않는다. 그러므로 입에 넣을 음식의 접시를 바닥에 놓는 것은 개인적으로는 조금 그렇지 않나 생각했지만, 그들은 바닥에 앉아 식사를 하므로——아인즈가 본 바로는 테이블을 사용하는 사람은 반도 안 됐다—— 이것이 당연할 것이다.

그리고 그 이상으로 마음에 걸리는 점이 있었다.

아인즈와 여자의 거리는 그렇게 멀지 않았다. 건네주려고 마음먹으면 몇 걸음 다가오기만 하면 된다. 그럼에도 말없이 바닥에 놓아둔 것이다. 게다가 처음에 얼굴을 들이민 후로 한 번도 눈을 마주치지 않았다.

아인즈도 안다.

그녀는 이쪽에 말을 걸 생각이 없다.

다만—— 적의나 경멸, 혐오감 같은 악감정은 느껴지지 않았다. 가져온 접시를 놓을 때도 매우 정중한 태도였다. 그녀가 그런 ——말을 하는 것을 어려워하거나—— 성격의 여성이라고 생각하면 수긍이 갔다.

'아니지, 그게 아니고 경계해서일 수도 있어. 아우라와 동등한 힘을 가진 어른이 왔으니까. 내 정체를 모르는 이상 경계하는 건 당연하겠지. 특히 이성이고. 하지만 그렇게 여겨지지 않도록 선물도 가져오고 연기도 했는데……. 이건 좋지 않아. ……어떻게 대응할지 좀 난감한걸.'

이 여성에게 아이가 있는지 어떤지는 모르겠지만, 만약 이 마을의 여성진——특히 어머니들이 자기 아이들에게 쌍둥이와 놀지 말라는 소리라도 한다면 계획이 꼬인다.

부모의 말을 무시하는 것도 아이지만, 부모의 말을 따르는 것도 아이다.

아인즈는 생각에 잠기고, 당장 답을 내는 것을 포기했다.

'결국 그녀의 태도가 무엇에서, 어떤 감정에서 비롯됐는지 모르면 어떻게 할 방법이 없고, 평소 그녀의 모습을 모르는 내가 아무리 가정을 거듭해봤자 답은 나오지 않겠지. 여기서 다급하게 결론을 내려서는 안 돼.'

그녀는 가져온 접시를 놓고는 고개를 꾸벅한 다음 엘프 트리를 나갔다. 물론 아인즈도 같은 타이밍에 고개를 숙여 인사했다.

아무도 남지 않은 공간을 바라보며, 아인즈는 후우 한숨을 내쉬었다.

물어보지 못했다.

왜 그런 태도인가요? 하고 솔직하게 물어볼 수 없었다. 아무리 그래도 그것까진 물어보지 못하더라도 그 외에 물어보고 싶은 말, 하고 싶은 말은 있었다. 다만 뭐라고 해야 할까, 뚜렷한 벽이 있는 것이 느껴졌으므로 꽁무니를 빼고 말았다.

그녀는 저런 태도였지만 다음 사람은 좀 다르지 않을까, 그렇게 기대해보는 것도 나쁘지 않다.

벽을 친 사람과 억지로 대화를 나누느니 그쪽이 더 좋은 결과를 내줄 것이다.

아인즈는 그렇게 생각했으나, 다크엘프 여성이 놓고 간 음식을 보고 스즈키 사토루 시절을 떠올렸다.

'——아니야! 지금이라면 아직 늦지 않았어! 나중에 문제가 되는 것보다는 지금 움직여야 해.'

회사에서도 그렇다.

나중에 실수가 발각되는 것보다도 얼른 상사에게 보고하는 편이 덜 다친다. 왜냐하면 스스로는 큰 실수라 생각해도 의외로 그렇게까지 큰 실수가 아닌 경우가 있기 때문이다. 하지만 이런 일은 시간이 지날수록 깊은 상처로 변화하는 법이다.

그렇다. 다크엘프들에게 일찌감치 말해두는 편이 좋은 것이 몇 가지 있다.

아인즈는 엘프 트리에서 황급히 뛰어나갔다.

조금 전 여성의 뒷모습이 바로 눈앞에 있었다. 다크엘프——

엘프도 그렇지만——는 인간보다도 청각이 뛰어나기 때문에 아인즈가 뛰어나온 소리를 들었을 것이다. 몸을 돌리려 하고 있었다.

"——실례합니다."

"아, 네!"

타이밍 좋게 말을 걸어서인지 어지간히 놀란 모양이었다. 목소리가 갈라져서 나왔다.

"환영 연회 말씀입니다만——"

"——그건 장로들과 말씀해 주세요."

상당히 빠른 어조로, 거의 말허리를 자르듯 대답한다.

무언가 숨기고 싶은 것, 말하고 싶지 않은 것이 있나 의심하고 싶어질 만한 태도였다. 언뜻 떠오르는 것은—— 서프라이즈다. 그렇다기보다 아인즈에게는 그것 말고는 떠오르는 것이 없었다.

그야 환영 연회에서 서프라이즈라는 것도 좀 이상한 이야기 같긴 하지만, 그것이 다크엘프의 관습일지도 모르니 지금은 일부러라도 무시해야 할 것이다.

"그렇군요……. 이 마을에서는 뭐라고 하는지 모르겠지만, 저는 지금 카요카젠의 기월(忌月)에 들어가 있습니다."

"카요카젠의 기월……."

"네. 혹시 모르시는지요?"

물론 아인즈가 대충 만들어낸 명칭이며 의식이다. 알고 있을 리 없다는 예상은 이어지는 말에 배신당했다.

"아, 아, 아뇨, 그렇죠……. 그, 어디선가, 네! 어디선가 들어본 적이 있는 것 같기도, 없는 것 같기도…… 그런 생각이 드네요."

엥?

아인즈는 당황했다. 혹시 이 마을에는 뭔가 비슷한 말이 있는 걸까? 만약 그렇다면 큰일이다. 이것이 나쁜 의식이기라도 했다간 끝장이다. 어떻게 얼버무려야 좋을지 모르겠다.

하지만 기월 자체는 기일이 있는 달이라는 의미도 있는 단어이므로, 그들에게 그러한 의미가 전해졌을 것이다. 카요카젠이라는 아인즈의 조어가 무언가와 맞아 떨어졌다 해도 아직은 얼마든지 변명이 가능할 것이다.

덧붙여 아인즈가 기월이라는 단어를 아는 이유는 회사에서 배워서가 아니라 위그드라실에서 같은 이름의 특수기술이 있어서, 무슨 의미인지 찾아보았기 때문이다.

"그, 그런가요? 아, 아니, 그렇군요. 같은 다크엘프니까요. 어쩌면 비슷한 단어가 있을지도 모르겠군요. 그렇다고는 하지만 의미까지도 같을지 어떨지는 들어보기 전까지는 모르겠지만요."

"저, 정말 그렇겠네요. 게다가 말이죠! 저는 들어본 듯한 기억이 있을 뿐이고 카요카젠과 같다고는 단언할 수 없으니까요."

아인즈와 여성은 서로 빠른 어조로 말하면서 어색한 웃음을 나누었다. 물론 아인즈는 환술이므로 표정은 거의 변하지 않았다.

"아무튼 이번 달은 저에게는 죽은 이의 안녕을 기원하는 시기인지라, 연회처럼 활기가 있는 장소에 나가는 것은 피하고 싶습니다. 물론 이 마을에는 이 마을의 규칙이 있을 거라 생각하니, 꼭 필요하다면 참가하겠습니다만, 제가 음식을 먹지 않아도 양해해주셨으면 합니다."

"네, 죽은 이의 안녕을 바라는 달이니까요. 식사를 하지 않으시는군요. 이해해요."

이해하는구나.

아인즈는 그렇게 생각하며 고개를 끄덕였다.

"그런 이야기를 장로님께 말씀드리고 싶은데, 어디로 가면 될까요?"

"그, 그러시면 제가 장로님께 전해둘게요."

"네? 그건…… 고맙습니다! 그러면 잘 부탁드립니다!!"

조금 전에는 직접 말하러 가라지 않았나? 하는 소릴 꺼내지는 않았다. 그리고 확인하거나 하지도 않았다. 그녀의 제안은 자신에게 유리했으므로 언질은 받았다는 양 부탁을 했다.

역시 관두겠다느니 마음이 달라졌다느니 하는 말이 나오기 전에, 이젠 냉큼 도망치면 그만이다.

아인즈의 갑작스러운 기세에 눌려 눈을 껌뻑이던 그녀에게 일방적으로 작별인사를 하고 집으로 돌아왔다.

애써 그녀를 무시했던── 다시 부르지 않았다는 데에 안도하며, 빌린 집으로 돌아온 아인즈는 그녀가 바닥에 놓았던 접시를 들었다.

묵직한 ──아인즈에게는 가볍지만── 감촉. 셋이서는 다 먹을 수 없을 만한 양이었다.

이것은 아침과 저녁 분량이 틀림없었으며, 세 사람의 식사가

2회분── 합계 6인분일 것이다. 그 점을 생각해보면 이만큼 많은 것도 당연하다고 여겨지지만, 그래도 조금 많은 것 같았다. 다만 이것은 스즈키 사토루가 식사에 그렇게까지 비중을 두지 않았으므로, 그리고 아인즈가 된 후로는 식사를 하지 않는 몸이 되었으므로 그의 감각에서 봤을 때 많다는 판단이 든 것뿐일지도 모른다.

'이런 장소에서 살게 되면 나름대로 칼로리를 섭취해야만 할지도 모르지. 완전영양식 같은 건 없을 테고.'

식사는 조리된 ──굽기만 한 것처럼 보였다── 고기와 말린 과일. 곁들이로는 무언가의 잎을 썬 샐러드 같은 것. 여기에 으깬 감자 비슷한 것이 있었으며, 다양한 나무열매가 함께 보였다. 덤으로 구운 애벌레 ──크다── 같은 것도 쌓여 있었다.

아우라의 평가로는 별로 맛이 없었다고 한다. 게다가 식재료나 맛의 변화가 적다 보니 금방 질린다고 한다.

그렇지만 호기심을 자극받았다.

입 안에 어떤 맛이 펼쳐질까.

곤충은 단백질이 풍부하므로, 바비큐 맛 등이 첨가된 것은 스즈키 사토루도 자주 먹곤 했다. 하지만 이렇게 토실토실한 애벌레를 통째로 구운 것은 먹어본 적이 없다.

식사를 하지 못하는 이 몸을 조금 아쉽게 생각하면서, 아인즈는 한 층 내려간 방에 있는 선반 위에 접시를 놓았다. 그리고 앞으로 어떻게 할지를 생각했다.

'점심 식사라는 사고방식이 없는 걸 보면, 아이들도 아직 한참은 더 놀겠지. 아마.'

아이도 노동력에 포함되는 경우에는 어느 정도 노는 시간이 정해져 있을지도 모르지만, 아인즈가 아이들에게 쌍둥이와 놀아달라고 말을 건넸던 것은 많은 사람이 안다. 그렇다면 오늘 정도는 어른들도 풀타임으로 아이들을 놀게 해주지 않을까?

다시 말해 아우라도 마레도 돌아오지 않을 가능성이 높다. 그렇다면 아인즈도 자신의 관심사를 위해 시간을 쓰기로 했다.

〈완전불가지화〉를 써서 마을 안을 걸어다닌 ──비행했지만 ── 적은 있어도, 모습을 보인 채 걸어다닌 적은 없다. 어쩌면 새로운 발견이 있을지도 모른다. 그리고 가보고 싶은 곳도 있었다.

'일단 준비는 해두었고.'

아인즈는 조금 전에 봤던 메모지와는 다른, 제대로 된 수첩을 공간──아이템 박스──에서 꺼내, 그곳에 적힌 여러 가지 사항을 암기하고자 애썼다.

그곳에 적힌 것은 여러 가지 약초나 광물을 사용한 포션의 생성 방법이었다.

그렇다고는 해도, 유감이지만 아인즈의 머리로는 기껏해야 두세 종류의 조합을 기억하는 정도였다. 다만, 아인즈의 머리가 우수하지 않은 것은 사실이라도, 여기에 모든 원인이 있다고 할 수는 없었다. 왜냐하면 매우 치밀한 ──당연한 일이지만── 조합방법이라, 기초가 되는 지식도 관심도 전혀 없는 사람에게는 암기하는 것도 상당히 힘들기 때문이다.

수첩을 공간 속에 집어넣은 아인즈는 입 속으로 조합방법을 중얼중얼 되풀이해 외우며, 다시 밖으로 나가 마을 안을 돌아다니기 시작했다.

몇몇 다크엘프가 아인즈를 알아보고 시선을 보냈다. 감시하는 것은 아니고 평범하게 마을 안을 다니는 사람들이었으며, 그 시선 속에는 호기심과 흥미가 담겨 있었다.

만약 한 명이라도 환술을 간파하는 사람이 있었다면 문제였겠지만, 다행스럽게도 그런 능력을 보유한 사람은 없는 듯했다. 아니, 있다면 마을에 도착한 시점에서 소동이 벌어졌겠지.

하지만 그런 마을 사람들 중에서 말을 거는 이는 없었다.

역시 이런 고립된 마을이라 외부인과는 거리를 두는 걸까? 그야 아인즈, 아니, 스즈키 사토루도 회사에서 낯선 사람을 보았다고 해서 다가가서 말을 걸거나 하진 않을 것이다. 반대로 누군가가 다가와서 말을 건다면 그 사람은 자신을 의심한다고 봐야 하지 않을까.

애초에 아인즈는 소외감을 느끼거나 하진 않았다.

이번 주인공은 쌍둥이이며, 지금의 아인즈는 스테이크 접시의 파슬리다. 그런 엑스트라가 지나치게 자기주장을 하는 것은 문제다. 다만 어느 정도 존재감을 어필할 필요는 조만간 생길 것이다. 이곳으로 오면서 생각했던 것처럼, 영웅인 아우라를 단순한 아이로 떨어뜨리기 위해.

앞에서 다크엘프가 걸어왔다.

이따금 아인즈에게 시선을 보내기는 하지만 그것은 어디까지나 스쳐 지나갈 상대에게 보내는 것일 뿐이었다.

'마침 잘됐어. 위장공작에 쓰도록 하자.'

〈완전불가지화〉로 마을의 대체적인 구조는 알고 있지만, 아우라의 삼촌이 이곳에 온 것은 처음이라는 설정이다. 너무 익숙하게 돌아다니면 이상하게 여겨질 것이다. 물론 변명은 얼마든지 가능하다. 예를 들면 아우라에게 들었다거나. 하지만 일부러 변명을 하는 것도, 상대에게 의심을 사는 것도 귀찮다.

상대의 경계심을 높여봤자 좋을 것은 하나도 없다. 그렇다면

──

"아~ 실례합니다."

아무 다크엘프에게나 물어보면 된다. 그러면 완벽한 알리바이를 만들 수 있다.

"아, 네. 무슨 일이신가요?"

"네. 조카에게 들었는데, 이 마을에서는 우수한 약사 분이 약사장을 맡고 계시다고 해서요. 한번 뵙고 싶은데, 그분의 엘프 트리는 어디 있을까요?"

아인즈의 질문에 의심하거나 숨기는 일 없이 고분고분 대답해 주었다.

아인즈는 그 다크엘프에게 고맙다는 인사를 하고, 가르쳐준 ── 그리고 아인즈도 알고 있는 엘프 트리 쪽으로 갔다.

중간에 한 다크엘프 사내가 손을 나무 밑의 지면에 내밀고 있는 광경을 보았다.

뭘 하는 건가 싶어서 발을 멈추고 지켜보자, 땅이 불룩불룩 움직이더니 덩어리가 된 흙이 마치 슬라임처럼 나무줄기를 타고 기어 올라가는 것이었다.

마레가 사용하는 〈대지의 해일Earth Surge〉와 비슷하지만 그것과는 여러 가지 의미에서 달랐다.

생활마법, 혹은 드루이드의 신앙계 마법으로 여겨지는 그것은 위그드라실의 마법이 아니라 그들이 살아가는 과정에서 개발한 것이리라.

　흙덩어리는 그대로 남자의 조작에 따라 아인즈의 위치에서는 보이지 않는 나무 위쪽까지 이동했다.

　아마도 저것이 다크엘프들의 텃밭에 쓰이는 흙일 것이다.

　다크엘프들은 나무 속이나 위에 만들어놓은 플랜터로 텃밭을 꾸미고 있었다. 플랜터 자체는 나무로 만든 것이라 쳐도 흙은 어떻게 가져오는가 생각했더니, 저것이 답인 모양이었다.

　재미있는 것을 본 아인즈는 만족하고 다시 발을 움직였다.

　목적지인 엘프 트리는 상당히 훌륭한—— 굵은 것이었다. 어쩌면 이 마을에서 제일 굵을지도 모른다. 역시 이 마을의 유력자인 약사장의 집다웠다.

　게다가 주위의 엘프 트리에서도 꽤 거리가 있었다.

　이것은 약제를 조합하는 과정에서 혹시나 유독한 물질이 발생하더라도 주위에 피해를 미치지 않도록 하기 위해서일 것이다.

　레벨이 높고, 그렇기에 면역기능도 강화된 약사는 발생한 독에 저항할 수 있더라도, 아이나 환자처럼 체력이 없는 사람까지 견딜 수 있으리란 법은 없다.

　그리고 어쩌면——

　'——지식을 도둑맞지 않기 위해서일지도 모르지.'

　지식의 독점이라는 관점은 아인즈도 쉽게 공감할 수 있었다. 자신의 기득권익을 지킨다는 의미에서도, 도둑맞아 문제가 생겨나는 것을 막는다는 의미에서도 말이다.

약은 분량을 잘못 재면 독이 된다는 것은 누구나 아는 사실이다.

그렇다면 제멋대로 지식을 훔쳐간 사람이 제대로 된 약을 만들 수 있겠는가? 아닐 것이다. 조악한 모조품이 나돌아 희생자가 생겼을 경우 약사가 만든 원래의 약까지 의심을 받게 되지 않겠는가.

다시 말해 그런 것이다.

"——실례합니다."

엘프 트리 안을 향해 말을 걸었다.

대답은 없었다.

엘프 트리의 줄기를 노크하고 다시 한 번 말을 걸었다. 귀를 기울이자 무언가를 드득드득 가는 소리가 들렸다.

"들어가겠습니다."

허락을 받지 않고 들어갔다. 그러자 조금 토실토실한 남자 다크엘프의 등이 보였다. 운동은 하지 않지만 높은 지위와 훌륭한 업무에 어울리는 식사를 제공받아 그런 체격이 되었을 것이다. 틀림없이 제자가 아니라 이 집의 주인—— 약사장이라 봐도 될 것이다.

그는 바닥에 앉아, 낮은 책상을 마주 본 채 열심히 팔을 움직이고 있었다.

책상에는 유발과 약연 같은 초보적인 기구가, 선반에는 아마도 생약이 든 것으로 보이는 단지가 있었다. 약초임 직한 풀이 천장에 매달려 있었다.

풀의 풋내와 생약의 쓴내가 뒤섞이며 코로 흘러들어, 운필레아와 리이지의 작업장이 떠올랐다.

다크엘프는 인간보다도 뛰어난 청각을 가졌다. 그렇다고는 해도 어디까지나 인간에 비해 약간 좋은 정도이므로, 약사장이 아인즈가 들어온 것을 알아차리기는 했지만 일부러 무시하는 것인지, 아니면 작업에 열중해 모르는 것인지 분간할 방법은 없었다.

아인즈는 다시 말을 걸었다.

"잠시 실례해도 되겠습니까?"

그제야 비로소 약사장은 풀을 갈던 작업을 멈추었다. 그리고 어깨 너머로 비난하는 듯한 시선을 아인즈에게 보내더니 눈살을 찌푸렸다.

"당신—— 아아, 그렇군. 얼굴을 가린 그 천. 분명, 전에 왔던 소녀와 같은 데서 왔다는 남자. 마력계 매직 캐스터랬던가."

"네, 그렇습니다. 보아하니 이미 상당히 자세히 알고 계신 모양이군요."

아인즈가 천을 벗으려 하자 약사장이 말했다.

"——그럴 필요는 없네. 부족의 규칙이라며? 보여줄 필요는 없어. 딱히 당신 얼굴 본다고 뭐가 어떻게 되는 건 아니니까. 그 대로 있어도 좋아. 당신의 인사는 받아들이지. ——좋아. 그럼 끝났을 테니 돌아가줘. 나도 바빠서."

중얼중얼 그 말만을 하고는 관심을 잃었다는 것처럼 시선을 책상으로 돌렸다. 무뚝뚝한 태도에서 두꺼운 벽이 느껴졌다. 하지만 아인즈는 안도했다.

이런 인물은 숨김없는 언동으로 자신의 속내를 솔직하게 말한다. '방해되니 나가라'라고 쌀쌀맞게 내쳐버렸다면, 영업사원의 능력을 발휘한다 해도 거기서부터 이쪽을 돌아보게 하기까지 매우 힘들었을 것이다.

그런데 그는 그렇게 말하진 않았다. 다시 말해—— 아직 대화의 여지는 있다는 뜻이다.

막자를 든 약사장의 등을 보며 아인즈가 물었다.

"지금은 뭘 만드시는 겁니까?"

"뭐면 어때."

말에 조금 가시가 있었다. 쓸데없는 대화를 나눌 수는 없을 것 같았다.

"——그렇군요."

대답한 아인즈는 잠시 간격을 두고 다시 물었다.

"……한 가지 여쭤보고 싶습니다만, 이 마을에서 복통을 치료할 때는 무슨 약초를 쓰시는지요? 키네 껍질인가요, 아니면 칸디아네 뿌리인가요?"

약사장의 손이 우뚝 멈추었다. 그리고 다시 조금 전처럼 고개를 돌려 어깨 너머로 아인즈를 보았다.

"잠깐 기다려 주겠나?"

"네, 물론이죠."

약사장은 조금 전처럼 아인즈에게 등을 돌리고는 다시 막자를 움직이기 시작했다. 다만 태도가 조금 전과는 약간 달라졌다는 것을 뒷모습으로도 알 수 있었다.

취미나 출신지 등, 상대와 공통된 화제를 찾는다는 스즈키 사토루 시절의 영업사원 기본 회화술이 도움이 된 모양이었다.

아무 접점도 없는 사람과, 같은 취미를 가진 사람. 제시된 상품의 내용물, 외견, 금액, 납기 등등 모든 조건이 같다면 거래상대로는 보통 후자를 선택하게 마련이다.

이 약사장은 일에 열의를 가지고 임하는 사람인 듯했으므로, 품에 파고들기 위해서는 약에 대한 화제가 제일 좋을 거라 생각했던 것이다.

"마침…… 만들고 있던 중이었어. 키네는 이 근처에는 안 나. 그러니까…… 아젠 잎을 쓰지. 알고 있을지도 모르지만 아젠 잎은 갈면 약효가 급격히 떨어져. 하지만 가는 속도가 너무 빨라서 열을 내도 안 좋고."

충분히 다 으깨고 나자 사내는 끈적끈적한 액체를 유발에 흘려넣었다.

"네레 나무의 생채기에서 분비되는 액체야. 이것과 섞으면 약효가 변화하지 않아. 그렇긴 해도 이대로 쓰면 약효가 약해지니까 한 과정이 더 필요해."

약사장은 다시 얼굴을 아인즈에게 돌리더니, 사양 않고 위에서 아래까지 훑어보았다. 그리고 냄새를 맡듯 코를 움직였다. 그러더니 낯을 찡그렸다.

"……냄새가 안 나는군. 이봐, 손 좀 내밀어봐."

아인즈는 시키는 대로 손을 보여주었다. 무슨 말을 하고 싶은지는 대충 알 수 있었으므로 손등—— 손가락을 보여주었다. 이만큼 거리가 있으면 만져보는 일은 없겠지만 혹시 몰라 상대가 다가왔을 때를 생각해 얼버무릴 말을 생각해두었다.

"초목을 짓이긴 냄새—— 약사라면 당연히 뱄을 냄새도, 손가락에 스며든 색도 없군. 마력계 매직 캐스터라고 듣긴 했는데…… 약사의 기술을 다른 방법으로 써서 그런가?"

이곳을 찾아온 것은 예정에 따른 행동이었으므로 사전에 약초를 짓이겨 그 냄새를 몸에 배게 하고 신뢰를 얻을 수는 있었다. 게다가 아인즈의 손은 환술이므로 그가 마음에 들어 할 만한 손으로 만드는 것도 가능했다.

하지만 두 가지 이유에서 그러지 않았다.

첫째는 발레아레 가가 그렇지 않았다는 것이었다. 물론 그들도 작업 중에는 그런 냄새를 풍기고, 작업장이나 작업복에 밴 냄새는 제법 강렬하다.

하지만 항상 그런 냄새를 풍기는 것은 아니었다. 오히려 운필레아는 꽤나 신경을 쓰는지 소취에도 여념이 없었다. 물론 발레아레 가문만이 그런 것일지도 모르지만, 신분을 숨기면서 실존하는 인물을 참고하는 편이 언동은 자연스러워지고, 한마디 한마디 고심해서 거짓말을 만들지 않아도 된다.

또 한 가지는 약초학에 대해 아인즈가 무지하다는 점이었다.

냄새를 배게 하고, 손가락을 변색시키고, 약사의 제자를 사칭한다 해도 약제 조합에 대해 상대가 질문하면 제대로 대답하지 못해 금방 바닥을 드러낼 것이다. 그 모습을 통해 모든 것이 거짓이었음이 탄로 나면 이 마을에서의 활동이 결실을 맺을 날은 오지 않는다.

"아닙니다. 스승에 해당하는 분이 연금술도 하셔서요. 그 지식을 조금 배웠을 뿐입니다."

따라서 거짓말이 간파되는 것을 피하고 모순이 생기지 않을 아슬아슬한 선을 노린 아인즈의 설정이 이것이었다.

"⋯⋯흐음, 그래."

약사장이 관심을 잃은 것을 금방 느낄 수 있었다.

이것은 어쩔 수 없다. 예상대로라고도 할 수 있다.

그렇기에 상대의 마음을 끌기 위한 히든카드도 몇 가지 준비해두었다. 아인즈는 다시 책상을 향한 약사장의 옆까지 다가와 그중 하나를 책상 위에 놓았다.

"⋯⋯어떤 곳에서 입수한, 치유의 힘이 담긴 포션입니다."

에 란텔에서 만든, 우아함이라고는 조금도 없는 유리병에 든 그것은 발레아레 가가 붉은색 치유 포션 생성 과정에서 만들어 낸 것이었다. 이미 붉은색 포션은 완성되었으므로 ——지금은 값싼 연금술 용액과 약초 등을 이용하는 것을 개발하기 위해 날을 지샌다—— 반대로 지금은 이쪽이 더 희귀하다.

"이건⋯⋯ 보라색?"

약사장은 병을 들었다.

"용기에 색을 입힌 게 아니군⋯⋯. 푸른색이 아닌 이유는⋯⋯. 뭔가 섞였나?"

약사장은 병을 들고 바닥을 보며 흔들었다.

"약간, 정말 아주 약간 침전물이 있⋯⋯나⋯⋯?"

무언가를 중얼거린다.

"써봐도 되나?"

"그러십시오."

아인즈의 허락이 떨어지기 무섭게, 약사장은 병의 뚜껑을 열더니 망설임 없이 나이프를 손에 가볍게 찌르고, 그 조그만 상처에 포션을 떨어뜨렸다.

꽤 많은 양이었다. 반쯤 쓴 것 같았다.

상처는 ──금방은 아니었지만── 눈으로 알아볼 수 있을 만한 속도로 아물었다.

"빠른걸……. 시간을 잴 필요도 없나……? 약초와 마법용액을 써서 만든 것치고는…… 침전물이……?"

'혼잣말이 많은걸……. 근데 저 나이프, 아까까지 뭔가 썰던 거 아니었어? 자기 손을 베어도 괜찮나? 마법용액이란 건 연금술 용액의 다크엘프식 호칭인가? 게다가 포션을 저런 식으로도 쓸 수 있었구나……. 어떤 상처든 전부 사용해야만 효과가 발휘되는 거 아니었어? 하긴, 전투 같은 극한상태에서는 상처의 깊이 같은 걸 봐가면서 사용할 양을 정하고 계산할 수는 없을 테니까, 그래서인가?'

약사장은 손에 묻은 포션을 날름 핥고는 냄새를 맡았다.

"아젠 냄새가 나는데……?"

아인즈가 지적하기도 전에 그건 아니라는 사실을 깨달은 듯했다.

"아니군……. 이건 내 손 냄새였어……. 무취에 무미……. 숨기기 위해서, 인가?"

'……뭘?'

"아니──"

그때 약사장이 고개를 홱 돌려 아인즈를 보았다.

"도시의 포션은 전부 이런 색인가?"

"그렇지는 않습니다. 에 란텔을 지배하는 언데드 왕을 경유해

흘러나왔다는 이야기를 들었습니다. 어떤 경위로 흘러나왔는지까지는 모르겠지만, 뭐, 귀한 물건이죠. 실제로 일반적으로 유통되는 치유 포션의 색은 파란색이고요."

약사장은 크게 한숨을 쉬었다.

"언데드 왕? ……아니, 지금, 그건 문제가 아니야. ……문제인 것도 같지만, 뭐, 괜찮……겠지……? 응. 그래서, 이건 내가 받아도 되는 건가?"

약사장은 내용물이 반쯤 남은 병을 가리켰다.

"조건에 따라서는요."

약사장이 그 다음 말을 기다리는 것을 확인하고 아인즈는 말을 이었다.

"대가는 지식입니다. 이 수해에서 약사 일을 하시는 당신이라면 이곳에서만 얻을 수 있는 지식을 다수 가지고 계실 것 같아서요. 그 지식과 교환한다면 대등할 거라 생각하는데…… 어떠신가요?"

한동안 침묵을 지킨 후, 약사장은 입을 열었다.

"……너는 그 지식을 어떤 목적으로 쓰고 싶나?"

조금 전부터 보인 약사장의 태도를 생각하면, 그가 좋아할 대답은 짐작이 갔다. 그것은 약사로서 높은 경지를 추구한다는 등의 대답일 것이다. 더 뛰어난 약사가 되고 싶다거나. 하지만 그 말을 할 수는 없었다.

"딱히 무언가 목적이 있어서는 아닙니다. 지식을 얻어놓으면 나중에 그것을 모종의 거래에 쓸 수 있을지도 모르고, 지식욕도 채울 수 있죠."

아인즈가 예상했듯 약사장은 조금 언짢은 표정을 지었다.

"……겨우 그런 걸 위해서?"

"저는 조금 전에도 말씀드렸듯 마력계 매직 캐스터입니다. 그 방면의 능력은 매우 뛰어나다고 자부하지만, 연금술사로서의 실력은 거의 없고, 재능이 없다고 스승님께서도 말씀하셨습니다. 그러니 약사로서 살아갈 마음은 추호도 없습니다. 하지만 지식은 별개지요. 지식은 힘이자 무기니까요. 있는 것과 없는 것은 전혀 다릅니다. 그리고 당신에게 은혜를 베풀 수 있는 것도 큰 이유고요."

"————은혜?"

"예. 약사로서 살아갈 생각이 없는 저에게 비장의 지식을 전수하실 마음은 없을 겁니다. ——그렇죠?"

약사장의 대답을 기다리지 않고 아인즈는 말을 이었다.

"그렇다면 그 미지의 치유 포션이라는, 매우 희귀한 것과 교환하기에 어울리는 지식을 제공해주실 수 있겠는가, 하는 의문이 남지요. 그러니 차액만큼 은혜를 베풀 수 있는 셈입니다."

"시시한 조합이나 약효의 지식만 가지고 교환할 만하다고 해버릴 수도 있는데? 그래놓고 난 은혜 따위 입은 적 없다고 선언해버릴 수도 있지. 아니면 내가 지불한 대가가 더 컸다고, 오히려 네가 은혜를 입었다고 우길 수도 있고."

"그래도 상관없습니다만?"

약사장이 엥? 하는 표정을 지었다.

"그쪽에서 입을 디메리트가 두 가지 있습니다. 하나는 자기 자신에게는 거짓말을 할 수 없다는 점이죠. 시시한 지식과 교환해 매우 값진 지식을 얻어버렸다는 죄책감이 마음에 남지 않겠습니까?"

"호오~."

"또 한 가지. 당신이 후안무치한 인물이라고 평가를 받는다는 것. 만약 앞으로도 만날 일이 있다면 그 점을 전제로 당신과 교류하게 되겠죠. 게다가 제가 이 이야기를 도시에 퍼뜨린다면 다른—— 저보다도 지식이 있는 약사들이 어떻게 느끼고 어떻게 생각할까요."

"——과연. 변경 야만족의 지식 따위 그 정도라고 생각하고 이 숲에 사는 다크엘프, 그것도 약사를 비웃음거리로 삼는단 말이지. 자기가 받은 약의 가치도 못 알아보는, 혹은 거래할만한 지식이 없는 약사라고 생각하겠지. 아니면 공정한 거래를 하지 못하는 더러운 약사라고 판단하거나……."

"싼 금액으로 값비싼 물건을 손에 넣었다고 칭찬을 받을지도 모르지만요."

"……도시의 약사는 그런 식으로 생각하나? 제공받은 것에 정당한 대가를 지불하려 하지 않나?"

"도시에는 다양한 사람들이 사니까요. 눈앞의 이익에 집착해 장래의 자신을 상상하지 못하는 사람이 없다고는 못합니다. 뭐, 그런 자에게는 그 후로 두 번 다시 거래의 기회가 돌아오지 않을 테니 금방 사라지겠지만요. 반대로 처음 보는 손님이야말로 소중하게 대하는 사람은 상인이라도 대성할 기회를 얻겠지요. 손해를 보면서 이익을 취한다는 말이 있듯."

"큭큭큭."

약사가 재미있다는 듯 웃었다. 이곳에 와서 처음 보이는 웃음이었다.

"정말 말을 잘 하는 놈이야. 입부터 태어났다는 게 바로 너를 두고 하는 말이군."

아인즈는 조금 안도했다. 이 약사는 좀 더 감정파일 거라고 생각했기 때문이다.

솔직히 말해, 지극히 일반적인 영업사원에게는 감정이 주체인 고객은 귀찮은 경우가 많다. 이쪽이 메리트와 디메리트를 역설해도 그보다 자신의 감정을 우선시하는 상대는 성격 면에서도 상당히 성가시다. 오늘 정했던 사양을 내일 변경하겠다고 말하는 사람이 대개 그런 사람이라고 들은 적이 있다.

일류 영업사원이라면 한번 포섭하는 데 성공하면 그런 손님이 편하다는 의견도 있다지만, 아인즈—— 스즈키 사토루처럼 평범한 영업사원이 보기에는 거래하고 싶은 상대가 아니었다.

"그런 말씀을 듣는 건 처음입니다."

정말로 그런 말은 들어본 적이 없었다.

"다들 생각은 해도 대놓고 말하진 않았던 거 아닐까?"

조금 전과는 달리 기분이 좋아 보였다.

"그럴까요? 저는 그렇게 생각하진 않지만요."

"큭큭큭. ——됐고, 이 포션에 어울릴만한 지식이라고 한다면, 내가 아는 비전을 제공할 수밖에 없겠어. 넌 이 마을에 얼마나 오래 있을 수 있나?"

"확실하게 정한 건 아니지만, 며칠 후에는 떠날 생각입니다. 길어야 7일 정도 아닐까요."

약사장은 입을 세모꼴로 꾹 다물었다.

"그래……? 그럼……."

그대로 침묵한 채 시간이 흘렀다. 아인즈는 아무 말도 하지 않았다.

"일단, 기간이 그렇게 짧다면 비전을 가르치는 건 무리겠어. 비전으로 전해지는 약은 대부분 섬세한 변화―― 필요한 재료의 시기에 따른 변화 같은 걸 후각이나 촉각으로 느끼고, 사용할 양을 섬세하게 바꿔나가야만 하거든. 솔직히 말하자면 반년은 이곳에 머물게 하면서 변화를 네 오감에 새겨넣고 싶을 정도야."

당신이 만드는 법을 종이에 적어서 넘겨주면 되잖아.

그렇게 말하고 싶었지만 그랬다간 화를 낼지도 모르므로 아인즈는 조용히 있었다.

"그러니까 비전이 아니라, 가치로 보면 대등할지 어떨지는 모르겠지만, 희귀하다고 생각하는 약의 조합방법에 처방 같은 지식이어도 상관없겠나?"

"네, 그 정도면 문제없습니다. 판단은 맡기겠습니다."

"그렇다면―― 오늘부터 여기서 지내. 시간이 별로 없으니까. 그 동안 네 몸에 확실하게 새겨주지."

"――네?"

그건 곤란하다. 매우 곤란하다.

환술이 탄로 날 위험성은 조금이라도 줄이고 싶었다. 게다가 식사도 화장실도 수면도 필요가 없는 몸이다. 아무리 연기해도 분명 이상하다는 것이 탄로 난다.

"죄송하지만 조카들이 있으니 그건 거절하겠습니다. 수를 줄이셔도 상관없으니 어떻게든 안 되겠습니까? 제가 잘 기록할 테니까요."

"……구전뿐이야. 기록은 일절 용납하지 않아."

"그건……."

아인즈는 말문이 막혔다.

가르쳐줘도 그걸 전부 암기할 자신은 없었다.

그야 위그드라실이라는, 자신의 모든 것을 바쳤던 게임에서는 그곳의 방대한 지식을 기억하는 것이 조금도 고통스럽지 않았다. 하지만 이번처럼 관심이 전혀 없는 지식을 기억할 수 있느냐고 하면, 고개를 가로저을 수밖에 없었다.

애초에 메모도 하지 않은 채 말만 듣고 있는 부하는 상사가 보기에 불안하지 않나?

그런 생각을 하는 사회인 스즈키 사토루의 침묵을 다른 의미로 받아들였는지, 약사장이 입을 열었다.

"불만이 있는 모양이군. 하지만 말이야? 나도 그 포션의 제법을 알고 싶다고 하는 건 아니야. 그 정도는 해줘야겠어."

"조금도 기록하지 말라고 하시면 좀 곤란합니다. ……저는 제 기억력에 자신이 없으니까요. 그러니 기억하기 위해 약간 메모를 하는 정도는 허락해주실 수 없을까요?"

"무슨 소릴!"

약사장이 침을 튀기며 말했다.

"몸에다 기억시키는 거야! 수습 약사로서, 지금 손에 든 양이 어느 정도의 무게인지 금방 알 수 있도록 지도를 받았을 텐데!"

아니, 그런 건 못하거든요.

라고 대답하기는 어려운 분위기였다. 그렇다면 거짓말을 해야 할까?

거짓말을 해선 안 된다느니 그런 번드르르한 말을 늘어놓을 마음은 없었다. 때로는 다정한 거짓말도 있다. 이 경우에는 악의가 있는 거짓말을 해서는 안 된다고 말해야 할까?

'──난감하네.'

이야기의 흐름상 아인즈가 제자가 되어 이곳에서 훈련을 받게 된 것 같은데, 약사를 만나러 온 건 지식을 얻을 수 있다면 얻고 싶다는 정도의 가벼운 마음이었다. 다크엘프의 약초학을 일말이라도 얻을 수 있다면, 그리고 마도국보다도 뛰어나다면 장래에는 모종의 방법──기능실습생을 파견한다거나──으로 흡수하고 싶다고 생각했던 것이다.

그 일환으로, 여기서 배운 기술을 가지고 돌아가 조사하기 위해 약학을 원했다. 결코 아인즈 자신이 가르침을 청하고 싶었던 것이 아니다.

까놓고 말해, 대가는 지식이라고 했지만, 여기서 만들고 있는 가치 있는 포션을 한 병이라도 가지고 돌아가 운필레아에게 넘겨주는 형태여도 문제는 ──조금밖에── 없었다. 그러면 아마 그것이 어떤 약초를 통해 만들었는지 분석할 수 있을 것이다.

'으음…… 첫 접촉 방법이 좀 잘못됐나? 하지만…… 상대의 관심을 이끌어내려면 그런 방법밖에 없었는걸……. 그 덕분에 좋은 방향으로 이야기가 흘러갔다고 할 수 있지. 게다가 약을 받는다고 해도 분석할 수 없을 가능성을 생각하면 완전히 안 된다는 것도 아닌데…… 자, 어떻게 한다? 아니, 그보다도 먼저 생각해야 하는 건 거짓말을 해야 할지, 거짓말을 한다면 어떤 거짓말을 할지겠지.'

"어떻게 할 거야!"

생각할 시간을 줄 기색이 별로 없었다. 그렇다면 여느 때처럼 임기응변에 의지할 수밖에.

"……그야 제 스승에 해당하는 분께서도 몸으로 익히라고 하셨지요."

약사장은 그렇고말고, 당연하지, 도시의 약사도 뭘 좀 아는군, 하는 말을 중얼거리며 몇 번이나 고개를 끄덕였다.

"하지만 마찬가지로 이런 말씀도 하셨죠. 너는 머리가 나쁘니까 꼭 메모를 해라. 몇 번이고 똑같은 소리를 하지 않도록."

"…………뭐?"

약사장은 눈을 크게 뜨고, 그 다음에는 눈썹을 여덟 팔 자로 늘어뜨리며 물었다.

"……머리가…… 나빠?"

"스승님은 그렇게 말씀하셨습니다."

"그, 그렇군……. 아니, 아니, 스승이란 것들은 자기 제자에게 엄격한 법이지. 딱히 진심으로 그런 말을 하신 건 아닐 거야, 응? 조금 전의 네 이야기는 논리정연해서 내가 도망갈 구석을 다 막는 것 같았어. 그건 결코 우습게 볼 수 없는 거라고."

'위로해주네…….'

상대가 '저는 바보입니다'라고 선언해버리면 뭐라 말할 수 없게 되는 것은 다크엘프도 마찬가지인 모양이었다. 가혹한 곳에서 살아가는 종족이니 가차 없이 잘라버릴 거라 생각했는데, 그렇지는 않은 듯했다.

복잡한 마음이 들기는 했지만, 지금은 밀어붙일 수밖에 없겠다고 생각한 아인즈는 대답을 했다.

"아뇨, 분명 저는 못난 제자였을 겁니다. 기억력이 나쁜 거겠죠."

"그, 그래…………."

아인즈가 확신을 가지고 단언하자, 약사장이 밀린 것처럼 시선을 돌렸다.

한동안 서로 침묵을 지켰다.

양을 잘못 재면 독이 될 수도 있는 약을 이런 녀석에게 가르쳐줄 수 있겠느냐고, 약사장이 그렇게 말할 가능성도 충분히 있다.

하지만── 갑자기 약사장이 '그렇군' 하며 무언가를 수긍한 것처럼 말했다.

뭐가?

아인즈가 그렇게 생각하고 있으려니 약사장이 한순간 감탄한 듯한 표정을 지었다. 이내 원래의 표정으로 돌아왔으므로 잘못 본 것 아닐까 싶어질 정도로 찰나의 변화였으나 결코 아인즈의 기분 탓은 아니었다.

아인즈는 마음속으로 살짝 긴장했다. 뭔진 모르겠지만 약사장의 마음속에서는 이야기가 이어진 듯했다.

아인즈가 잘 아는 악마가 미소를 지으며 약사장의 뒤에 서 있는 기분이 들었다.

'……뭘 생각했지? 이상한 생각은 아니겠지?'

"……그렇다면야 어쩔 수 없군. 길어야 7일이라고 했으니, 더 일찍 이 마을을 뜰 가능성도 있겠지? 같은 일을 반복해서 설명하는 건 짧은 시간을 낭비하는 셈이니까. 확실히 기억한다면 기록은 나중에 불에 태우도록 하게."

무엇이 약사장의 심경을 변화시켰는지는 알 수 없다. 아인즈는 경계심을 품으면서도 태연한 척 대답했다.

"……네, 약속하겠습니다."

"그럼 알았네. 청에 따라 꽤 어려운 조합을 가르쳐주지. 엄격한 지도가 되겠지만 우는 소리 하지 말라고."

청했던 기억은 없었지만, 그 점은 차치하고서라도 이것만은 처음에 말해두어야 할 것이다.

"아뇨, 다정하게 가르쳐주실 수 없을까요?"

약사장은 입을 딱 벌리고는, 이번에는 떨떠름한 표정을 지었다.

아인즈는 엄격한 지도에 부정적인 것은 아니었다. 하지만 엄격한 것과 다정한 것이라면 후자를 택할 사람이었다.

"너 진짜……."

"아뇨, 달군 부지깽이로 때리거나 하면 싫잖아요?"

"네, 네 스승이 그런 짓을 했나?!"

"아뇨, 그렇진 않지만——."

"——나도 그런 짓은 안 해!"

"그래주시면 기쁘겠습니다."

아인즈가 너스레를 떨듯 어깨를 으쓱하자 약사장은 언짢은 표정을 지었다.

"하아. 네 성격을 좀 알 것 같군. 스승이 불쌍하다는 것도. 자, 그럼 당장 가르쳐주지. 이제부터 몇 가지 약의 이름과 효과를 열거할 거야. 네가 아는 거라면 필요 없는…… 아니, 필요 없다고 말할 수는 없으려나. 사용하는 재료 같은 게 다르다는 걸 아는 의미에서는 나쁘지 않겠어. 뭐 아무튼, 그중에서 배우고 싶은 걸 말해봐."

"고맙습니다. 하지만 그 전에 한 가지 질문이 있는데요. …… 구두 약속으로도 상관없으시겠습니까?"

계약서에 사인을 하라느니, 모종의 마술을 걸라느니 하면 이제까지의 이야기는 없었던 것으로 하는 편이 좋을지도 모른다.

"상관없어. 신뢰는 중요한 거잖아? 네가 책으로 쓰기라도 하면 돌고 돌아 나한테까지 흘러드는 일도 있겠지. 그때 경멸하면 그만이야. 도시의 약사는 그런 존재구나, 하고."

"그렇군요. 알겠습니다. 도시 약사의 평판을 떨어뜨리는 건 저에게도 큰 손해죠. 책으로 유통시키거나 하는 일은 절대 없을 거라고 약속하겠습니다."

*

도시에서 왔다는 남자가 보이지 않게 될 때까지 등을 지켜본 약사장은 훗 웃음을 지었다.

누군가를 배웅한다는 것이 얼마 만인지. 이 마을 약사들의 우두머리라는 지위에 오른 후로 처음인지도 모른다.

'——놀랄 정도로 똑똑한 자야. 도시라는 곳에는 저런 자들이 많나?'

그럴 리는 없을 것이다. 아니, 그렇다고 하면 터무니없는 일이다.

'이 숲에 사는 모든 다크엘프보다도 도시 주민의 수가 많다고는 들었지만, 그중에서도 저 자는 상위에 꼽히겠지. 가령 저만큼 머리가 돌아가는 사람이 도시에서는 일반적이라고 한다면, 앞으로 도시와 친선을 맺고 교류가 일상적으로 이루어지게 됐을 때는 속지 않도록 세심한 주의를 기울여야만 할 거야.'

그 남자는 자신이 머리가 나쁘다고 겸손하게 굴었지만, 만약 정말로 그렇다면 그 정도로 말을 잘 하지는 못했을 것이다. 게다가 이야기의 흐름이나 이쪽에 제공했던 정보 등을 생각해보면 결코 바보가 보일 행동은 아니었다.

그렇다면 어째서 약사장의 가르침을 종이에 적는 데 집착했을까? 거기서 언짢아졌던 약사장이 가르침을 거부할 거라고는 생각하지 못했을까?

하지만 여기에도 노림수가 있었음을 약사장이 깨달았던 것은, 그 남자가 스스로를 바보라고, 기억력이 나쁘다고 말하기 시작했을 때였다.

가르쳐준 것은 나중에 몰래 종이에 적을 수도 있다. 그럼에도 약사장의 기분을 상하게 해서라도 눈앞에서 메모를 하겠다고 선언할 필요가 있었다. 다시 말해——

'——그때는 몰랐지만, 그 남자가 전하고 싶었던 것은 아마도

두 가지. 첫째는 숨기지 않겠다는 것을 내게 밝히고 싶어서.'

물론 그 말을 곧이곧대로 믿을 수는 없다. 진실을 보여주면서 다른 무언가를 하나 숨기는 그런 짓을 할지도 모르니까. 유감스럽게도 오늘 처음 만난 자를 그렇게까지 믿을 수는 없다. 그래도 상대가 숨기지 않겠다고 속내를 최대한 보여준 것은 미래의 신뢰관계를 구축하는 데에 큰 의미를 가진다.

'그리고 또 하나는, 결코 말로는 할 수 없지만, 시간이 없는 가운데에서도 상당히 어려운 수준의 조합을 가르쳐 달라는 뜻이었겠지. 몇 번쯤 보는 정도로는 절대 익힐 수 없을 만한 수준의.'

전문적인 약사도 아닌 그가 난이도 높은 조합을 알려 하다니 주제넘은 소리다. 게다가 어려운 조합은 그만큼 귀중한 재료를 사용하는 경우가 대부분이다. 그렇기에 스스로 직접 요청할 수는 없었던 것이겠지.

다시 말해 그는 염치를 아는 자라는 뜻이다.

다만, 약사장은 두 번째 문제에 관해서는 딱히 문제가 없다고 생각했다.

원래 그 미지의 ——전설로 전해지는 포션과 관계가 있다고 여겨지는—— 약과 교환하는 것이 조건이었던 이상, 비전을 제공해도 된다고 생각했다. 이 다크엘프들의 비전이란 것은 크게 나눠 세 가지 패턴이 있다.

첫째는 어려운 조합으로 이루어진 약.

둘째는 지극히 희귀한 약초 등을 사용해 만드는 약.

셋째는 도를 넘을 정도로 약효가 강하거나 해서 위험한 약.

이 세 가지다.

그에게 비전을 전수해줄 수 없는 이유로는 첫 번째를 들먹였지만, 두 번째에 속한 약을 가르쳐줄 생각이었다.

어쩌면 이 지역에서는 진귀한 약초도 도시란 곳에서는 군생하고 있을지 모른다. 그리고 이런 경우는 약초에 흔한 일이다. 하지만 일일이 그런 것을 따질 수는 없다. 그렇다기보다 첫 번째는 무리고, 세 번째의 위험을 내포한 약을 가르쳐줄 수는 없으니, 답은 자연스럽게 정해진 셈이었다.

그런 점에서 이번 경우에는 대가로 적절했으며, 동시에 만약 이쪽에서 보기 드문 재료가 상대의 지역에서도 귀하게 여겨진다면 이쪽에도 이익이 있을 거라 생각했던 것이다.

그가 도시에 돌아가 전수받은 약을 퍼뜨리고, 그 결과 귀중한 재료였다면, 이것을 얻고자 도시 사람이 다크엘프 마을과 거래를 하러 올지도 모른다. 보라색 포션을 보면 도시의 조약기술이 상당히 뛰어난 수준임을 알 수 있다. 그 지식이나 소재를 손에 넣을 기회가 있는 것은 약사장에게도 나쁜 이야기가 아닐 것 같았다.

그 남자가 온 덕분에 장래에 마을과 도시 사이에 교류가 생겨날지 어떨지는 아직 모른다. 하지만 실리적인 면으로 보았을 때 이 제안을 받아들여야 한다는 말을 누군가가 꺼냈다면, 반대로 약사장은 쉽게 고개를 끄덕이지 못했을 것이다. 메리트니 디메리트니, 그런 잘난 것들의 이야기에 귀를 기울일 성격이었다면 마을 사람들에게서 '벽창호'라고 험담을 듣는 일도, 이 나이가 되도록 결혼을 못하는 일도 없었을 것이다. 같은 약사 동료들에게조차 경원시당하는 것을 신경 쓰지 않는 것은 아니지만, 이제 와서 자신을 바꿀 생각도 없었다.

그 남자는 손해득실 이야기를 했다. 원래 같으면 마음에 들지 않는 논지다. 하지만 그것은 ——매우 재미있게도—— 약사의 긍지에 관한 손해득실이었다. 먼 지역 어디선가 약사의 역량을 비웃든 말든 자신이 알 방법은 없다. 알 방법은 없지만, 그렇다고 괜찮은 것은 절대로 아니다.

그러므로 상대가 제시한 포션의 가치를 간파하고, 동등 이상의 가치가 있는 것으로 갚아주기 전까지는 안심할 수 없다.

정말로 말을 잘 하는 자라고 감탄했다. 논리와 감정 양면에서 동시에 치고 들어왔으니 말이다.

원래는 가르치는 쪽이 우위에 서고 배우는 쪽이 아래에 서야 한다.

하지만 이번에는 그렇지 않았다.

그 포션의 대가로 가르쳐달라는 이야기였던 것이다. 심지어 가르쳐줄지 말지도 이쪽에게 맡기겠다는 자세. 이 시점에서 대등한 입장이라 할 수 있다.

게다가 그 자는 곧바로 메모를 하겠다는 말을 꺼내 흉금을 열어놓았다.

'상대가 숨기는 것 없이—— 신뢰를 얻을 수 있도록 행동했다면 나도 그 자에게 신뢰를 얻을 만한 태도를 보여야지. 하지만 ——.'

매우 어려운 문제였다.

약사장은 좌탁에 앉으며 낯을 찡그렸다.

'내가 그렇게 할 수 있을 것 같진 않아.'

약사장은 자신이 남들과의 교제가 서툴다는 사실을 알고 있다.

마을 사람들에게 지식을 전수했을 때를 떠올려봐도, 좋은 교사는 아니었다고 단언할 수 있다.

'가르치는 역할만 아니라면, 약물을 써서 내 인격의 고삐를 일시적으로 풀어버렸을 텐데…….'

약초 선반에 놓인, 마약의 일종인 말린 잎사귀를 흘끔 보고 약사장은 고개를 가로저었다. 아픔을 누그러뜨리는 등의 용도에는 적합하고, 불안 등을 해소시켜주는 데에도 제격이다. 하지만 남을 가르치는 입장의 사람이 복용하기에는 너무나도 부적절하다.

"애써볼 수밖에 없겠군."

약사장은 불쑥 중얼거렸다.

'다만, 뭐, 연기는 서툰 것 같았어. 그렇게까지 눈 깜빡이는 것도 잊어버릴 정도로 응시하면…… 그 정도로 이쪽에 관심이 있었다는 뜻이겠지. 후후…… 생긴 걸 보면 연하인 것 같은데, 확실히 젊어. ……제법 귀여운 면도 있잖아.'

4

아인즈와 쌍둥이는 셋이서 식사를 하고 있었다.

물론 아인즈는 먹을 수 없으므로 식사를 하는 것은 아우라와 마레뿐이다. 음식은 다크엘프가 준비해준, 소재의 맛을 살린 것만은 아니었다.

아인즈가 인벤토리에 넣어 가져온 나자릭의 음식도 있다.

다크엘프에게 지급받은 음식은 아우라와 마레가 한 입씩 먹어보고, 손에 든 종이에 감상을 적은 후, 에 란텔에 있는 여러 종족의 지식인에게 보여주어 조사를 하고 있다.

다만 아직까지 놀랄만한 발견——금전적 가치를 포함한——은 하나도 없었다. 앞으로 이 마을과의 관계가 어떻게 될지는 알 수 없지만 유익한 거래 재료가 될 것 같지는 않았다.

아우라와 마레가 한 입씩 먹고 감상을 메모한 것은, 누군가가 아인즈에게 감상을 물어봤을 때에도 대답할 수 있도록 하기 위해서다.

다만 한 가지 문제가 있었는데, 나자릭의 식사에 익숙해진——혀가 고급스러워진 아우라와 마레는 다크엘프의 요리에 별로 좋은 감상이 들지 않았다. 하지만 만들어준 상대에게 솔직하게 '맛없습니다' 라고 말할 수 있는 것은 남의 마음을 생각하지 않는 사람이거나, 이 마을과의 관계를 나쁘게 하고 싶은 사람이거나, 백 번 양보해서 어린아이일 것이다.

그러므로 두 사람의 식사 시간은 상당히 오래 걸렸다.

한 입 머금고, 씹고, 미간을 찌푸리고, 솔직한 감상을 적고, 그 후 수첩을 넘기고, 낯을 찡그리고, 그 후에야 겨우 빈말 섞인 감상을 적는다. 매번 '재료가 신선하네요' 가지고는 감상으로서는 실격이다. 그러므로 조금이라도 말을 바꿀 필요가 있었다.

언어사전이라도 있다면 당장 넘겨보고 싶어질 정도로, 고심에 고심을 거듭한 감상을 다 적자, 아우라와 마레는 축 늘어졌다. 마치 많이 먹기 시합이라도 했던 것 같은 모습이었다.

그 고생을 이해하기에 아인즈는 말했다.

"──수고했다."

그 목소리에 두 사람은 흠칫 표정을 다잡았다.

"아니, 이런 건 아무 것도 아니……야, 삼촌!"

"마, 맞아요. 시, 식사를 하고 감상을 적는 것뿐이니까요."

아니, 마레의 말이 맞기는 하다. 하지만 '응 그래' 라든가 '그 말이 맞다' 같은 말은, 식사를 할 수 없는 몸으로서는 해줄 수가 없다. 애초에 두 사람의 고생은 아인즈를 위한 것이었으므로.

아이인 두 사람이라면 솔직한 감상을 말하더라도 그렇게까지는 ──아마도── 문제가 되지 않을 것이다. 큰 문제가 되는 것은 아인즈뿐이다. 게다가 아인즈가 식사를 할 수 있다면 이렇게까지 골머리를 썩지 않아도 됐을 테니까.

고맙다는 말은 몇 번을 해도 부족하다. 그렇지만 반복해서 고맙다고 말해봤자 두 사람은 부담만 느끼고 말 것이다.

그러므로 아인즈는 그 이상은 말하지 않고 두 사람에게 식사의 감상을 물었다.

솔직한 감상은 두 사람 모두 같았으며 매번 다르지 않았다. 그래도 혹시 모르니까.

"처음에 향신료를 잘 쓴 음식을 주고, 우린 이런 걸 먹는다고 말해뒀으면 좋았으려나? 그랬으면 비슷한 요리를 만들어줬을지도 모르니까."

"그럴 수도 있겠네요…… 있겠다?"

아우라가 자신의 말투에 고개를 갸웃하며 말을 이었다.

"고기를 구울 때 소금만 뿌리는 건 심플해서 나쁘지 않아──하지만 신선도를 유지하는 방식이 불완전한지 고기 냄새 같은 게 입에 오래 남거든요…… 남거든. 그게 좋은 사람도 기야 있겠지만, 난 별로인 것 같아."

이 마을에 온 후로 시간이 꽤 지났지만 역시 아우라의 말투는 아직 자리를 잡지 못하고 있었다.

"저, 저도 그래요. 좀 냄새가 나요."

"그렇구나."

"야채는 나쁘지 않은데요, 단맛이 별로 없고, 쓴맛이나 신맛이 제일 먼저 느껴져. 그런 걸 좋아하는 사람한테는 추천해도 되겠지만……. 과일 같은 걸로 뭔가 조미료를 만들 수는 없나?"

"드레싱 있으면 좋겠어."

"그렇구나."

역시 평소와 같다.

"그럼 미안하다만, 너희가 쓴 걸 좀 보여줄래?"

읽어보니 고생해서 칭찬의 말을 찾는다는 것을 잘 알 수 있었다.

정말로 고생이 많다. 아인즈는 마음속으로 두 사람에게 고개를 숙였다.

한바탕 ──양이 많은 건 아니지만── 읽어보고 난 뒤, 이를 필사적으로 기억한 아인즈는 수첩을 돌려주었다. 이로써 아침 준비는 끝났다.

그럼 다음에 해야 할 일은 출근이다.

"좋아! 슬슬 시간이 됐으니 난 다녀올게. 오늘도 늦어질 거 같으니까 밥은 먼저 먹을래?"

두 사람이 나란히 대답했다. 그때 아인즈는 아우라가 무언가 하고 싶은 말이 있는 듯한 기색을 보인 것을 알아차렸다.

"왜 그러니, 아우라. 뭐 걱정이라도 있어?"

"아, 네, 아니, 응. 맞아, 삼촌. 오늘도 약 만드는 법 배우러 갈 거지?"

"맞아. 오늘은 좀 어려운 약 만드는 법을 가르쳐준다고 했어. 약 이름은 〈전이문Gate〉을 써서 운필레아한테 물어보러 다녀왔는데, 걔도 모른다고 하던걸. ……〈전언Message〉을 진짜로 신뢰할 수 있다면 이야기가 빠르겠지만."

아인즈는 한숨을 한 차례 쉬었다.

"뭐, 나자릭을 적대하는 자가 사용할 가능성도 생각하면 그들은 그대로 두는 편이 좋을지도 모르지."

"──괜찮을까요?"

아우라의 말투가 바뀌었다. 그러므로 아인즈도 분위기를 바꾸었다.

계층수호자로서 질문할 것이 있다면 아인즈도 나자릭의 지배자로서 대답해야 한다.

"모르겠구나. ──그러나 나는 그 약을 만드는 일은 하지 않을 생각이다. 만일 사용할 약초 중 위그드라실에도 있던 것이 포함되었을 경우, 나는 반드시 실패할 테니 말이다."

요리와 마찬가지다.

아인즈는 스킬이 없으므로 위그드라실에 있는 약초나 연금술 용액 같은 것을 사용해 약을 만들 수는 없지만, 이 세계의 기술로 이 세계 특유의 약초를 사용해 약을 만들 수는 있다. 따라서 약사에게 지도를 받을 때는 처음에 어떤 약초를 사용하는지를 물어봐야만 한다.

하지만——

"——정말로 수수께끼가 많군. 위그드라실의 약초는 쓸 수 없는데, 그럼 그런 것들을 이 세계의 땅에서 길렀을 때는 어떻게 되지? 이 세계 특유의 약초라 판단되나? 아니면 안 될까?"

"이, 이건 짐작이지만요, 아마, 후자일 거예요."

"그렇겠지. 그렇다면 약효가 떨어졌을 때는 어떻게 될까? 듣자하니 사람이 만든 약초밭에서 자라난 약초는 약효가 떨어진다고 하지 않느냐. 운필레아의 말로는 에 란텔 같은 곳에서 약초밭을 만들어도 잘 되지 않는 것은 대지의, 혹은 무언가의 영양소가 부족해서일 거라더구나. 효능이 약하다고. 그렇기에 그 숲에 약초밭을 만드는 그런 실험을 하고 있다던데."

"네, 그런가봐요. 숲속에 작긴 하지만 밭이 있었어요. 그리고 버섯이 돋아난 원목이나 이끼가 난 원목 같은 것도 꽤 많았고요. 몰래 살펴봤을 때 그런 걸 본 적이 있어요. 그 마을에 몰래 다가가는 거 꽤 힘들더라고요……."

아우라가 절절한 어조로 말했다.

카르네 마을 주변은 넓은 범위에 걸쳐 엔리의 부하 고블린들이 경계를 서고 있다. 특히 고블린 함정사냥꾼이라는 존재가 있어서, 그들이 만든 경보 계통 함정은 대미지 계통의 함정과 달리 발견하기가 매우 어렵다고 한다.

"하지만 만약 영양이 부족하다면, 마레가 손을 써주거나, 아이템의 힘을 이용하면 될 것 같은데 말이죠……."

두 사람의 시선을 받은 마레가 몸을 움츠렸다.

"아, 어, 저기요, 불가능하지는 않을 것 같지만요, 저, 정말로, 필요한 건 대지의 영양일까, 싶은데……. 이, 일단은, 에 란텔 모험자 조합의 약초밭에서는, 밤에 몰래 해보고 있거든요. 근데 그게, 별로, 좋지 않은 것도 같아서……."

겉보기로는 똑같아도, 실제로 포션을 만들어보면 효능이 약간 떨어지는 난감한 결과밖에 나오지 않았다.

마레가 손을 쓰는 바람에 영양이 과다해진 것인지, 아니면 우연인지, 그 외에도 부족한 무언가가 있는지, 그 약초에 적합한 마법이 있는지 등등 원인일 수도 있는 요소가 너무 많아 아직까지 답을 이끌어내지 못했다.

"벌써 이 세계에 온 지 몇 년이 지났는데도, 아직 모르는 게 정말 많구나."

"네."

"네, 네에."

지식이 늘어날 때마다, 모르는 것을 하나 발견할 때마다 연쇄적으로 수수께끼가 늘어난다. 다만, 행운이라고 해도 좋을지 어떨지는 모르겠지만, 우선도가 높은가 하면 그 점에서는 의문이 남는 것들뿐이다. 그러므로 조사하지 않고 뒷전으로 미뤄둔 것들이 산더미처럼 많다.

이것을 서번트나 소환 몬스터 등에게 맡길 수 있다면 빨리 해결될지도 모르지만, 유감스럽게도 일부의 실험은 그들에게는 불가능하다.

최소한 NPC처럼 플레이어와 같은 방식으로 태어난 존재여야만 할 텐데, 어쩌면 아인즈와 NPC 사이에도 같은 일을 했을 때의 차이가 있을지 모른다. 정말로 조사하고 싶다면 아인즈, NPC, 서번트 삼자가 같은 실험을 반복해야 할 것이다.

"이런 재배 같은 실험이라면 지배하에 둔 자들에게 맡겨도 좋을지 모르지만, 중요한 실험 같은 것은 이 세계의—— 잠재적으로 적이 될만한 자들에게 맡길 수는 없지. 그렇게 되면 나자릭 내부의 사람들만으로 해결해야만 하는데…… 그럴 인적 여유가 없구나. 난감하게도……."

'타국의 기술이 혁신을 일으키지 않도록 경계도 하면서, 우리에게 유리해지도록 나자릭 내부의 기술만은 높여야 한단 말이지.'

어려운 일이지만——

'——알베도나 데미우르고스에게 맡겨두면 분명 어떻게든 해줄 거야. 그 둘은 머리가 좋으니까.'

오히려 그 둘이니까 이미 대응해두었을 가능성도 있으므로, 쓸데없는 참견일 수도 있다. 아무튼 문제만 제기해두면 될 것이다.

'예전에 했던 대로, 소환한 몬스터에게 쓰라고 해서 건의함에 투서하게 하면 되겠지.'

그렇게 하면 "그걸 이제야 알았어요?" 하는 시선을 받는 위험은 피할 수 있다.

'——아차!'

"──이런! 시간 됐다! 그럼 다녀올게."

두 사람이 고개를 끄덕이는 모습을 보기도 전에 아인즈는 빌리고 있는 엘프 트리에서 뛰어나왔다.

아무리 그래도 지각할 수는 없다. 과거의 사회인 생활에서도 지각 한 번 해본 적이 없었다. 설령 아무리 위그드라실에 열중했더라도.

'서두르자 서둘러.'

아인즈의 얼굴에 빛이 드리워졌다.

나무의 무성한 가지에 생겨난 가느다란 틈새에서 쏟아진 햇살이 오늘도 좋은 날씨임을 말해주고 있었다.

*

주인이 뛰어가는 발소리가 들리지 않게 된 후에야 아우라는 겨우 입을 열었다.

"어쩐지 아인…… 하아."

아우라는 한숨을 쉬었다. 마레와 둘만 있으면 아무래도 연기에 몰입하기가 힘들다. 이래서는 안 된다. 그 점에서 마레는 연기다운 연기를 별로 하지 않는다.

조금 치사하다고 마레를 흘겨보았다.

"어? 어, 누나, 왜, 왜 그래?"

"응? 아무 것도 아냐, 아무 것도."

화풀이를 해봤자 뭐가 달라지는 것은 아니다. 아우라는 마음을 다잡고 조금 전 하려 했던 말을 했다.

"삼촌이 왠지 즐거워 보였지."

아우라의 말에 마레도 고개를 끄덕였다.

아우라는 그 점을 영 이해할 수 없었다. 그러므로 으음 신음하며 고개를 갸웃하고 의문을 입에 담았다.

"그렇다 쳐도 이 마을에 온 후 매일 약사장한테 가는데, 그렇게까지 할 가치가 있을까?"

"글쎄? 하, 하지만, 있잖아. 나무를 쓰는 이 드루이드 마법은 나도 못하는 거니까, 어쩌면 약학도 독자적으로 발전했는지도 모르잖아?"

"머리 좋은 삼촌이 재미있다고 생각했으니까 그럴지도 모르지만……. 이런 시골 마을에 그런 게 있다니 믿겨지지 않아서 그래. 애초에 나무를 쓰는 이 마법도 어디까지나 마레가 못 쓰는 것뿐이잖아? 아니면 마레 이외의 드루이드도 다 못 쓰는 걸까?"

"으음——…… 글쎄. 다른 사람이라면, 어, 쓸 수 있을지도 모르지만, 내가 보기엔 생활마법처럼 이 세계에서 태어난 독자적인 엘프 마법인 것 같아……. 하지만 어쨌거나, 삼촌이 매일 다니는 건 그만한 가치가 분명히 있다는 뜻이겠지?"

찍 소리도 못할만한 정론이었다.

"뭐, 그야 그렇겠지만."

아우라는 천장을 올려다보고 다시 마레에게 시선을 되돌렸다.

"그럼 삼촌이 매일 즐거워 보이는 건 어째서일까?"

"그, 그건, 그거겠지? 그, 그런, 새로운 지식—— 정보를 얻어 즐거운 거 아닐까? 삼촌은 엄청, 정보를 중시하잖아."

"아~ 그렇구나. 삼촌은 그랬어. 그러니까 전부 계산한 대로 돌아가는 거겠지."

단순히 머리가 좋은 것만이 아니다. 정보에 대해 굶주렸다고 해도 좋을 만한 집착심이 바로 모든 것을 꿰뚫어보는 지혜로 이어지는 것이리라.

천 년 앞까지도 내다본다는 이야기를 데미우르고스에게 들은 기억이 있다. 주인의 그 자세를 보고 있으면 과연 그렇겠다고 수긍하지 않을 수 없었다.

아우라는 감복하며 경탄의 한숨을 내쉬었다.

역시 지고의 존재들을 통솔하던 분이다.

아우라에게 최고의 존재는 부글부글찻주전자지만, 그 다음으로 아인즈를 존경한다. 그보다 조금 떨어지기는 해도 3위가 페로론치노다. 그리고 팥고물떡, 야마이코가 4위고, 다른 지고의 존재는 그 밑이다. 마레의 경우는 3위 이하는 전부 타이다.

"역시 삼촌이야. 그에 비해——"

아우라는 어두운 표정을 지었다.

"——우리는 정말."

마레도 어두운 표정을 지었다.

"으, 응. 특별한 정보, 삼촌이 원할만한 정보는 하나도 얻지 못했는데…… 그런데도 그걸 또 해야겠지……?"

"어쩔 수 없잖아? 나도 또 소꿉놀이 하는 건 상당히 싫어. 하지만 그렇다고 다른 놀이는 뭐가 있냐 말이지. 우리가 질 리가 없고, 일부러 져서 걔들한테 바보 취급당하는 건 생각만 해도 귀찮잖아? 일단은 친하게 지내는 게 좋을 테니까."

두 사람은 입을 다물었다.

이대로 가다간 또 소꿉놀이를 하게 된다. 하지만 그걸 거절할 완벽한 핑계가 없고, 대안 또한 없었다. 만약 이것이 지고의 존재가 내린 지시가 아니었다면 몸이 안 좋다는 등 핑계를 대고 도망치는 방법도 있었을지 모르지만, 그럴 수는 없다.

"…………아무튼 내 테이머 능력은 다크엘프한테는 안 통한다는 게, 이제까지 아무도 얻지 못했던 정보 아닐까."

마레가 쓴웃음을 짓는 것을 본 아우라는 말을 이었다.

"참고로 100레벨 다크엘프도 포함돼."

무언가를 떠올린 마레는 굉장히 싫다는 표정을 지었다.

*

나뭇잎 사이로 스며드는 햇살 아래, 아인즈는 나무에 걸린 다리를 건너갔다.

이따금 아인즈에게 손을 흔드는 다크엘프가 있었다. 그뿐만이 아니라 맞은편에서 걸어오던 다크엘프는 웃으며 말을 걸기까지 했다.

"피오르 씨, 오늘도 약사장님께 가시나요?!"

"네, 그렇습니다."

아인즈는 선선히 대답했다.

처음에는 이 가명이 익숙하지 않았지만, 며칠밖에 지나지 않았는데도 이제는 완전히 적응해버렸다.

"부끄럽지만 재능이 없는 몸이라, 임시 스승님께서 고생을 많이 하고 계시죠."

"피오르 씨는 마력계 매직 캐스터로서 훌륭한 재능을 가지셨잖아요. 그런데 약사 재능까지 있으면 그거야말로 놀랄 일인걸요. 드루이드와 레인저를 다 잘 하는 사람이 없는 거나 같은 이야기죠."

아인즈는 얼마 전 이 마을로 다가오던 마수——거대 최면뱀 Giant Hypnotism Python을 마법으로 잡았다. 그 덕에 이 마을의 다크엘프들에게 강한 존경심을 얻어낸 경위가 있다.

그러므로 말을 거는 사람들, 손을 흔드는 사람들 모두에게서 경의가 엿보였다.

"그렇게 말해주시니 마음이 놓이는군요. 저도 이대로 계속 이야기를 나누고 싶지만, 임시 스승님을 기다리게 해드릴 수도 없으니 이만 실례하겠습니다."

"아, 죄송해요. 저야말로 바쁜 데 붙잡아놔서."

아뇨아뇨, 저야말로.

그런 사교성 멘트를 나누고, 아인즈는 다시 걸어나갔다. 그리고 지난 며칠 동안 계속 다녔던 연수 장소에 도착했다.

"늦었습니다."

안쪽에 말을 건네며 엘프 트리로 들어섰다.

정말로 지각한 것은 아니다. 그렇다기보다 이 마을에서는 시간을 재는 방법은 개인의 감각밖에 없다. 그렇기에 사냥꾼을 제외하면 시간감각이 느슨한 면이 있고, 시간을 정해 약속을 잡는 일이 거의 없다. 한다 해도 매우 대충이었다. 그러므로 아인즈도 결코 어느어느 시간에 오라고 지정을 받은 것은 아니었다.

다만, 그래도 평소보다 약간 늦어졌으므로 일단은 예의상 말했을 뿐이었다.

실제로——

"——별로 늦진 않았는데?"

안에서 그런 목소리가 돌아왔다.

눈에 익은 작업장에서는 이쪽을 돌아보려고도 하지 않은 채, 약사장이 익숙하지 않은 손길로 천천히, 천천히 짓이긴 약초를 접시에 올려놓는 참이었다.

그 옆에 앉은 아인즈는 재료가 다 올라간 접시를 들어선 천칭에 올렸다. 약초를 담은 접시의 반대쪽 접시에는 분동을 얹었다.

아깝게도 한 번에 맞추지는 못해, 아인즈는 몇 번이나 분동을 바꿔가며 작업을 반복해 겨우 균형을 잡았다. 그 후 아인즈는 분동의 중량을 미리 준비해온 종이다발에 적었다.

"됐습니다. 계속 해주십시오."

아인즈가 분동을 놓는 모습을 답답하다는 듯이 지켜보던 약사장은 거친 손길로 접시를 떼어내 약초를 다른 그릇에 옮겼다. 신중하게 하고는 있지만, 짓이긴 약초를 전부 접시에서 긁어낼 수 있는 것은 아니었다. 약초의 파편 일부가—— 즙과 함께 접시에 남았다.

그것을 짜증나는 표정으로 보던 약사장은 다시 주걱을 써서 긁어내려 했다.

만약 고무 주걱 같은 것이 있었다면 깔끔하게 긁어낼 수 있었겠지만, 유감스럽게도 나무 주걱이었다. 다소는 긁어냈어도 역시 접시 위에 일부가 남았다.

"으아─! 귀찮아!!!"

약사장이 고함을 지르며 머리를 쥐어뜯었다.

처음에 아인즈와 만났을 때는 결코 보이지 않았던 태도. 그것은 며칠 동안 아인즈에게 지도를 하며 마음을 연 데다, 아인즈가 제안한 수법 때문에 짜증이 났음을 과장된 연기로 드러내고 있는 것이다. 다시 말해 '이제 이런 방식은 관두자' 고 행간으로 호소하는 중이다.

"참으십시오, 임시 스승님."

약사장은 아인즈에게 부루퉁한 얼굴을 향했다.

여자나 아이들이 했다면 다른 감정이 솟아났을지도 모르지만 남자── 그것도 다 큰 어른이 그런 모습을 해도 아인즈에게는 딱히 별 생각이 들지 않았다. 설령 미남이라 해도.

"……이렇게 귀찮은 일을 시키지 말게, 임시 제자."

"아뇨, 이유는 전에도 말씀드렸잖아요? 그리고 수긍하셨잖아요. 제가 강요한 건 아니죠?"

"……그야 그때는 네 말에도 일리가 있다고 생각했지. 거인 Giant 같은 자들이 이 마을에 있는 건 아니니까. 하지만 자면서 생각해봤는데, 역시 손으로 기억하는 게 제일 중요하고, 네가 나중에 도시에 돌아갔을 때 확실하게 무게를 재면 되는 거 아닐까……."

점점 자신감이 없어지는지 약사장의 목소리는 서서히 작아졌다.

그런 반면, 아인즈는 '그걸 알아차렸군' 하고 마음속으로 혀를 찼다.

빠른 건지 늦은 건지는 알 수 없다. 하지만 어물쩍 넘어간 채 알아차리지 못하기를 바랐다.

이렇게 재료를 접시에 얹게 된 것은 약사장이 아인즈에게 손이나 혀로 익히도록 시키려 들었기 때문이었다.

손이라면—— 발동 중인 환술을 열심히 조작해 그나마 얼버무릴 수 있다. 하지만 맛은 안 된다. 혀에 얹었을 때의 저릿거리는 느낌을 이해하라고 해봤자 혀가 없는 아인즈에게는 도저히 불가능하다. 그렇다고 약사장에게 그런 말을 할 수도 없다.

그러므로 이렇게 변명했던 것이다.

『제가 사는 도시에는 거인처럼 거대한 종족도 있고 드워프처럼 작은 종족도 있습니다. 그런 자들까지 약의 분량을 똑같이 써서 문제없이 치유할 수 있을지 자신이 없습니다. 그러니 만들어주실 약에 사용한 약초의 1인분 양을 정확하게 계측해서, 각 종족의 체중 같은 것을 감안해 만들어볼까 합니다.』

다크엘프 전문인 약사장에게는 그것도 그렇겠다고 여겨질 만한 말이었으리라.

아인즈도 완전히 거짓말이라고는 생각하지 않았다. 하지만 진실이 아니라는 것도 알았다.

왜냐하면 아인즈의 이론은, 굳이 따지자면 원래 세계에서나 통할만한 것이지, 이 세계에서 통할 이야기는 아니기 때문이다.

이 세계에는 마법이라는 이질적인 물리법칙이 존재한다. 그렇다면 여기에 한쪽 발을 담그고 있는 포션은 아인즈가 아는 옛날 세계의 상식에서 일탈한 것이 틀림없다.

실제로, 적은 양의 포션도 거인의 상처를 똑같이 치유했다.

물론 인간 일반인과 서리거인Frost Giant 일반인은 생명력의 최대치가 다르므로 회복된 양이 다른 것처럼 보이기는 한다. 하지만 실제로는 같을 것이다. 물론 거기까지 실험을 했던 적은 없으니 이것은 아인즈가 아는 위그드라실——이 세계의 법칙에 가장 가까운——의 지식을 이용한 추측이었다. 따라서 아인즈가 말한 내용이 맞을 가능성도 없지는 않다.

'생각해보면 맨 처음에 미각장애라고 하는 편이 나았을지도 모르겠어······.'

그랬으면 지금 같은 고생은 없었을 것이다. 다만 그런 거짓말을 하면 그건 그거대로 다른 고생을 짊어졌으리라.

'······이제 와서 후회해도 소용이 없지. 지금 필요한 건 그를 구워삶기 위한, 수긍시킬만한 무언가인데······ 생각이 나질 않는걸. 잘 넘어갔다고 생각하고 새 핑계를 생각하지 않았던 게 잘못이었어.'

아인즈는 환영의 얼굴을 움직여 천천히 눈을 감았다. 물론 환술이므로 아인즈의 시야는 달라지지 않았다.

쌍둥이에게서 '꼭 가면을 쓴 것처럼 얼굴이 안 움직인다'는 말을 들었으므로, 이따금 일부러 눈을 감거나 했다. 천으로 가려지지 않은 부분—— 눈매나 눈썹은 감정이 가장 많이 드러나는 곳이므로, 그 언저리가 전혀 움직이지 않는 데다 시선이 한 점을 바라본 채 흔들리지도 않으면 무섭다. 스스로는 깨달을 수 없는 부분이었다.

그러므로 쌍둥이의 감수를 받아가며 연습을 거듭해, 지금은 이렇게 의식하면 ——표정의 변화 과정이 상당히 어색한 데다 무의식적으로는 도저히 불가능하지만—— 대충 그럴듯하게 보일 정도로는 실력이 늘었다.

아인즈의 침묵을 어떻게 받아들였는지 약사장이 말을 이었다.

"게다가 이런 걸 하고 있으면…… 맞아, 생산성이 떨어져. 하루에 만들 수 있는 약이 줄어드는 건 이 마을에 큰 손해라고!!"

그것도 정론이다.

이 마을에는 위계는 낮지만 드루이드가 몇 명이나 있으므로 긴급을 요하는 부상 같은 것은 거의 치료할 수 있다. 다만 약사의 약이 필요한 것은 사냥꾼처럼 이 마을——드루이드가 있는 장소——을 떠나야 하는 자들이다.

드루이드가 사냥꾼을 따라가면 부상을 입었을 때는 도와줄 수 있을지 몰라도, 사냥을 시작했을 때는 잠복이 서툰 드루이드가 발목을 붙들어버릴 것이다.

아인즈처럼 사냥의 지식이 별로 없는 사람이 보기에는 '베이스캠프를 만들고 드루이드가 거기서 대기하면 되지 않나?' 하는 생각이 들지만, 이 마을에는 이 마을의 규칙이 있다. 그런 것은 대부분의 경우 이제까지의 시행착오 속에서 생겨난 것이다. 이 수해의 지식도 없는 외부인의 입장에서 이를 뭐라 말할 수는 없다.

"애초에 이 접시에 얹으면서 변질되지 않는다고 누가 단언할 수 있겠나? 안 그래?"

이 천칭도 접시도, 아인즈가 아는 한 이 세계에서 가장 우수한 연금술사, 발레아레 가가 사용하던 물건을 물려받은 것이다. 그들도 이것을 썼으므로 아마 문제는 없을 것이다. 물론 그에게도 그 말은 했다. 스승에게 받은 것이니 문제는 없을 것이라고.

하지만 "그 스승은 이것과 똑같은 약초를 썼나? 이 약초는 변질되지 않는다고 단언할 수는 없잖아?"라고 해버리면 대답이 궁색해진다. 실제로 어땠는지는 물어보기 전까지 알 수 없다.

"일단, 그 점에 관해서는 전에도 말씀드렸지만, 그런 일은 없을 거라고 생각합니다."

"지금 생각한다고 했지? 그건 단언은 아니잖아? 다시 말해 너 자신도 절대 그런 일이 없다고는 확신이 없다는── 자신이 없다는 소리지? 그래도 되겠어? 약은 때로는 사람을 해치기도 해. 이 접시에 얹는 바람에 변질돼서 사람을 해치는 것으로 바뀌었을지도 모르는데?"

"…………우선, 그런 일은 없을 거라고 생각합니다."

"물론 그럴 수도 있지. 하지만 정말로 그런지를 알아보려면 모든 약을 만들어서 확인해봐야 하잖아. 애초에 알아본다 한들 약간의 변화라면 당장은 변질됐다는 걸 모를 수도 있어. 그리고 며칠, 몇 주가 지났을 때 크게 바뀔 수도 있지. 위독한 환자에게 쓴다면 그 약간의 변질로 구할 수 있는 목숨을 구하지 못할 수도 있잖아."

이것 또한 정론이었다.

'그럴 수도 있다'는 가정의 이야기에 절대 아니라고 단언할만한 근거가 없었다. 그러므로 논파는 불가능했다.

게다가 아인즈의 지식이 벼락치기인 것도 문제였다. 약사의 지식으로 가정의 이야기를 끄집어내 대항할 수가 없는 것이다. 아마도 이 자리에 운필레아나 리이지가 있었다면 즉시 논파했을 것이다.

하지만 여기서 물러날 수는 없다.

혁로 기억하라는 지도를 받을 가능성을 생각하면 역시 물러나선 안 된다.

"그렇다면 임시 스승님은 하던 대로 하십시오. 저는 이 데이터를 도시로 가져가서, 임시 스승님께서 시키신 대로 모든 약을 만들어 여러모로 알아보겠습니다."

약사가 입을 열기 전에 아인즈는 재빨리 말을 이었다. 상대에게 반격의 기회를 주는 것은 어리석은 행위다. 참고로 아인즈는 어리석으므로 늘 상대의 반격——이 경우 등에 총을 맞았다고 해야 하려나——을 당한다. 특히 데미우르고스에게서.

"도시에 있는 약사는 이곳과 비교가 되지 않을 정도로 많죠. 그들의 협조를 얻는다면 금세 많은 약을 만들 수 있을 겁니다. 게다가 다양한 종족이 있으니, 누가 써도 문제가 없는지를 알아보기 위해 다른 종족 약사들에게서도 지혜를 빌려야겠죠."

약사장은 조금 언짢은 표정을 지었다. 자신의 부족에서 전해지는 ——비전이든 아니든—— 약의 제조법이 많은 이들에게 전해진다면 기분이 좋을 수는 없을 것이다. 그 점에는 아인즈도 동의한다. 기득권익이라기보다도, 적이 될 수 있는 존재에게 지식을 주는 것은 어리석음의 극치다.

실제로 아인즈도 진심으로 그런 일을 할 마음은 없다. 어디까지나 이 자리를 모면하기 위해 되는 대로 꺼낸 말일 뿐이다.

아인즈도 친구에게 배웠다.

지혜의 열매는 독점해야 비로소 가치가 있다고.

그러므로 아인즈가 얻은 지식은 퍼뜨린다고 해봤자 나자릭 내부 정도일 것이다.

"이의는 없으신 듯하니 잘 부탁드립니다, 임시 스승님."

아인즈의 반격을 받은 약사장이 불만스러운 듯한 목소리를 냈다. 하지만 결정적인 반격의 방법은 떠오르지 않는 모양이었다. 보란 듯이 어깨를 늘어뜨리고, 다시 약초를 접시에 얹기 시작했다.

움직임이 빨랐다. 이래서는 자신의 역할을 다하면서 메모를 하기가 힘들다.

상대는 바로 그것을 노린 듯했다.

자신의 일이 끝났는데 아인즈의 일이 끝나지 않았으면 틀림없이 빈정거릴 것 같다. 이것은 싫은 일을 빨리 끝내려 한다기보다는, 논파당한 데 대한 앙갚음이 분명했다.

'사람 우습게 보지 말라고!'

실제로 오랜 세월 약을 만들어온 약사장을 작업 속도로 이길 수는 없을 것이다. 하지만 아인즈도 며칠 동안 그의 옆에서 단순 작업을 반복해왔다. 처음부터 패배를 인정할 마음 따위 없었다.

우오—! 하고 마음속으로 투지를 불태우며 아인즈도 필사적으로 작업을 시작했다.

건네받은 약초 접시에 맞는 분동을, 이제까지의 경험을 살려 순식간에 파악했다. 메모를 할 시간이 없다면 머릿속에 욱여넣으면 된다. 아인즈는 결코 두뇌가 명석하다고는 할 수 없지만 기억력이 전혀 없는 것은 아니다.

아인즈의 속도가 올라가자 약사장의 손도 더 빨라졌다.

두 사람 모두 말없이 ——냉정한 제삼자가 있었다면 분명 딴 죽을 걸었을 만한 속도로—— 경쟁하듯 작업에 몰두했다.

'하지만—— 재미있어.'

아인즈는 약을 만드는 법을 익히면서 약의 효과를 머릿속으로 그렸다.

'이 약의 효과는 상당히 약해. 하지만 이것과 그 수법을 병용하면 의외로 시너지가 생기지 않을까?'

위그드라실 플레이어에게, 터무니없이 데이터가 많은 위그드라실이라는 게임에서 새로운 전술을 만들어낸다는 것은 최고의 재미 중 하나다. 그것은 아인즈—— 아니, 스즈키 사토루도 예외는 아니었다.

위그드라실에는 없는 이 세계의 기술로 만들어진 약은 새로운 전술에 쓰일만한 가능성을 담고 있었다.

'마법보다는 매직 아이템으로 약점을 보완해서…… 아니지, 그러려면 시간이 걸려. 좀 더 단기간에…….'

실제로는 정말로 시너지가 있는지 어떤지 검증해봐야만 할 것이다. 그래도 아인즈는 새로운 기술의 획득에 흥분을 느꼈다.

'좀 옛날부터 제대로 공부했더라면 좋았을 텐데…….'

아인즈는 운필레아의 얼굴을 떠올렸다.

'연줄은 있으니까. 말만 하면 이것저것 가르쳐줬을 거야…….'

그러지 않았던 것은, 아인즈가 이제까지 다른 공부에 시간을 할애해왔기 때문이다. 이 세계의 기술 습득은 티투스 같은 멤버들에게 맡겨놓았다.

'솔직히 말해 내게 조직의—— 국가의 운영 같은 건 무리야. 그보다는 역시 기술 연구 방면에 있는 게 낫지 않을까? 게다가 난 이쪽을 더 좋아하고……'

여기서 약을 배우기 시작한 당초부터 멍하니 생각하던 것을 다시 생각했다.

만약 스즈키 사토루에게 우수한 두뇌가 있었다면 ——아인즈에게 뇌는 들어있지 않지만—— 두 가지 다 잘 배웠을지도 모른다. 하지만 그렇지는 않다. 그런데도 자신이 서툰 분야에 노력을 기울이고 시간을 낭비해왔다고도 할 수 있다.

'이제까지는 일에서 도망치는 걸 생각했지. ……아니. 사람에게는 어울리는 자리라는 게 있어. 나자릭에 돌아가면…… 알베도에게 부서 변경을 신청해보자……. 하지만, 말이지. 하지만, 그건 NPC들의 신뢰를 배신하는 게 되지 않을까? 길드장이면서 '아인즈 울 고운' 이란 이름을 내세운 자로서 올바른 행동일까? 모두들…… 뭐라고 할까…… 아!'

갑자기 약사장의 손이 멈춰 두 사람의 경쟁은, 그리고 아인즈의 생각은 갑자기 끝을 맞았다.

약사장이 뒤를—— 문 쪽을 돌아보았던 것이다.

승리의 미소를 지을 뻔했던 아인즈는 즉시 표정을 다잡고 같은 방향을 보았다. 누가 있는 것도 아니었다. 그렇다면 싶어 귀를 기울였다.

어딘가 먼 곳이 소란스러운 것 같았다. 다만 긴급성——몬스

터가 마을에 쳐들어왔다거나 부상자가 생긴──이 있는 소란
은 아닌 듯했다.

"도시에서 사람이 오는 건 너희가 마지막이지?"

"네? 어, 네. 그렇죠. 저희 이외에 누가 온다는 말은 못 들었
는데요. ……혹시?"

"응, 맞아. 이 마을에 누군가가 왔을 때는 이런 분위기야. 그
것도 외부인……. 이 근처의 다크엘프라면 이런 반응은 보이지
않아……. 그렇다면 엘프라도 왔나?"

아니면 나자릭에서 누군가가 온 걸까?

아인즈는 그건 아닐 거라고 생각했다. 만약 아인즈와 연락을
하고 싶었다면 〈전언〉 같은 방법도 있다. 나자릭의 누군가가 왔
다고는 생각하기 힘들다. 다만 상대가 엘프라면 짚이는 존재가
하나 있었다.

"엘프 행상일까요?"

"그럴…… 지도 모르지만……. 좀 다른 것도 같군. 뭐, 우리하
고는 상관없겠지. 만약 상관이 있다면 금방 누군가가 올 거야."

약사장은 자신을 타이르듯 그렇게 말하고는 다시 책상을 마주
보았다.

"그보다도 작업이나 계속하자고. 너도 스승에게 배웠겠지만, 조
합할 때는 시간이 지날수록 약효가 떨어지는 것들도 있으니까."

작업은 조금 전보다도 훨씬 느릿느릿한 동작으로 진행되었지
만, 그것도 금방 중단할 수밖에 없게 되었다. 마을의 다크엘프
한 사람이 숨을 헐떡이며 뛰어 들어왔던 것이다.

"망고 씨──."

갑자기 들어온 다크엘프의 목소리는 아인즈를 보자 기세를 잃었다.

"아── 피오르 씨. 일하시는 중에 실례합니다."

아인즈가 약사장의 집에 드나들며 가르침을 받고 있다는 것을 모르는 마을 사람은 없다. 그래도 무언가가 일어났고, 조바심 때문에 그 사실을 잊어버린 모양이었다.

"……임시 제자한테는 사과하면서 나한테는 안 해? 이게 대체 무슨 경우야?"

약사장이 투덜거렸다. 하지만 진심은 아니었을 것이다. 얼굴은 불만스러워도 어딘지 모르게 장난꾸러기 같은 분위기가 있었다.

"아! 죄송합니다. 망고 씨. 일을 방해해서."

망고 길레나── 그것이 약사장의 이름이다.

사과한 다크엘프는 아인즈 쪽을 흘끔흘끔 살피며 말을 꺼내려 하지 않았다.

"아─ 제가 있으면 안 되는 이야기라면 밖에 나가도 되는데, 그렇게 할까요?"

"아뇨, 딱히 그런 건 아닙니다. 다만, 그게요. ……망고 씨. 지금 마을에 엘프가 왔는데, 이 숲 밖에 있는 인간 나라가 근처까지 쳐들어왔대요."

여기까지 말하고는 다시 아인즈 쪽을 흘끔 보았다.

"그렇군. 그거라면 제가 속한 나라가 쳐들어온 것은 아닙니다. 아마 법국이라는 나라── 우리 나라 근처에 있는 나라일 겁니다. 엘프 나라를 공격하고 있다는 이야기를 들은 적이 있으니까요."

다크엘프의 얼굴에 안도의 빛이 번졌다.

"그래서 이 마을에서도 병사를 보내라고, 엘프가 그러는 거예요. 그 엘프는 다른 마을에도 전달해야 한다고 벌써 떠났는데, 장로님들은 앞으로 어떻게 해야 할지 집회를 열고 싶다고 하네요."

5

광장에는 상당히 많은 수의 다크엘프가 모여 있었다. 아마도 아이들을 제외하면 주민 전원이 모인 것 아닐까.

집회를 할 때는 늘 이 광장을 이용한다고 한다.

다만 광장이라고 해도 다크엘프 마을이므로 허공에 매달려 있다. 여러 그루의 나무에서 늘어진 다리로 고정된 쟁반 같은 장소다. 비가 내리면 이용하지 못할 것 같지만, 마을에 집회소라는 장소가 없는 ——이 인원이 들어갈 만한 엘프 트리가 없다 —— 것이 원인이었다. 어쩌면 더 소수일 때는 여기가 아니라 어딘가의 엘프 트리 안에서 할지도 모르지만, 지금 물어볼 일은 아닐 것이다.

집회에는 아인즈도 어드바이저로 참가했다.

솔직히 말해 그런 역할은 거절하고 싶었다.

그런 책임 있는 입장은 온 힘을 다해 사양하고 싶었다. 애초에 어드바이저 급료도 못 받을 텐데 좋아할 사람이 어디 있겠는가.

제일 좋은 것은 옵저버 참가인데, 상대가 원한 것은 어드바이저 참가였다. 아인즈 자신도 집회의 내용에는 관심이 끌렸으므로 망설이고 망설이고 망설인 끝에 어쩔 수 없이 고개를 끄덕였다.

가장 먼저 관심이 가는 부분은 결과였다. 어떤 결론에 이르렀는지를 아느냐 모르느냐는 큰 차이가 있다.

다음으로는 누가 찬성하고 누가 반대하는가. 그리고 어떤 분위기에서 의논이 이루어지는가. 그러한 의사록만 읽어서는——이야기를 듣기만 해서는 알 수 없는 것을 알아두고 싶었다.

마을 전체의 의견으로 이 자리에서 모종의 결론이 나왔다 해도, 개중에는 불만을 느끼거나 수긍하지 못하는 자들도 있을 것이다. 이 마을을 앞으로 어떻게 할지는 정하지 않았지만 나자릭에 불이익을 가져오는 자는 처분을, 이익을 가져오는 자라면 개인적으로 포섭하는 방향으로 가는 것도 나쁘지 않다.

알베도나 데미우르고스라면 참가하지 않고도 간파할 수 있을지 모르지만, 범부인 아인즈는 역시 참가하지 않고서는 어려웠다.

모여든 다크엘프들을 바라보며, 아인즈는 문득 길드 '아인즈 울 고운'을 떠올렸다. 설령 얼굴이 움직이지 않는 가상세계에서도 회의를 할 때면 분위기는 전해졌다.

그렇다고는 해도, 딱히 특별한 것은 없었다. 다수결로 의사를 결정했던 그 모임에서는 분위기를 파악하는 능력이 그렇게까지 중시되지는 않았다. 하지만 여기서는 그렇지 않을 것이다.

'이 입장이 의외로 괜찮을지도 모르겠어…… 도중에 퇴석해서 의결권은 포기해버리면 책임을 질 필요도 없고, 게다가 진짜 회의에 어느 정도의 권리를 가지고 참가하는 경험은 그리 쉽게

얻을 수 있는 게 아니니까.'

까놓고 말해 아인즈는 회의란 것을 명확하게는 모른다. 회의에 참가했던 일 자체는 물론 있다. 스즈키 사토루는 사회인이다. 회의가 전혀 없는 회사는 찾아보기 힘들 것이다. 다만 참가했어도 한 표의 가치는 없는 것이나 마찬가지였다. 이름만 회의일 뿐 상명하달의 자리에 불과했으니 당연하다. 그러므로 그저 그곳에 있기만 할 뿐이었다.

그러면 이 세계에 온 후로는 어땠는가.

나자릭 지하대분묘에서의 회의는 아인즈에게 지옥이었다.

지배자인 아인즈의 의견은 아무리 잘못된 것이라도 옳은 것으로 간주되기 때문에 잘못된 말을 할 수는 없었다. 하지만 수호자는 아인즈를 절대적인 지배자이자 모든 것을 간파하는 천재라고 ——어째서인지—— 인식해 끊임없이 의견을 요청한다. 이 중책이 아인즈의 정신을 갉아먹는 요인 중 하나였다.

'절대자의 의중을 넘겨짚는 일이 없는 이 집회에서, 회의에 관해 무언가 얻는 게 있으면 좋겠는데. 나자릭에서는 내 의견이 우선시돼버리니까.'

무엇을 얻을 수 있을지, 아인즈가 무엇을 바라는지를 말로 표현하기란 어렵지만, 그래도 견식을 넓힐 무언가가 있기를 바랐다.

이윽고 마지막으로 장로들이 나타났다.

장로들이 ㄷ자 형태로 중앙에 서고, 이를 에워싸듯 좌우에 다크엘프들이 잡다하게 섰다. 아인즈의 위치는 장로 존에서 조금 떨어진 곳이었다.

'으음…… 솔직히 실수했어. 임시 스승님 집에만 드나들다 보니 이 마을 다크엘프들의 관계도를 완벽히는 파악하지 못했는데…….'

이곳에 모인 주민들 중에도, 가벼운 인사는 나누었지만 이름조차 모르는 이가 있다.

아인즈도 마을의 중요인물에 대해서는 정보수집의 일환으로 열심히 파악했다. 하지만 그런 인물을 중심으로 어떤 인간관계가 형성되었는지 아느냐고 묻는다면, 그렇게 잘 알지는 못했다.

하지만 이것은 어쩔 수 없는 일이라고 선을 긋고 있었다. 게다가 애써 인간관계를 구축했다 하더라도 이 짧은 기간 동안 뭐든 털어놓고 이야기를 해줄 만큼 친밀해질 수는 없었을 것이다.

'어른은—— 복잡하니까 말이지. 아이들은 그렇지 않다고 믿고 싶어…….'

그런 아인즈의 얕은 지식에서 보자면, 이 대열에는 특별한 의미는 없는 것처럼 여겨졌다. 친구, 가족 등의 가까운 관계끼리 대충 모인 느낌이었다.

명패가 있으면 좋겠다는 생각을 하며, 아인즈는 일단 환술로 진지한 표정을 만들며 집회가 시작되기를 기다렸다.

"그러면 시작하지."

장로 중 한 사람——젊은 남자——이 입을 열었다.

"이미 이야기는 들었으리라 생각한다. 하지만 정확을 기하기 위해 다시금 설명하지. 오늘, 엘프 왕에게서 사자가 왔다. 그의 말에 따르면 북쪽에 있다는 인간 나라가 엘프 왕도 근처까지 쳐들어왔다고 한다. 그——"

수많은 시선이 아인즈에게 모여들었다.

약사장의 집에 왔던 사람과 같은 생각을 한 것이 분명하다. 그러므로 얼른 부정해야 할 것이다. 이상한 착각을 하면 매우 곤란하다.

"──실례."

아인즈는 손을 들었다. 거수의 규칙은 없는 것 같았지만, 장로의 이야기를 가로막아야 하므로 그 정도는 해야 할 것이다.

"혹시 몰라 말씀드리지만, 제가 속한 나라는 아닙니다. 쳐들어온 나라는 인간들만의── 단일종족 국가이며, 엘프를 노예로 삼는 나라지요."

노예라는 단어에 반응해 혐오의 목소리가 곳곳에서 솟았다. 그런가 하면 '나도 안다', '엘프' 같은 별로 의미도 없는 중얼거림도 들렸다. 보아하니 꽤 자유롭게 발언이 허락되는 집회인 듯했다.

"제가 사는 나라는, 전에도 말씀드렸듯, 여러 종족이 함께 살아가는 나라입니다. 법으로 보호를 받기 때문에 대립도 하지 않고 습격을 받는 일도 없지요. ⋯⋯아! 종족 때문에 표적이 되거나 하지는 않는다는 뜻입니다. 범죄자는 별로 없지만 완전히 없는 것은 아니니, 위험한 장소에서 혼자 돌아다니거나 해도 괜찮다고 딱 잘라 말할 수는 없지만요. 말을 끊어서 죄송합니다."

아인즈가 장로에게 가볍게 고개를 숙이자 장로도 마찬가지로 응대했다.

"그래서 타국이 쳐들어왔기 때문에 다크엘프도 병사를 보내 달라는 요청이었다."

"그건 부탁이 아니었어!"

한 젊은이가 혐오를 드러내며 목소리를 높였다.

"내놓으라는 명령이었지."

동의하는 목소리가 작기는 해도 여기저기서 들렸다.

장로들도 이를 당장 막으려 하지는 않았다. 그들도 적잖이 같은 심정을 품었던 것이리라.

"그래서 우리는 어떻게 해야 할지를 의논해야 한다고 생각해 이 집회를 열었다. 이 마을에서 나온 결론을 가지고 다른 마을과 의논할 생각이다. 그러니 여기서의 의견이 그대로 다크엘프 전체의 의견이 되는 것은 아님은 알아주었으면 한다. 게다가 다른 마을과의 대화에 이 마을의 의견을 가져간다 해도, 채용되지 않는 정도가 아니라, 경우에 따라서는 결론조차 나오지 않을지도 모르지."

다른 장로가 이 장로의 말을 받았다.

"──아니, 오히려 그럴 가능성이 더 높을 걸세. 아는 사람밖에 없는 마을 안에서도 의견이 정리되지 않을 가능성이 있는데. 그 결과, 전에도 그랬듯 다크엘프가 갈라져서 살게 될 수도 있네."

장로가 아인즈 쪽으로 한순간 얼굴을 향했다.

"의견이 일치되지 않는다는 것이 결코 나쁜 일은 아닐세. 다만 자신의 생각에만 사로잡힐 것이 아니라 마을 전체가 의견을 나누고 여러 가지 생각을 얻어, 넓은 시야를 가지고 자신의 행동을 결정해야 한다고 생각하네."

그건 좀 아니지 않나?

길드장의 경험이 있는 아인즈는 그런 생각도 들었다.

의견을 통합하지 않은 채 각자 제멋대로 행동해도 된다는 생각을 조직의 장이 지지해주는 것은 잘못 아닐까.

싫으니까, 수긍할 수 없으니까. 그런 이유로 길드의 결정을 거역하면 길드라는 조직을 만든 의미가 없지 않을까. 애초에 뭉쳐야 강한 힘을 얻을 수 있는 것이지, 분산되어버리면 각개격파의 좋은 표적이 된다.

그래도 아인즈는 그런 말을 꺼내지는 않았다.

이 상황에서 외부인이 자신의 의견이야말로 옳다고 밀어붙이는 것은 좋지 않다. 반대 입장이 되었을 때, 다른 의견을 제시하는 외부인을 보면 기분이 어떨까.

게다가 대수해라는 위험한 장소에서 살아가는 그들에게는 자기판단이 중시되기에 그런 사고방식을 가진 것인지도 모른다.

겨우 일주일 정도 이 마을에서 생활했지만, 다크엘프들은 자기책임이라는 사고방식이 인간보다도 강하다는 인상을 받았다.

그렇게 생각해보면, 지금까지 수십 년, 수백 년을 살아오며 함양된 사고방식을 이방인 한 사람의 의견으로 바꿔버린다면 그 편이 여러모로 문제가 될 것이다.

무엇보다——.

'——다크엘프가 분산되는 편이 나자릭에게는 메리트가 있지 않을까?'

"그러기 위해 바깥세상을 아는 분도 이 자리에 참가를 부탁드렸지."

갑자기 화살이 돌아와, 내심으로 약간 당황하면서도 아인즈는 동의하듯 가볍게 고개를 끄덕였다.

"제가 도움이 될지 어떨지는 모르겠습니다만, 최대한 지혜를 짜보겠습니다."

오오 하는 감탄성이 들려오는 가운데, 한 다크엘프가 질문했다.

"그래서 장로들은 어떻게 생각해? 우리 마을에 병사 같은 건 없는데, 사람을 보내려고?"

"우리는 거기에 찬성해. 물론 다크엘프 마을이 공격당했다는 말은 아직 못 들었지만, 그건 단순히 지금 공격당하지 않아서일지도 몰라. 여러분도 알겠지만 우리 마을은 엘프 나라의 변두리 —— 남동쪽 끄트머리에 있으니까, 상대가 순차적으로 공격을 가하고 있다면 마지막이 될 거 아냐?"

"엘프를 섬멸한다면 우리 다크엘프도 그냥 둘 리 없겠지. 그렇다면 힘을 합쳐 몰아내야 하네."

"……그게 의문이라고. 이봐, 장로들. 엘프가 공격당하고 있다는 것만 가지고, 틀림없이 다크엘프까지 공격당할 거라고 생각할 수는 없는 거 아냐?"

그건 그렇다. 아인즈—— 나자릭의 조사에 따르면 다크엘프가 노예로 팔려나간 사실은 없었다.

"반대로 엘프 측에 붙어서 참전할 경우, 그 인간 나라가 다크엘프도 적으로 간주할지 모르지. 무엇보다 인간 나라와 싸워서 이길 수 있어?"

공기가 술렁술렁 흔들렸다.

당연한 질문이다.

상대는 엘프 왕도 부근까지 쳐들어왔다. 그 상황에서 대역전하기란 상당히 힘들 것이다. 평범하게 생각해 승산이 낮다.

"나는 장로들 의견에 찬성해."

다크엘프 하나가 언짢은 투로 말했다.

"멜론. 옛날에 우리가 이 숲으로 도망쳐 왔을 때, 엘프들은 우리를 받아줬어. 그 은혜를 갚을 마음이 없다는 거야?!"

멜론이라 불린, 조금 전에 질문을 던진 다크엘프가 황급히 대답했다.

"아니, 그런 말은 아니야. 싸운다, 안 싸운다가 전부는 아니잖아? 예를 들면 엘프들에게 함께 도망치자고 제안할 수도 있지 않을까? 이 숲은 엄청나게 넓은걸. 인간이라는 생물이 어떤 생물인지는 모르겠지만, 우리보다도 숲속 생활을 잘 알지는 못할 거야. 도망치면 안 쫓아올 수도 있고…… 여차하면 멀리 떨어진 숲으로 이주하는 방법도 있어. ……게다가 인간들은 왜 엘프에게 쳐들어온 거야? 엘프들이 먼저 공격했을 가능성도 있지 않을까?"

"……그랬다면 자업자득이지."

불쑥 말한 사람은 약사장이었다. 작은 목소리였지만 누구의 귀에도 들릴 만큼 크게 울렸다.

"……그렇구먼. 왜 엘프와 인간 나라가 싸우고 있지? 인간도 이 숲에서 살려 하는 겐가?"

장로가 도움을 청하듯 아인즈를 보았다.

"──아뇨, 죄송하지만 전쟁의 이유는 모릅니다. 그렇다기보다 인간 나라가 이곳까지 쳐들어왔다는 사실 자체를 처음 알았을 정도지요. 다만 인간 나라는 대수해 밖에 있습니다. 결코 생존경쟁 때문은 아닐 겁니다."

"그랬군요. 이 숲조차도 우리가 모든 것을 알기에는 지나치게 넓습니다. 그리고 바깥세상은 그 이상으로 넓다는 뜻이겠지요. ……그러면 우리는 어떻게 하면 좋겠습니까?"

'엥? 외부인인 나한테 그걸 물어봐? 난감하네. 아무튼 다크엘프는 꼭 얻고 싶은 종족은 아닌데…….'

이 엘프 트리의 존재나 약사의 지식 등 원하는 것도 있기는 하지만, 반드시 갖고 싶다는 정도는 아니었다.

'……하지만 뭐, 죽어줬으면 하는 것도 아니니까. 거짓말은 하지 말고, 죽지 않을 방향으로 이야기를 끌어가면 될 거야.'

아우라와 마레의 얼굴이 문득 떠올랐다.

잘 하고 있는지는 모르겠지만, 함께 놀던 아이들이 죽었다는 말을 듣는다면 슬퍼할지도 모른다.

아인즈는 잠시 생각하고 답을 냈다.

'응. 이 상황에서 행동을 유도하기란 무리지. 이번엔 자료 같은 것도 안 만들었고.'

부리나케 구멍투성이 계획을 세웠다가 그것이 화근이 되는 일은 피하고 싶다. 그렇다면 솔직하게 자신의 생각을 말해야 할 것이다.

"우선, 은혜를 입었다고 한다면 이를 저버리는 건 최악의 행위지요. 만약 다음이 있을 때, 다크엘프는 신용할 수 없는 종족이라고 여겨지면 아무도 도와주지 않게 될 겁니다."

장로들이 음음 고개를 끄덕였다.

"그런 반면, 이길 수 있다는 보장—— 엘프들의 생각이 아니라, 여러분이 냉정하게 정보를 모은 후 이길 수 있으리라는 보장을 말합니다만? 이게 없다면 다 같이 싸우러 간다는 건 무모하다고밖에 할 수 없죠."

젊은이들이 음음 고개를 끄덕였다.

"그러므로 저라면 어느 한 쪽에 치우치지 않은 선택을 할 겁니다."

전원이 의아하다는 표정을 지었다. 모두의 시선을 받으며, 아인즈는 위그드라실 시절의 길드 항쟁에서 양측 진영에 참가해 어느 쪽이 승리해도 이익을 얻을 수 있도록 움직였을 때의 작전을 떠올리고 있었다.

비슷한 상황의 더 추잡한 작전도 있었지만, 그건 당시의 '아인즈 울 고운' 같은 위치가 있어야만 가능한 작전이며 다크엘프들에게는 무리일 것이다.

"우선, 한 마을당 몇 명의 원군을 보냅니다. 이 사람들은 아마 전쟁에서 죽겠지요. 그래도 보냅니다. 얼마 안 되는 원군에 엘프들이 불만을 제기할 것이 뻔하지만, 마을을 지키는 것도 생각해 이 인원밖에 보낼 수 없었다고 변명하면 엘프들도 그 이상은 뭐라 하지 못할 겁니다. 일단은 원군을 보냈으니까요. 그런 한편 남은 사람들은 이곳에서 피난을 갑니다."

아인즈가 설명을 마치자 여기저기에서 그렇구나 하는 목소리가 들려왔다. 그와 동시에 좀 치졸한 거 아니냐는 목소리도. 하지만 호의적으로 보는 사람이 많은 듯했다.

"역시 도시에서 살아가는 다크엘프답군요. 저희는 그렇게까지 머리가 돌아가진 않았습니다."

장로의 말에 환술을 쓴 얼굴을 쓴웃음 비슷하게 바꾸었다.

'별로 칭찬하는 것 같지 않은데…….'

하지만 장로가 비꼬거나 비아냥거리지는 않았다는 사실은 잘 전해졌다.

'그건 그렇다 쳐도 내가 생각할만한 아이디어를 금방 떠올리지 못했다는 건, 어쩌면 그들이 순수해서일지도 몰라……. 하지만 리저드맨들은 비슷한 행동을 했지…… 아차!'

"도시에서 살아가기 때문이라기보다는, 단순히 제가 치졸할 뿐입니다."

"아니, 그렇지 않아. 일부를 잘라내고 나머지를 구한다는 건 —— 채소밭 같은 데에서도 쓰는 방식이지."

약사장이 목소리를 높이고, 몇 명이 놀란 표정을 짓는 것이 보였다. 이런 자리에서는 별로 발언을 하지 않는 사람이었기 때문이리라. 아니면 참가도 하지 않거나.

"고맙습니다, 임시 스승님. 그래서 중요한 말씀을 드리는 걸 잊어버렸는데요. 이것만은 기억해주시기 바랍니다."

아인즈는 완전히 모두의 이목을 모은 후 말을 이었다.

"이건 어디까지나 저의 제안입니다. 하나의 의견일 뿐이지요. 결정은 문제에 직면한 여러분이 내리셔야 합니다. 여기서 생겨나는 책임을 짊어지는 건 여러분이니까요."

이것만은 말하지 않을 수 없었다. 단단히 못을 박아둬야 했다.

아인즈가 제안해서라는 이유로 책임을 전가하면 곤란하다.

선택된 몇 명의 다크엘프는 확실하게 죽을 것이다. 아니, 죽는 편이 엘프들에게 할 말이 생긴다. 그렇게 되면 죽은 다크엘프의 유족 같은 이들은 아인즈를 원망할지도 모른다.

그러므로 그들이 주체적으로 선택하도록 해야만 한다. 너희가 결정한 것 아니냐고 말하기 위해서라도.

'적반하장으로 나오는 놈들에게는 통하지 않겠지만, 그런 놈들과 우호관계를 맺을 필요는 없으니까. 게다가 모든 사람을 내 편으로 만드는 것도 불가능하다고, 뽕실모에님도 그랬고. 다만 아우라와 마레가 같이 놀던 아이들의 부모가 파병되면 좀 화근이 남으려나? 그래도 내가 거기 간섭하는 쪽이 더 문제가 될걸. 그렇기는 해도…… 일단 나중에 확인은 해둘까……. 시간여유를 생각하면 어려우려나…….'

이것이 나자릭에 큰 메리트가 있는 일이라면 물론 이야기가 다르다. 의견을 제시하고, 회수할 수 있는 아이템을 빌려주고, 살아남을 수 있도록 노력할 것이다. 하지만 다크엘프는 그 정도는 아니었다. 잃어도 아쉽지 않은 상대이므로 그렇게까지 노력할 생각은 없었다.

게다가 아이디어 중 하나로 법국 측에 투항하는 것도 제안하고 싶었지만, 아인즈의 입으로는 그런 말을 할 수가 없다. 뭐, 투항해서 목숨을 건질 수 있을지 어떨지도 모르는 노릇이고, 복종한다고 좋은 결과가 생기리란 법도 없다.

"훌륭한 의견이었습니다."

장로가 아인즈에게서 시선을 돌려 다크엘프들을 보았다.

"다른 사람들은 무언가 의견이 있나?"

이의는 없었다.

아인즈의 제안으로 대체적인 방향이 결정된—— 결정되고 만 듯했다.

그 후로 시작된 것은 몇 명을 보낼지, 누구를 보낼지, 그리고 어디로 도망칠지 하는 의논이었다.

마을끼리 모여 회의를 하기로 했으므로, 그 점을 생각해보면 상당히 성급하다. 하지만 그 회의에서 정해진 다음에 의논하는 것은 너무 늦다.

아인즈는 그런 광경을 복잡한 심경으로 바라보았다.

자신의 의견이 채용되어 승인욕구가 만족되기도 했지만, 프레젠테이션에 성공했을 때처럼 기쁘지는 않았다. 명확한 목적지가 없었기 때문이리라.

나자릭에 이익이 되도록 유도한 것도 아니고, 그저 발언에 책임이 생겨나고 말았다. 이럴 때는 재빨리 물러나면서 책임을 다른 사람에게 지게 할 수밖에 없다. 게다가—— 이미 시간이 없었다. 당장이라도 떠나야만 할 것이다.

"——대단히 죄송합니다만 제가 이 이상 있어봤자 의미는 없을 듯하니, 저는 그만 아이들에게 가보도록 하겠습니다."

최연장자 장로가 대표로 입을 열었다.

"오늘은 정말 많은 도움이 되었습니다. 나머지는 저희끼리 의견을 모아 다른 마을에도 제안해보겠습니다."

그렇게까지 송구스러워할 건 없는데.

아인즈는 그렇게 생각하면서도 대답했다.

"그렇다면 그때는 제 이름은 거론하지 말아주실 수 있을까요?"

"그, 그건 어째서인지요?"

"이 마을과—— 이 숲에 사는 다크엘프와는 별로 관계도 없는 자가 낸 의견이란 것을 알면 거부하고 싶어지는 분도 분명 있을 겁니다."

물론 본심은 다르다. 원망을 살 가능성을 조금이라도 줄이려는 것이 목적이다.

"아뇨, 그럴 리는 없습니다. 숲을 떠났다고는 하지만 같은 조상을 둔 다크엘프의 말 아닙니까. 무시하는 자가 있을 리가요. 하지만…… 알겠습니다. 그 부분은 숨기도록 하지요."

"고맙습니다. 그러면…… 당초 예정보다도 약간 이르지만 저희는 그만 이 마을을 떠나 도시로 돌아갈까 합니다."

"뭐라고요!"

"갑작스럽게 말씀드려 죄송합니다만, 아이들에게 무슨 일이 생기면 그 아이들의 부모에게 면목이 없어서요."

"……피오르 님이 경계하실 정도라니…… 인간들이 그만큼 강하다는 뜻입니까?"

아인즈는 한순간 당황했지만, 자신들만한 실력이 있어도 이 마을을 도망치듯 떠난다는 것이 그들의 머릿속에서는 법국의 강함으로 이어졌으리라고 이해했다.

"그 점은 저도 모릅니다. 어지간한 상대라면 이길 자신이 있지만, 인간 나라의 강자를 모두 아는 것도 아니니 무슨 일이 일어날지는 미지수죠. 만에 하나라도 아이들에게 무슨 일이 생기면 큰일이라고 생각했을 뿐입니다."

그건 그렇다며 장로가 고개를 끄덕였다.

"······작별이 아쉬워질 테니, 지금부터 준비를 하고 떠날까 합니다."

"그건······ 하다못해 송별회라도······. 환영회도 못 해드렸는데, 돌아가실 때까지 아무 것도 해드리지 못한다면 부끄럽습니다."

"아닙니다, 그러실 것까지야. 지금은 긴급사태니까요. 저희 때문에 앞으로의 일에 지장이 생겨서는 안 되지요."

몇 번이나 '연회를 하고 싶다', '안 해도 된다'의 공방을 되풀이하다가,

"이것이 마지막 작별도 아니니까요. 다시 만났을 때 부탁드립니다."

그렇게 설득한 아인즈가 승리를 거두었다. 시야 한구석에서는 어째서인지 블루베리가 무언가 이상한 춤을 추고 있었다. 어쩌면 연회에서 선보일 예정이었는지도 모르겠다.

"그럼 이만."

그렇게 말하고 걸어가려던 아인즈를 장로가 붙들었다.

"아, 피오르 님. 사실은 아무도 없는 곳에서 말씀드릴까 했습니다만, 전혀 상관없는 질문이 하나 있는데, 혹시 괜찮으실까요?"

"뭡니까?"

"피오르 님은 결혼을 약속하신 분이 있으신지요?"

장로의 질문에 아인즈는 눈을 껌뻑거렸다.

"만약 없으시다면 이 마을의 누군가와 결혼하실 마음은 없으신지요?"

슬쩍 둘러보니 부정적인 감정을 보내는 다크엘프는 없었다. 반대로 여성 다크엘프의 눈에는 기대의 빛이 있었다. 마을을 위해 희생하겠다는 그런 태도가 아니었다. 호의적인 웃음을 보내는 사람마저 있었다.

아인즈는 딱히 여성에 대해 잘 아는 것은 아니었다. 반대로 전혀 모르는 쪽이다. 하지만 그래도 그녀들이 지은 것이 꾸며낸 웃음은 아니라고 확신할 수 있었다.

"아, 아니, 사양하지. 그게…… 사실은 제게 호의를 가진 여성이 나름대로 있어서. 상당히 곤란하답니다. 하하……."

생각도 못한 방향에서의 공격에 동요하며 말투가 이리저리 흔들리고 말았다. 하지만 장로는 딱히 신경 쓰지 않는 듯했다.

"그렇겠지요. 귀하처럼 뛰어난 분이라면 호의를 품는 분도 많을 겁니다."

전투능력으로 인기도가 달라지는 것은 인간사회와 마찬가지인 듯했다. 아니, 여성들의 분위기를 보자면 이렇게 주위에 위험이 있는 장소가 그런 경향이 더 강한지도 모르겠다. 다만 보아하니 지금의 변명으로 여성들도 수긍한 듯했다.

마지막으로 이 말만은 해두어야 할 것이다.

"제가 드릴 말씀은 이것이 마지막입니다만, 만약 여러분이…… 이 마을을 버리고 제가 있는 도시로 피난하고 싶으시다면 지원해드릴 수도 있습니다. 그때는 사양 말고 말씀해 주십시오. 몇 달 후가 될 지도 모르지만, 다시 이 마을에 오고 싶습니다. 만약 그때까지 이 마을을 포기하겠다는 결론에 이르렀다면 여러분의 보금자리를 기록한 지도 같은 것을 제가 빌렸던 나무

앞에 묻어주시면 고맙겠습니다."

"……그런 일은 없기를 바라지만, 만약 그렇게 되면 잘 부탁 드립니다."

장로가 고개를 숙이고, 여기에 맞춰 그 자리에 있던 다크엘프 전원이 고개를 숙였다.

모두가 얼굴을 든 것을 본 아인즈는 "그러면 저는 이만."이라고 말하고, 모두를 둘러보며 고개를 숙였다. 그리고 마지막으로 약사장에게 한층 정중하게 깊은 인사를 보냈다.

그리고 아인즈는 걸어나갔다.

아무에게도 붙잡히지 않고 ——물론 그런 일은 일어나지 않으리라 생각했지만—— 아인즈는 그들의 시선이 닿지 않는 곳까지 걸어갔다.

그곳에는 아우라와 마레가 있었다. 이제 삼촌 연기도 끝이다. 두 사람에게서는 계층수호자의 태도가 보이고 있었다. 심지어 아우라는 경계하는 것처럼 아인즈의 온몸을 빠르게 눈으로 훑고 있었다.

"아인즈 님…… 무사하셔서 다행이에요. 하지만 그 녀석들이 아무 짓도 안 했나요? 아인즈 님이 마지막으로 이쪽에 오시기 전에 이상한 기척이 생겨났어요. 사냥꾼이 화살을 활시위에 메기는 듯한 그런 분위기가."

짐작 가는 것은 하나뿐이었다.

"아아, 조금 귀찮은 이야기를 꺼내더구나. 그때 여성들이 그런 분위기를 보였는지도 모르지. 그렇지만 괜찮다. 잘 타이르고 왔으니."

"그런······가요? 아인즈 님께서 이쪽으로 출발하시고도 그런 기척이 약간 남아있었는데······. 아니, 더 강해진 것 같기도······."

아인즈는 눈살을 찌푸렸다. 아인즈의 눈에는 여성진이 수긍한 것처럼 보였다. 하지만 사실은 그렇지 않았던 걸까. 다만 '이렇게 했으면 됐겠다' 싶은 아이디어는 떠오르지 않았다. 그리고 이제는 돌아가야 한다. 이보다 나은 대처법은 없으리라.

"원래 같으면 이걸 먼저 물어봤어야 했다만, 지금 이쪽에 주의를 기울이는 자는 있느냐?"

"괜찮아요. 없어요."

아우라가 단언했다.

그렇다면 틀림없이 문제없을 것이다. 아니, 그걸 알기에 아우라는 얼굴을 보자마자 질문을 던졌을 것이다.

"──그러면 괜찮다고 생각하지만, 이야기는 들렸느냐?"

"네, 아인즈 님. 내용은 이미 마레에게도 이미 설명했고요."

여기서 이야기하는 것보다는 빌린 집에 돌아가 말하는 편이 좋을 것이다. 하지만 아인즈가 미처 깨닫지 못했던 무언가를 두 사람은 알아차렸을지도 모른다. 내용에 따라서는, 조금 창피하겠지만, 다시 돌아가서 집회에 참가하는 편이 좋을지도 모른다. 그렇게 됐을 때, 집으로 돌아가 있으면 시간을 크게 낭비하게 된다. 그러기 위해 위험을 무릅쓰고 이 자리에서 이야기를 나눌 필요가 있었다.

"그렇다면 그 이야기를 듣고 무언가 생각한 것이 있었느냐? 솔직한 의견을 들려다오."

두 사람이 얼굴을 마주 보았다.

"특별히 마음에 걸리는 점은 없었어요. 아인즈 님의 제안은 완벽했다고 생각해요."

"네, 네에. 누나에게 전해 듣고, 저, 저기, 저도 그렇게 생각했어요."

'응? 혹시 같이 놀던 아이들의 부모가 전장에—— 죽기 위해 파병된다는 걸 알아차리지 못했나? 아니면 그걸 알아차렸으면서도 내 제안이니 이의를 제기하지 않는 건가?'

두 사람의 표정을 살폈다.

'모르겠어…… 하지만 제대로 확인해두는 게 좋겠지?'

만약 전자일 경우, 두 아이를 슬프게 만들거나, 기껏 생긴 우정에 금이 갈지도 모른다. 잠깐 이야기를 들어보는 것이 좋겠다.

"너희와 놀았던 아이들의 부모가 파병될지도 모르겠구나."

두 사람은 의아하다는 표정을 지었다. 그리고 얼굴을 마주 보고, 다시 아인즈에게 시선을 되돌렸다. 대표로 입을 연 것은 아우라였다.

"——그렇겠네요. 그런데 그건 왜요?"

진심으로 의아하다는 표정이었다.

"뭔가 문제라도 있을까요?"

"……아니, 아무 것도 아니다."

왜 그런 표정이 나오는데.

라고는 물을 수 없었다.

다만, 우정은 생기지 않았구나 하고 생각했을 뿐이었다.

'아니면…… 내 동료들이 현실을 우선시했던 것처럼, 이 아이들도 나자리를 우선시하고 있는 걸까……? 만약 그렇다면 어떻게 하는 게 옳을까.'

아인즈가 망설이고 있으려니 아우라가 귀 뒤에 손을 가져다대고 먼 곳의 소리를 잘 들으려는 동작을 취했다. 무언가 저쪽에서 중요한 이야기가 나왔던 것이리라. 아우라를 방해하지 않도록 아인즈와 마레는 입을 다물었다.

"――아인즈 님. 저쪽에서 아인즈 님의 화제가 나오는 것 같아요."

"무슨 이야기를 하는지 들려주겠느냐?"

"네. 대충 이런 이야기예요."

아우라가 다소 목소리의 톤을 바꿔가며 ――그렇기는 해도 능숙하지는 못했다―― 들려주었다.

"왜 그의 제안이라는 걸 비밀로 하려는 겁니까? 인간 나라 근처에 그가 사는 나라가 있다지 않나. 여기서 그가 이런 의견을 제시했다는 사실을 인간 나라가 알면 장래에 그에게 피해가 미칠지도 모른다는 생각은 안 해봤나? 장로님은 그렇게 될 거라고 생각하나요? 모르지. 하지만…… 그에게 피해가 미치는 일은 일어나지 않도록 하는 것이 당연하지 않겠나? ――여기에 다른 마을 사람들이 찬성하고, 비밀로 하기로 결정됐어요."

"그렇구나. 고맙다, 아우라."

"저, 저기, 이제 아인즈 님께서 유도하셨다는 사실은, 어, 새나가지 않겠네요?"

딱히 유도했던 기억은 없었고, 왜 유도했다고 생각하는지 묻고 싶은 마음은 있었다. 아인즈는 한 가지 제안을 했을 뿐이었다. 하지만 그보다도 중요한 건 이쪽이다.

"정신조작계 마법이 있는 이상, 정보유출을 완벽하게 피하려면 죽여야겠지만……."

"죽일까요?"

아우라가 아무렇지도 않게 물었다.

"아니, 됐다. 그럴 메리트가 느껴지지 않는구나. 아니, 이렇게 말해야겠지. 법국이 알아봤자 디메리트는 없다. 왜냐하면 법국은 가상 적국. 딱히 우정을 나누고 싶은 대상은 아니고, 적의 적을 지원하는 것은 당연한 일이니까. ……아니, 그거야말로 메리트이기는 하지. 나는 가짜 외견과 이름을 썼다. 법국에서는 쓸데없는 일에 노력을 기울이게 될 게다."

아인즈는 슬쩍 쌍둥이의 태도를 엿보았다.

"……하지만…… 아쉽게 됐구나. 법국이 이 마을을 직접 침공해준다면 더 이익을 얻었을 텐데."

쌍둥이가 얼굴을 마주 보고 의아해한 후, 마레가 질문을 건넸다.

"저, 저기, 아인즈 님? 왜 이 마을을 습격하게 하지 않으시나요? 어, 저기, 다크엘프 변장을 한 채로, 그, 그러니까, 법국 병사를 죽여서, 그대로 이쪽으로 유인하면 되지 않을까요?"

그 말이 맞다.

그러는 편이 나자릭의 이익은 커졌을 것이다. 아인즈도 그 점은 안다. MPK의 응용으로 어렵지 않게 해낼 수 있었으리라. 그럼에도 그러지 않았던 것은——

'——하고 싶지 않았으니까.'

이 마을에서의 생활이 의외로 즐거웠던 것이다. 그런 마을에 자신의 손으로 불을 지르는 것은 왠지 싫었다.

이것은 지극히 당연한 생각이리라. 누구든 싫은 일은 하고 싶지 않다. 하지만 그것은 나자릭 지하대분묘의 지배자로서는 절대 용납되지 않는다. 조직의 우두머리는 조직의 이익을 가장 우선시해야만 한다. 그럼에도 자신의 감정을 우선시하고 말았다.

이것은 어떤 의미에서 나자릭에 대한 배신일지도 모른다.

'두 아이에게 친구를 만들어준다고 하면서, 제일 즐겼던 건 나였다니.'

앞으로는 이런 일이 없도록 주의해야 한다. 아인즈는 나자릭 지하대분묘의 이익을 최우선으로 생각하고 행동해야만 한다.

그것이 유일하게 남은 길드장으로서의 사명이자, NPC의 주인으로서 맡은 역할이다.

아인즈는 속으로 그렇게 맹세하고, 마레의 질문에는 무어라 답할지 망설였다. 지금은 솔직히 자신이 어수룩했다고 사과해야 하리라.

"……그렇구나. 그것도 생각했다. 나자릭의 이익을 얻기 위해서라면 그랬어야 했지. 그럼에도 그러지 않았던 것은 내 마음이 약했기 때문이다. ……나자릭의 지배자로서 옳지 않았다. 이런 일은 두 번 다시 없도록 하마."

두 사람은 깜짝 놀란 표정을 지었다.

"어, 아, 아뇨…… 그, 그렇지는 않아요."

"그럼요. 아인즈 님이 하시는 일은 모두 옳아요!"

두 사람에게 위로를 들었을 때, 그들은 빌린 엘프 트리에 도착했다. 여기 놓아두었던 물건을 회수해버리면 철수 준비는 끝난다.

원래 물건은 거의 없었으므로 작업은 금방 끝나, 짐을 들고 밖으로 나왔다. 그때 아우라가 고개를 들었다. 아인즈가 그 시선을 따라가자 약사장이 이쪽을 향해 뛰어오고 있었다.

그는 금세 아인즈 일행 앞에 도착했다.

약사장은 살짝 숨을 헐떡였다. 그는 약사로서 높은 능력을 가졌으므로 레벨도 그럭저럭 높겠지만 육체 패러미터는 낮다. 어떤 클래스를 찍었는지는 몰라도 마력계 매직 캐스터와 비슷한 양상으로 능력치가 올라갔을 것이다.

선물을 가져왔다는 분위기는 아니었다. 집회장소에서 직접 온 것이 분명했다. 작별인사를 하러 온 걸까.

"무슨 일이십니까? 작별인사를 직접 드리지 못한 무례는——."

"——아니, 임시 제자에게 마지막 선물을 하고 싶어서 말이야. 여자 몇 명이 너희하고 같이 도시로 가려고 하더군. 뛰어서 자기네 집으로 돌아가는 모습이 보였거든. 너한테 그럴 생각이 없다면 서둘러 떠나는 게 좋을 거야."

"네?"

"네는 무슨. 너한테 기생할 생각은 아니겠지만, 미지의 장소에 뛰어들어서 유일하게 의지할 수 있는 네게 원조를 청하고, 거리를 서서히 좁히려는 작전이겠지. 참고로 부양할 수 있으면 일부다처, 일처다부는 딱히 문제가 되지 않는다는 게 우리 생각이고, 갈라졌던 부족이 너를 거쳐 다시 하나가 되는 것도 나쁜 이야기는 아니라고 다들 생각하고 있을 거야. 다른 마을도 이걸 알면……. 나는, 뭐, 임시 제자 편이지만…… 내가 무슨 말을 하려는지 알겠지?"

최악이다.

몸이 닿으면 정체가 탄로 나고 만다. 그녀들이 그런 수를 쓰지 않을 거라고 단언할 수는 없다.

엘프들은 언데드를 적이라고 간주한다. 그것은 다크엘프도 마찬가지다.

다크엘프들을 완전히 포섭할 때까지는 아인즈의 정체를 알려서는 안 된다. 그리고 다크엘프들을 지배하는 것도 고려하면 선발대인 그녀들을 해치는 것은 절대 불가능하다.

"웅? 너, 그렇게 될 거라고는 상상도 못 한 거야? 요만큼도? 이봐이봐, 진심이야? 너처럼 머리가 잘 돌아가는 녀석이? 그렇게 될지도 모른다고 생각은 했지만 이렇게 빨리 행동에 옮길 줄은 몰랐다거나 그런 게 아니고? ……이봐이봐이봐. 경고해줘서 고마운 줄 알라고."

아인즈가 취할 수 있는 수단은 하나.

"…………가자, 얘들아! 뛰자! 그럼 임시 스승님 안녕히!"

도망치는 것뿐이었다.

작별인사도 제대로 못 하고, 약사장의 옆을 스치듯 셋이 달려나갔다.

금방 숲에 들어섰지만 발은 멈추지 않았다. 더는 쫓아오지 못할 거라 여겨지는 지점까지 달려와, 그제야 겨우 멈추었다.

"……괜찮아요. 쫓아오는 기척은 없어요. 그럼 우린 이제 나자릭으로 돌아가는 건가요?"

아우라의 질문에 안도의 빛을 띤 아인즈는 씨익 웃었다. 물론 표정은 전혀 움직이지 않았다. 환술 조작조차 하지 않았다.

"그렇진 않다. 나자릭으로 귀환해, 병사를 모아 행동하는 것도 나쁘지 않다만, 이 절호의 기회를 헛되이 하고 싶지 않구나. 뽕실모에님이 옛날에 내게 가르쳐주셨던 작전을 우리 셋이── 소수정예로 하는 거다."

"그, 그게 뭔가요?!"

마레가 눈을 초롱초롱 빛내며 물었다. 아인즈는 조금 기뻤다. 여기서 "흐응~." 하는 반응이 돌아왔다면 정신이 진정화되었을 것이다.

아인즈는 자랑스럽게 대답했다.

"엄밀히는 조금 다르다만── 스틸이다."

5장 스틸

Chapter 5 | Kill Steal

1

　법국 군사기관 최고책임자인 대원수의 오른팔로 두 명의 방면군 사령관―― 원수 발레리안 에인 오비니에와 가엘 러젤스 벌게리가 있다. 이번 엘프와의 전쟁에서는 그중 한 명인 발레리안이 지휘를 맡았다.

　엘프 왕도에 상당히 가까운 장소에 종합작전사령실로 천막 하나가 놓이고, 그 안에는 발레리안 외에 6명의 작전참모가 있었다. 발레리안이 50세가 넘은 반면, 참모들은 모두 젊어 아직 20대였다.

　개인의 강함을 따질 때는 나이가 반드시 지표가 되진 않지만, 지식이나 경험이 필요한 지위라면 나이는 하나의 지표가 될 수 있다. 그 논리에서 보자면 참모들은 지나치게 어리다 해도 과언이 아니었다.

　그런 젊은이들의 눈 밑은 시커멓게 죽었으며 미간에는 주름이 있었다. 장기간 누적된 피로에 시달려왔다는 표정이었다.

발레리안은 그런 그들의 피로와 약간 관계가 있는 자료를 보았다.

그것은 어젯밤——지금은 이른 아침이므로 겨우 몇 시간 전이다——있었던 엘프의 야습에 의한 피해 보고서였다.

"——많군."

예상은 했지만 도저히 그 이외의 감상은 떠오르지 않았다.

그렇다고는 해도 법국은 신앙계 매직 캐스터의 수가 타국과 비교해 압도적으로 많기 때문에, 숨이 붙어있는 부상병은 곧바로 회수만 하면 중상을 입었더라도 치유할 수 있다. 그 덕분에 사상자의 내역 중 사망자의 수는 상당히 적었다. 대부분을 차지한 부상자도 지금쯤이면 이미 치유되었을 것이다.

그러면 진지 내에 남겨진 엘프 사망자는 어떤가 하면, 법국의 사망자보다도 더 적었다.

엘프들도 야습에 반격을 받는 와중에 동료의 시체를 회수하며 철수할 수 있었으리라고는 생각하기 힘들다. 그러므로 보고된 인원이 전부라 해도 무방할 것이다.

그렇게 봤을 때, 살상 대비 소모율은 매우 좋지 않았다.

"예. 역시 엘프들의 왕도가 가깝다 보니 상대측에 강자가 많았는지, 이만한 숫자의 사상자가 나오고 말았습니다."

숫자를 정리한 참모가 동의했다.

"하지만 적의 병력은 분모 자체가 적으니, 엘프 측에 입힌 손실도 무시할 수 없을 것으로 보입니다."

한 명의 영웅은 천 명의 병사를 능가한다. 그렇다면 그 영웅

하나가 죽을 경우의 손실 또한 막대해진다. 단순한 사망자 수가 곧 전력에 입힌 손해로 이어지지는 않는다.

작전참모가 했던 말은 그런 것이다. 다만 그렇다고 위로가 되지도 않았다.

"또 병사들의 시선이 따가워지겠군요."

"그들의 입장에서는 당연한 반응이지. 전우들의 목숨이 사라진 것이니."

다른 참모의 푸념에 발레리안이 한숨과 함께 대답했다.

미움을 받기보다 호의를 받고 싶은 것은 인간으로서 당연한 마음이며, 신뢰관계가 있고 없고에 따라 전투지휘에는 큰 차이가 생겨난다. 게다가 발레리안처럼 지휘관 계통의 클래스를 취득한 자는 부하가 진심으로 따라주어야만 지원의 힘을 발휘할 수 있다.

"이제까지 엘프의 야습을 저지할 수 있었으니 방위 진지의 설계가 나빴던 것은 아니겠지만, 역시 상대가 정예를 보낼 경우 아무래도 동격의 힘을 가진 존재가 필요하게 되는군요."

"누가 아니라나. 이쪽도 나름대로 강병들뿐인데, 대부분은 신앙계 매직 캐스터니까. 분야가 다르면…… 아득히 웃도는 강함을 가질 필요성이 생기고 말지."

정면에서의 전투라면 신앙계 매직 캐스터가 우위에 서겠지만, 야간 습격이라면 레인저가 훨씬 강력하다. 그 결과가 이번 사상자 숫자로 나타나고 말았다.

"우리가 해야 할 일은 어젯밤과 같은 일이 두 번 다시 일어나지 않도록 더욱 강건한 방어진지를 구축하는 것이겠지. 뭔가 좋은 아이디어 있나?"

습격을 받았을 때부터 생각했는지 참모들이 즉시 많은 의견을 제시했다.

그중 몇 가지는 발레리안도 생각했던 것이었으며, 몇 가지는 그가 생각지도 못했던 것이었다. 이를 모두 실현할 수 있다면 매우 튼튼한 진지로 바뀔 것이다. 다만 문제는 이를 모두 도입하려면 나름대로 노력과 자원, 그리고 시간이 필요하다는 점이었다. 실제로는 효율이 좋은 순서를 생각해 취사선택해야 한다.

그리고 무엇보다──

"──각하. 방어진지 말씀입니다만, 이 이상 시간을 들여 여기서 계속 싸우는 데에 의미가 있을까요?"

당연한 질문이었다.

"상부에서 내려온 지령서는 자네도……"

다른 이들을 둘러보며 말을 바꾸었다.

"자네들도 읽었을 텐데. 우리는 조금 더 여기서 싸움을 계속해야 하네. 내 말이 틀렸나?"

아무도 이의를 제기하지는 않았다. 하지만 그것이 수긍의 의미는 아니었다.

그들이 솔직하게 동의하지 못하는 것은 당연한 일이었다. 그들이 어떤 마음을 품고 있는지 이해는 한다. 하지만 그것을 '젊음'이라는 한 마디로 치부해버릴 수 있겠는가. 이들 중 최연장자인 발레리안은 그럴 수 없었다.

솔직히 말하자면 그들의 말이 옳은 것이다.

이번 엘프의 야습에서 희생된 자들은 개죽음이었다. 결코 피

할 수 없었던 죽음은 아니었다.

법국군은 엘프 왕도에 가까운, 최전선이라 해도 좋은 장소에 본영을 두고 있다. 정보전달은 매우 신속하게 이루어졌으며 적의 움직임에도 즉시 반응할 수 있는 것이 강점이라 할만했지만, 가령 엘프의 강자가 사병(死兵)으로 변해 흉맹을 떨칠 경우 느닷없이 본진이 함락될 위험성 또한 내포하고 있었다. 그리고 현재 궁지에 몰린 엘프가 그런 전술을 취할 가능성이 크기에 조속히 본격적인 공세에 나서야 할 상황임은 의심의 여지가 없었다.

왜냐하면, 적의 강자가 거점을 지키도록 묶어놓을 수 있다면 본진이 함락될 위험성은 크게 낮아지기 때문이다.

그러나, 이곳에서 발을 멈춘 채 천천히 육박전을 벌이라는 것이 최고집행기관의 지시였다. 이는 당연히 엘프의 야습 또한 상정한 것이다.

실제로, 전황이 악화되면서 엘프들도 피난을 가거나 도망치고 있을 테니, 이를 저지하기 위해 움직임이 빠른 전선에 본진을 두고 엘프를 일망타진하라는 지령은 그나마 이해할 수 있다. 적의 정예부대나, 이제까지 거의 모습을 보이지 않은 엘프 왕을 유인해내기 위한 미끼가 되라는 의향도 수긍할 수 있다. 단, 여기에 화멸성전(火滅聖典)의 지원은 없다는 조건만 뺀다면.

왜 화멸성전의 힘을 빌릴 수 없는가.

화멸성전의 서브리더가 엘프 왕에게 전사했기 때문은 아니다.

최고집행기관으로부터는 화멸성전이 다른 임무를 맡고 있다는 설명을 받기는 했으나, 그런 변명을 믿는 이는 이곳에 없다.

발레리안은 답을 알고, 한편 작전참모들은 젊으면서도 매우 우수하기에 최고집행기관의 생각은 전부 알고 있다.

화멸성전의 참가를 허가하지 않는 최고집행기관의 의도는 몇 가지가 있다.

첫째는 경험을 쌓게 하는 것.

도시에서의 생활에 익숙한 사람이 이런 삼림에서 생활하는 것은 상상 이상으로 어려운 일이다. 이제까지의 안전한 생활과는 달리 주위 전체를 경계해야만 한다.

그러기 위해 이번 전쟁이 있는 것이다.

숲에서 덤벼드는 마수 대신 엘프가 있다.

앞으로도 비슷한 경험을 쌓을 기회가 있다면 이야기가 다르지만, 그런 일은 없을 테고, 빈번히 있어도 안 된다.

다만, 굳이 실제로 피해를 낼 필요는 없다.

경험을 쌓는 것이 목적이라면 안전한 장소에서 연습을 하면 된다. 예를 들면 엘프 대신 화멸성전을 적 역할로 이용한다거나 해서. 최고집행기관이 그 정도도 모를 리가 없다. 그러면 왜 이런 짓을 시키는가—— 실제로 전사자까지 나오는 것도 불사한단 말인가.

그것은——

'——의식개혁이지.'

군인으로서 많은 사람들을 지키려 한다면 사냥꾼이나 레인저 등의 기술이 필요할 것이다.

숲에서의 전투에 탁월한 엘프라는 존재와의 싸움을 거쳐, 많은 병사에게 이 숲에서 싸울 기술을 익히게 한다. 경우에 따라서는 레인저 같은 클래스를 습득하기 위한 열의를 가지게 한다. 그 계기로, 사망자의 존재는 중요하다. 동료 중에 사망자가 나오면 나올수록 위기의식은 강해질 것이다.

그러므로 엘프를 일망타진할 수 있는 육색성전―― 특히 화멸성전의 지원을 상부에서 기각하는 것이다.

발레리안은 상부의 명령을 떠올리고 마음속으로 언짢은 표정을 지었다.

상부의 생각은 이해한다. 하지만 곧이곧대로 받아들일 수는 없었다.

"각하. 제안이 있습니다."

참모의 딱딱한 목소리가 울려 퍼졌다. 이 자리에서는 가장 젊은 참모다. 이 전쟁에 젊은 참모가 모인 것 또한, 말할 필요도 없이 의식개혁의 일환이다.

발레리안은 그에게 계속 말하도록 지시했다.

"물론 이렇게 되리라 상정은 했으나, 그래도 허용할 수 있는 최대치에 가깝게 전사자가 나왔습니다. 이 상황에서 적의 성새도시를 단숨에 쳐 함락시키기는 극히 어려울 것입니다. 특히 야습에 참가했던 엘프를 모두 없애지 못했던 이상, 한층 격렬한 저항이 예측됩니다. 이 이상 병사들의 목숨을 잃는 데에는 찬동하기 어렵습니다. 부디 최고집행기관에 작전 변경을 타진해 주실 수 없겠습니까?"

그도 무리라는 것을 안다. 그래도 눈앞의 희생자 수에 마음이 약해졌을 것이다.

발레리안은 한숨을 쉬고 싶은 마음을 꾹 참았다. 그들이 어떤 마음을 품었는지는 이해한다. 장교라면 누구나 한 번쯤은 이 길을 지나기 때문이다.

목숨——이 경우에는 자국민의 목숨——의 가치는 비싸다.

그것은 법국의 한 가지 단점일지도 모른다.

이것은 결코 나쁜 일은 아니다. 아니, 반대로 좋은 일이다. 목숨의 가치가 싼 나라와 비싼 나라가 있다면 누구나 후자에 속하고 싶을 것이다.

영웅에게 보호를 받아온 지금까지의 법국 군부가 물렀느냐고 하면 실제로 그렇지만, 쓸데없는 희생을 내지 않고자 하는 생각 자체는 결코 잘못되었다고는 할 수 없다. 하지만 그것은 무기를 들지 않은 자의 생각이지, 목숨을 빼앗고 빼앗기는 것이 본업인 군인이 그런 생각을 해도 될까?

희생 없이는 승리를 거둘 수 없는 때는 반드시 온다.

육색성전이 없는 상황에서도 싸워야만 하는 때도 반드시 온다.

그때 목숨의 가치를 너무 높게 보고 겁을 먹어 전투를 시작하지 못하는 것은 치명적인 문제다.

이것은 병사의 목숨을 싸게 생각하라는 것이 아니다. 그것을 —— 발레리안을 비롯한 군의 상층부는 아픔을 곱씹으면서도 받아들일 수밖에 없었던 것이다.

그들은 지금, 경험해야만 하는 아픔을 접하고 있다. 그 고통에 의해 생겨난 것이 그들의 얼굴 위에 나타나고 있다.

아마 만족스럽게 잠도 자지 못하고 있는 것 아닐까. 자신의 지휘에 괴로워하는 병사들의 목소리가 귀에서 떠나지 않는 것 아닐까.

발레리안은 그들이 조금 불쌍하게 여겨졌다.

지나치게 갑작스러운 방침전환만 아니라면 조금 더 천천히 경험을 쌓을 수 있었을 것이다. 그랬다면 참모들이 이렇게까지 정신을 혹사하지도 않았을 것이다.

하지만 그런 느긋한 소리를 할 수 없는 정세가 되었으리라. 병사 한 명 한 명의 훈련도는 물론이고, 이를 지휘하는 장교의 자질도 급격히 요구되는 그런 상황이 닥친 것이다. 병사는 무력을 기르고, 장교는 그들에게 "가서 죽어라."라고 냉정하게 명령할 각오가 필요하게 되었다.

'장래에 일어날 수 있는 마도국과의 전쟁에서는 수많은 병사가 죽고 다칠 테고, 일반 시민 중에도 피해가 나오리라 예상된다. 그렇기에 여기서 죽음을 접하게 한다……. 최고집행기관도 지독한 생각을 다 했지…….'

"자네의 마음은 아플 정도로 이해하네."

자신을 포함해 다른 참모들도 그런 생각을 하고 있다는 뜻이다.

"그래도 멈출 수는 없네. 지금이 아니라 미래를 내다봐야 하네."

"………………."

최연소 참모는 말없이 고개를 숙이고, 다시 얼굴을 들더니 매달리는 듯한 눈빛으로 발레리안을 바라보았다.

"……하다못해, 하다못해 엘프 놈들의 왕도를 공격할 때는 대규모 공격의 허가를 내려 주십시오. 적의 요격선을── 왕도

외곽의 수비를 파괴하기 위해 고화력 마법을 지원해주십시오. 캐터펄트 같은 공성병기는 고사하고 불화살조차 허락되지 않는 상황에서는 희생자가 더욱 늘어나기만 할 겁니다."

"──그것 또한 허락되지 않는다. 이유는 추측할 수 있겠지?"

이곳에 있는 자들은 영재들뿐이다. 그렇다면 법국의 현재 상황 등을 통해 답에 도달할 수 있을 것이다. 그것을 자신의 입으로 구태여 말해봤자 진저리만 내겠지만, 그래도 일부러라도 언급하는 편이 좋을지도 모른다.

"앞으로 그 사악한 마도국과의 대립은 피할 수 없을 걸세. 그때 이 도시가 깨끗한 형태로 우리 수중에 있다면, 이곳으로 백성들을 피신시킨다는 전략을 세울 수 있……을지도 모르네. 그렇기에 중간부터 나무를 베지 않고 이곳까지 왔던 거야. 그러기 위해서라도 이 도시에 큰 피해를 입히는 것은 허락되지 않네. 알겠나?"

"역시 그랬습니까. 최고집행기관은 이미 마도국과의 전쟁을 전제로 하고 있었군요. ……엘프의 도시는 놈들의 마법으로 만들어낸 것이니, 설령 불 같은 것으로 도시의 일부를 잃는다 해도 포로로 삼은 엘프의 마법으로 복구는 가능할 거라 생각합니다. 그래서는 안 되는 겁니까?"

다른 참모의 말에 발레리안은 동의했다.

"안 된다. 그런 의견이 있다는 것도 아네. 그 외에도 엘프들을 부려서 다른 장소에 재건하면 되지 않겠느냐는 의견도. 하지만 시간적 유예를 고려하면 그 방법은 택할 수 없어."

실제로, 포로로 삼은 엘프를 이용한다는 계획은 있었다. 매료

등의 마법을 사용하면 강제적으로 협력시키기란 어렵지 않다. 다만 정신조작계 마법은 단기간에 몇 번이나 걸었다간 한동안 저항하기 쉬워진다.

그리고 이미 실험해본 적이 있다지만, 엘프들의 나무는 마법을 쓰더라도 처음부터 기르기 위해서는 나름대로 시간이 걸린다. 마도국과의 전쟁이 언제 시작될지는 알 수 없지만, 많은 백성을 피난시키기 위한 도시를 무(無)에서부터 만들어내기는 어렵다는 계산이 나왔다.

그러므로 지금 있는 것을 사용하고자 생각한다면, 무엇 하나 헛되이 쓸 수가 없었다.

"우리에게 허락된 것은, 피해가 나올 것을 감안하고 힘으로 밀어붙여 엘프 도시를── 최후의 방어선을 격파하는 것일세. 물론 상층부도 전사자를 많이 내기를 바라는 것은 아니야. 장래 마도국과의 전쟁을 위해서는 한 사람이라도 많은 병사가 필요하니, 여기서 잃을 수는 없지."

상층부가 바라는 것은 정말로 이만저만한 무리가 아니었다.

발레리안도 앞뒤가 안 맞는다고 생각했다. 하지만 최고집행기관의 고통스러운 심정 또한 이해한다.

"……각하. 그리고 무엇보다도 사선을 넘어선 자들은 강함을 얻게 되어서겠지요."

"그래…… 맞아. ……그렇지……."

이 중에서는 발레리안 다음으로 지휘관 계통의 클래스를 고레벨로 취득한 참모의 말에 동의했다.

법국은 이제까지 천 명의 병사보다도 한 명의 영웅이라는 생각을 가지고 있었다. 하지만 그것으로는 부족하다고, 병사 한 명 한 명의 강화에 착수하기 시작했다. 그것이 바로 이 가혹한 싸움의 이유였다.

모든 의도의 근저에 있는 것은 마도국과의 전쟁이 일어나리라는 예측.

그리고 그럴 가능성은 극히 높았다.

"다들 괴롭겠지만, 그래도 한 명이라도 많은 병사가 법국 땅을 밟을 수 있도록 지혜를 짜내주게."

발레리안이 고개를 숙이자 모두들 알겠다고 대답했다.

그리고—— 또 한 가지.

여기서 꾸물거리며 싸우는 이유가 있다.

이 전장에 있는 자들 중 발레리안밖에 모르는, 알려지지 않은 인물. 그 인물이 도착하기를 기다리는 것이다.

강대한 힘을 가진 엘프 왕. 영웅에 가까운 자조차 순식간에 해치우는 특급전력. 그를 없애기 위한 카드가 법국에 있다.

그것은 전략적으로는 옳다. 강자에게는 강자를, 영웅에게는 영웅을. 그리고 이를 넘어서는 자에게는——.

그러나 군사학적인 이유 이상으로, 최고집행기관은 그 인물을 엘프 왕과 부딪치게 하는 데에 매우 기묘한 집착을 가진 것처럼 보였다.

진의는 알 수 없다.

그러나 발레리안은 기다렸다.

이 원정의 마지막 카드를.

그리고 그때, 회의를 중단시키듯 전령이 들어왔다. 긴박한 표정의 전령은 곧바로 발레리안에게 오더니 귓엣말처럼 보고했다.

"각하. 본국에서 증원이 도착했습니다."

"그렇군."

발레리안은 그렇게만 대답하고 즉시 자리에서 일어나며, 무슨 일인가 하고 이쪽을 지켜보는 참모들에게 말했다.

"제군, 본진의 수비는 필요가 없어졌다. 수비에 할당했던 병사들을 전선에 투입하라. 일대 공세 준비에 착수하라."

오랜 싸움이 곧 끝나려 한다. 전황은 마침내 최종단계를 맞이한 것이다.

*

'……왜 저런 식으로 싸우지? 법국은 자국 병사의 희생에 아무 생각이 없나?'

다크엘프 마을을 벗어나고 일주일 후. 법국이 엘프의 왕도로 쳐들어가는 것을 멀리서 바라보던 아인즈의 첫 감상은 그랬다.

나무로 벽 같은 것을 만들고 이를 밀어붙이는 형태로 진군한다. 훌륭한 정확도로 발사되는 엘프의 화살을 경계해서임은 알겠지만, 너무나도 헛수고를 하는 것처럼 느껴졌다.

왜냐하면 머리 위까지는 커버하지 못하기 때문에 곡사 등의 특수기술로 공격하면 막아낼 수가 없었던 것이다. 특수기술 공격은 그리 많지 않았으므로 다소의 희생은 허용범위 내일지도 모르지만, 그렇다 해도——.

"——법국에는 신앙계 매직 캐스터가 많았지. 광범위 마법 같은 것을 쏘면 되지 않나? 지금은 엘프들이 유리한 위치를 차지하고 있는데, 이를 막기 위해서라도 천사를 소환해 하늘에서 공격하면 되지 않나? 아니, 근본적으로 주거지가 되는 나무를 태워버리는 편이 현명할 텐데. 주위에 나무가 많으니 공성병기를 만들어 멀리서 불타는 것을 던져넣으면 되지 않나?"

굵은 생목은 그리 쉽게는 불이 붙지 않는다지만, 작은 가지나 나뭇잎 같은 것은 잘 탈 것이다. 게다가 그런 것들에서 발생하는 연기가 엘프들에게 고통을 주고, 또한 사선을 막아주기도 할 것이다. 그러한 수단을 전혀 택하지 않는 법국의 진군은 아인즈의 눈에 어딘가 기이하게 비쳤다.

'게다가 왜 강자를 투입하지 않지? 플루더나 가제프처럼 레벨이 높은 자가 있으면 더 큰 마법이나 화려한 공격을 할 수 있고, 돌진해서 전황을 바꿀 수도 있을 텐데. 이 상황에서 아낄 이유가 없지 않나?'

"으음…… 나는 이해할 수 없다만, 법국의 움직임을 보고 알아차린 점이나 예상한 것이 있느냐, 너희는?"

함께 그 광경을 바라보던 쌍둥이에게 물었다. 잠시 머뭇거린 후 마레가 대답했다.

"아, 저기, 아무 생각이 없는 것 아닐까요……?"

"아니아니, 아무리 그래도 그건 아닐 게다. 군대에는 사령관이나 참모 같은 자들이 다수 있을 텐데. 그들 전원이 무대책일 거라고는 생각하기 힘들지. 저 행동에는 분명 모종의 특별한 이유가 있을 거다."

하지만 그 답은—— 이유는 떠오르질 않았다. 무능한 지휘관

이 정치적인 이유로 권한을 모조리 쥐고 있어서 참모를 무시하고 독단적으로 군을 움직였을 가능성은 있지만, 나무를 벌목해 진군하는 꾸준하면서도 견실한 전법을 보면 아무래도 그럴 거란 생각은 들지 않았다.

"으음…… 여기만이 아니라 다른 방향에서도 쳐들어오고 있는데, 그쪽도 비슷하고 말이죠……."

법국은 엘프 왕도의 포위망을 반원형으로 형성하고, 왕도의 배후에 해당하는 호수에는 반대편 기슭에 몇 개의 부대를 배치해두었다.

"포로로 삼은 엘프를 전면에 내세운 것도 아닌 모양이고요……. 죽어도 되는 병사를 앞장세우고 있다거나…… 법국에는 노예제 같은 게 있을까요?"

"아니다, 엘프를 노예로 팔기는 해도 인간 노예병에 대해서는 들어본 적이 없다. 정치체제라면 대충 알고 있는데……. 물론 정보가 충분했다고 단언할 수는 없지. 만, 그렇다 해도, 뭐, 없을 거다."

"……사, 사실은 소환된 병사라거나, 그, 그런 건, 아닐까요?"

"화살을 맞은 병사의 몸이 남아있는 걸 보면 그렇지도 않은 것 같다만……."

쓰러진 병사의 몸을 다른 병사가 황급히 후방── 법국의 진지로 옮겨가는 모습이 보였으므로, 죽어도 된다고 생각해 진군하는 것은 아닌 듯했다.

왜 취할 수 있는 수단을 취하지 않고 목숨을 잃게 할까.

아인즈는 고개를 갸웃하다가, 그럴듯한 답 하나를 말했다.

"이건 짐작이다만. 우리가 이곳에 있는 걸 알아차리고 저렇게 싸우는 걸까?"

"네?"

"그, 그럴 수가……."

"아니, 우리라고 결론을 내리는 것은 속단이겠다만, 적대하는 국가나 조직에게 자신들이 어리석다고 착각하게 만들기 위해서라든가, 혹은 강자의 존재를 감추기 위해서라든가, 그런 기만작전의 일환으로 저런 짓을 하는 건 아닐까?"

거짓 정보를 주고 싶은 상대가 꼭 마도국이란 법은 없다. 아인즈 일행이 모를 뿐, 법국에는 적대국가가 존재해서, 그들에게 가짜 정보를 주려고 하는 것은 아닐까?

아인즈도 몇 번이나 했던 일이다. 법국도 같은 생각을 할 수 있을 것이다.

'법국은 나름대로 역사가 있는 나라지. 그럼 적이 많을지도 몰라. 그래도 그런 일이 있을 수 있나? 하지만 그 외에 강자를 아낄 이유는 떠오르질 않고……. 그렇다면…… 경계하는 적은 마도국이나, 왕국의 북쪽에 있다는 평의국? 인간 위주인 법국과 이종족으로 이루어진 평의국의 사이가 나쁜 건 충분히 가능성이 있을 테니까. 으음…… 그렇다면 동맹을 맺는 것도 생각하는 편이…… 아니, 그 부분은 알베도나 데미우르고스가 이미 생각해뒀겠지. 하지만 부하에게 전부 떠넘기기만 하는 상사는 있어 봤자 의미가 없으니까. 은근슬쩍 물어볼까?'

왕국과의 마지막 전투 때 나타났던 리쿠 아가네이아라는 수수께끼의 존재는, 어쩌면 평의국에 있다고 하는 백금용왕과 관계가 있지 않을지, 그런 추측도 있었다.

그냥 단순히 백금 때문에 연결해보았을 뿐이었지만, 만약 정말로 그렇다고 한다면 평의국에 대한 대책으로 법국과 동맹을 맺는 것은 나쁘지 않다. 아니면 반대로 법국에 대한 대책으로 평의국과 손을 잡고 상대의 내정을 알아보는 것도 좋겠지.

어느 쪽이 됐든 평의국과 법국이 마도국에 대한 대책으로 공동전선을 펼치기 전에 한 수를 두는 편이 좋을 것이다. 물론 아인즈 정도가 생각할 수 있는 일 따위는 두 현자가 이미 파악했을 가능성이 높다.

'……으음……. 두 사람이 동맹 같은 걸 맺기 위해 이것저것 준비하고 있을지도 모른다고 생각하면, 역시 이번에는 법국에 정체가 드러날 만한 행동은 피해야겠지. 아니면 목격자는 죽이거나.'

"아인즈 님. 그러시다면 법국의 진지에 잠입해 정보를 훔쳐올까요?"

아우라의 제안에 아인즈는 고개를 가로저었다.

"아니다, 그건 절대 해서는 안 된다."

아인즈는 자기 생각을 두 사람에게 설명했다.

"그래, 가령…… 나와 동격의 힘을 가진 존재가 나자릭을 적대한다고 치고, 나자릭 내에 잠입해 원하는 정보를 빼내는 것이 가능하겠느냐?"

"네, 가능해요!"

"저도 가능할 거라고 생각해요. 아인즈 님처럼 굉장한 분과 같은 힘을 가진, 그런 사람이 정말로 있다면, 가능할 거 같아요."

"어, 응……."

자신만만──심지어 마레는 보기 드물게도 또박또박──하게 단언한다. 하지만 그것은 아인즈가 바라는 대답이 아니었다.

"음, 질문이 안 좋았구나. 어, 그래, 샤르──."

'──안 돼!'

이 질문은 대답을 예상할 수 있었다.

샤르티아와 동격이라고 하면 아우라는 틀림없이 '무리' 라고 일도양단할 것 같았다. 그야 아인즈가 원하는 답이기는 하지만, 그 생각의 중간과정에 있는 것이 바람직하지 않았다. 그래서는 안 된다.

그럼 누구라면 좋을까. 아인즈는 생각해보았다.

'판도라즈 액터는…… 길드 멤버로 변신할 수 있는 관계상 쌍둥이도 '가능하다'고 대답할지 몰라. 그렇다면 데미우르고스…… 응. 그 녀석이라면 나자릭에서 아무렇지 않게 정보를 훔쳐낼 것 같지. 아우라……라든가 마레는 안 되고. 그렇다면…….'

"조금 전의 질문을 반복하겠다만, 만약, 그래, 어디까지나 만약의 이야기인데, 알베도와 동격의 존재가 나자릭을 적대한다고 치자. 그 경우에는 나자릭 내부의 모든 정보를 빼내는 것이 가능하겠느냐?"

"네? 알베도가, 말인가요?"

"어, 저기, 뭔가 짚이시는 곳이라도……?"

"뭐?! 아니다! 알베도가 배신할 거라고는 생각도 하지 않는다!"

아인즈는 목소리가 조금 거칠어질 정도로 다급하게 대답했다.

"만약의 이야기라고, 동격의 존재라고 말하지 않았느냐. 그래, 예를 들어서 말이다."

별로 수긍하지 않는 듯한 분위기였지만, 쌍둥이는 서로의 얼굴을 마주 본 다음, 아우라가 대표로 대답했다.

"그건 아무리 알베도라 해도 무리일 거예요. 우선, 알베도는 잠입 계통 능력을 키우질 않았으니까요. 장비품도 그런 효과를 가진 건 들어본 적이 없어요."

"뭐…… 그렇긴 하지……. 알베도는 탱커니까……. 그야 그런 능력은 없지."

이것도 예로 든 인물이 별로 좋지 못했다.

"……그 점은 차치하고, 그녀의 지혜를 구사해도 무리라고 생각하느냐?"

"아, 네. 무리일 거라고 생각해요."

에이, 됐다. 적절한 인물의 이름이 떠오르지 않았으므로, 알베도에게는 미안하지만 이대로 밀어붙이기로 했다.

"음, 그렇지. 나도 무리라고 생각한다. 나자릭은 다종다양한 방어수단으로 보호를 받고 있기에 단 한 명의 힘으로 돌파할 수는 없다. 그렇다면 말이다. 그것은 다른 장소라 해도 그럴 거라 생각하지 않느냐?"

"생각하지 않아요. 나자릭 지하대분묘는 지고의 존재들께서 만드신 위대한 곳. 특별한── 장소예요. 그런 곳이 다른 곳과 마찬가지라니, 절대 그럴 리가 없어요."

마레의 단언에 아인즈는 "아, 네."라고 대답할 뻔해 꾹 참았다.

마레의 기분—— 마음은, 나자릭을 만든 자들 중 한 사람으로서 매우 기쁘지만, 이 경우에는 그런 말을 하고 싶은 것이 아니었다. 상사가 하고 싶은 말을—— 분위기를 읽으라고는 말할 수 없었다.

그러므로 일단 마레의 발언은 없었던 것으로 했다.

"음, 나는 언제나 이렇게 생각한다. 나자릭이 할 수 있는 일이라면, 다른 곳에서도 같은 일을 할 수 있어도 이상하지 않다고."

아인즈 혼자 나자릭의 정보를 빼앗을 수는 없다. 그렇다면 다른 플레이어가 만든 조직 같은 곳도 마찬가지로 아인즈 혼자 정보를 탈취할 수는 없다고 생각하는 것은 잘못일까?

아니, 잘못일 리가 없다.

자신들이 상대의 첩보를 저해할 수 있다면 상대도 마찬가지로 저해할 수 있다. 그렇게 가정하고 행동하지 않는 것은 어리석다.

그렇기에 아인즈는 플레이어의 그림자가 어른거리는 법국에는 첩보원을 파견하지 않았다. 특히 법국에는 오랜 역사가 있다. 만약 플레이어의 존재가 있다면, 축적된 세월은 상대에게 유리하게 작용할 것이다.

실제로도 아인즈가 모르는 ——세 가지 질문에 대답하면 죽는—— 마법 등의 개발에 성공했다.

"물론, 언젠가는 위험을 무릅쓰고 도박에 나서야만 할 때가 올 거다. 하지만 그것이 지금인지는 의문이구나. 아우라, 마레."

"네."

쌍둥이가 대답했다.

"나자릭 지하대분묘는—— 우리는 강하다. 하지만 유일무이

한 최강이라고는 생각하지 말거라. 결코 상대를 우습게 보지 말거라. 정보를 모으는 것을 절대 잊지 말거라."

"네."

쌍둥이의 대답을 듣고, 아인즈는 고개를 크게 끄덕였다.

"좋아! 그러면── 조금 더 상황을 지켜볼까. 지금의 상태로는 목적을 달성할 수 없을 테니."

이곳에 온 것은 '스틸'을 위해서였다. 아니, 정확하게 말하자면 스틸과는 조금 달랐다.

여기서 말하는 스틸이란, 누군가가 몬스터와 싸우는 도중에 옆에서 몬스터에게 공격을 가해 경험치 같은 것을 가로채는 행위다. 지금의 상황에서 스틸이라고 한다면, 아인즈 일행이 엘프가 됐든 법국이 됐든 공격을 가해 피해를 입힌다는 의미가 될 것이다.

하지만 아인즈의 목적은 그것과는 달랐다.

아인즈의 노림수는 엘프 왕성에 있을 매직 아이템이었다.

왕가처럼 유서 있는 가문은 그에 어울리는 귀중한 매직 아이템을 보유했을 확률이 높다. 그리고 귀중한 매직 아이템은 종종 강한 힘을 가진다. 이 경우의 힘이란 전력이라고 바꿔 말해도 좋다.

여기까지 쳐들어온 법국이 패배할 거라는 생각은 들지 않는다. 다시 말해 엘프 나라에 있는 매직 아이템은 이대로 두면 법국의 손에 들어갈 것이다. 가상적국의 전력이 증대되도록 내버려둘 수는 없다. 그러므로 법국보다 먼저 엘프 나라의 매직 아이템을 빼앗는 것이 이번 목적이었다.

여기에는 더 큰 메리트가 하나 있는데, 직접 법국과 적대하지는 않는다는 점이다. 물론 만약 들킨다면 법국은 이쪽을 강하게 비난할 것이다. 하지만 아직 법국의 것이 되지 않은 아이템을 빼앗는다 한들 얼마든지 발뺌이 가능하다.

따라서 스틸이라기보다는 불난 집 도둑질이라는 편이 정확하리라.

덧붙여 아인즈는 이런 책략을 위그드라실 시절에 몇 번이나 실행한 적이 있다. 점령 후 텅 비어버린 항쟁 상대의 거점을 보고 격노하는 공격측 길드를 비웃었다. 그렇기에 이번에도 금방 아이디어가 떠올랐다.

다만 문제는 있었다.

엘프 나라, 그것도 왕성에 어떤 매직 아이템이 있는지도 모르는 채, 있으리라 예측하고 행동을 개시해서는 안 된다. 잘못하면 없을 가능성도 있다. 그러면 위험만 무릅쓰고 법국과의 관계를 쓸데없이 악화시킬 수도 있다. 원래 같으면 우선 정보를 모으고, 그다음에 행동해야 했다.

설령 엘프 왕국이 매직 아이템을 보유하고 있다 해도, 최후의 전투라 할 만큼 궁지에 몰린 이 상황에서는 보물창고 같은 곳에 넣어두지 않고, 법국과의 싸움에 가지고 나가는 일도 충분히 생각할 수 있다. 그 외에 안전한 장소로 이송됐을 가능성도 없지 않다.

하지만 조사하려 해도 시간이 너무 없었다.

"……조금 더 상황을 보고 왕성으로 들어가자꾸나. 매직 아이템을 이동시키면 귀찮게 되니."

"그때는 제가 추적할게요."

"아아, 그랬지. 하기야 아우라의 추적이라면…… 아니, 상대가 숲 건너기 같은 능력을 가지지 않았으리란 법이 없으니까. 가능하다면 이동시키기 전에 손에 넣어버리는 게 제일 좋지. ……으음…… 어디에 있을지 알아보는 것도 고려하면 조금 일찍 행동하는 편이 좋겠구나."

"그, 그러면?"

"그래. 지금 당장 가도록 하자."

아인즈는 법국의 공세를 보았다.

그 후로 일주일이나 지났으므로, 주위 마을과의 의논 결과에 따라서는 다크엘프 마을의 주민들이 어디선가 이 전투에 참가했을 가능성도 있다.

그들이 있는지, 있다면 어디 있는지 알고 싶다는 마음은 있지만, 그때의 자신은 나자릭의 지배자로서 실수를 저질렀다고 후회하지 않았던가. 지금은 나자릭의 이익만을 생각해야 한다.

아인즈는 시선을 왕성에서 마레에게 돌렸다.

"그러면 마레. 경우에 따라서는 전열—— 탱커의 역할을 맡겨도 되겠느냐?"

마지막으로 확인했다.

"네, 네에. 괘, 괜찮아요. 그 마을에서도 그랬지만, 이거, 말이죠. 엘프 왕도도 자연으로 간주되니까, 전혀 문제없어요. 열심히 할게요!"

마레의 차림도 아우라의 차림도 평소와 달랐다. 특히 갑옷 부분이. 이번에는 아우라가 궁병 사양, 마레가 방어 위주의 장비품으로 변경했다.

두 사람의 장비는 아인즈가 제안한 것이 아니라 부글부글찻주전자가 들려주었던 것이다. 그렇기에 평소의 장비와 비교하면 수준은 떨어진다. 다만 그래도 두 사람에게 맞춘 장비품이기 때문에 전체적인 능력은 그렇게까지 저하되지 않는다.

하지만 이것은 잠입공작이다. 아인즈도 두 사람과 마찬가지로 평소와는 다른 무장을 하고, 쌍둥이는 키높이 신발 같은 것을 신고, 셋 모두 가면 등으로 얼굴을 가리는 편이 현명하리라. 하지만 그런 것은 전혀 하지 않았다.

큰 이유로는, 가장 외견이 잘 알려진 아인즈가 평소와 다를 바 없는 장비를 했기 때문이다. 이것은 두 사람이 무장을 변경하면서 조금 약해진 상황에 아인즈까지 무장을 변경하는 ──약해지는── 것은 위험하다고 판단한 것이다.

여러모로 고민한 아인즈는 결국 '목격자는 전부 죽이면 되잖아?' 라는 매우 단순한 결론에 이르러, 위장공작을 내팽개쳤다.

그리고 작은 이유로는, 두 사람이 착용한 갑옷 때문이었다.

예비 무장치고는 우수한 것은, 몇몇 곳에 장비가 불가능한 대신 갑옷의 능력을 올려주는 데이터 크리스털이 들어가 있어서다. 마레의 경우 얼굴 슬롯이 막혔다. 그러므로 그 갑옷을 입는 동안에는 가면을 착용할 수가 없었다.

그렇다 쳐도──

'──이것도 성별이 반전된 차림이구나.'

심지어 그것만이 아니었다.

왜 이런 갑옷이냐고 따지고 싶어지는 마음을 참을 수가 없었다.

특히 마레.

드레스 아머라 해도 될만한 마레의 갑옷은 배꼽 부분을 보호하지도 않고 노출도 과다한, 무슨 생각으로 이렇게 만들었나 싶은 물건이었다.

위그드라실 갑옷의 방어력은 쓰인 금속의 질, 금속의 양, 데이터 크리스털 3가지의 합계치라 할 수 있다. 그러므로 마레의 동체 부분도 방어력이 전혀 없는 것은 아니며, 최소 데이터 크리스털 분량은 보호해줄 것이다. 말하자면 마법의 오라로 커버되는 것이다.

아마 이 전장에서 싸우고 있는 일반인이 온 힘을 다해 베어도 생채기 하나 나지 않으리라. 하지만 이렇게 방어력이 없는 부분은 위그드라실 시절이라면 크리티컬 히트가 일어나기 쉽다는 설정이 있었다.

까놓고 말해, 탱커의 장비가 아니었다.

탱커로서 올바른 차림은 알베도의 갑옷처럼 우락부락한 장비를 말한다.

부글부글찻주전자도 갑옷을 착용하지 못한다는 종족적 결점을 가지고 있으면서도 두 손에 방패를 든다거나 슬라임으로서 강인함을 높이는 등의 특기를 가지고 있었다.

자기도 탱커인 부글부글찻주전자가 무슨 생각으로 마레에게 이딴 장비를 주었을까.

답은 '아무 생각 없었다' 가 아닐까.

아니다. 틀림없이 진지하게 생각했을 것이다. 전투가 아니라 자신의 취향을 추구하는 방향으로.

진짜 남매구나.

그런 마음을 꾹 참고, 옛 동료에게 실드를 쳐주고 싶었다. 실제로 원래 마레는 어디까지나 NPC였으며, 스스로 무장을 변경하는 일은 없었다.

그렇다면 지금 마레가 입고 있는 배꼽 노출 갑옷은 어디까지나 갈아입히기 놀이용 아이템이며, 옷장에서 자리만 차지할 뿐이었을 것이다. 그럼에도 그럭저럭 쓸만한 장비를 마련해주다니, 보통은 그런 생각을 하지 않을 것이다. 따라서 지금은 부글부글찻주전자를 칭찬해야 하리라. 단순한 패션임에도 다소의 성능을 부여했다는 점을.

왠지 멋진 미소——얼굴은 없지만——를 짓는 누나와, 뭔가를 말하고 싶어 하는 동생의 모습이 아인즈의 뇌리를 가로질렀다.

2

법국이 공세를 강화해, 마침내 엘프 왕도 외곽의 수비가 무너졌다.

법국 병사가 도시 내로 침입한 것을 확인하고, 아인즈 일행도 약간의 조바심과 함께 행동을 개시했다.

엘프 왕성에 〈완전불가지화〉로 침입한 아인즈가 처음 했던 일은 혼자 있는 ——목격자가 없는—— 엘프를 발견해 사로잡는 것이었다.

몇 번인가 기회를 노려 붙잡은 것은 하녀로 보이는 여자 엘프였다.

즉시 매료해서 〈전이문〉으로 아우라와 마레가 기다리는 곳까지 도망쳤다. 그리고 얼마 전 엘프를 잡아 왔을 때와 마찬가지로 정보를 물어봤으나, 유감스럽게도 가치 있는 정보는 별로 없었다.

이 이상은 아무것도 알아낼 수 없겠다고 판단한 아인즈는 망설임 없이 여자 엘프에게 〈죽음Death〉을 발동시켰다. 함락 직전의 성에서 하녀 한 사람이 사라지더라도 별문제는 되지 않을 것이다.

시체는 신원을 알아볼 수 있는 옷 같은 물건을 제거한 후 〈전이문〉을 써서 먼 곳—— 우르수스를 발견했던 곳에 던져놓았다. 야생 짐승이 깨끗하게 청소해줄 테고, 누군가가 발견해봤자 상처 하나 없는 의문의 시체일 뿐이다. 이를 통해 아인즈와 연결 지을 수 있을 리는 없을 것이다.

성의 상공으로 전이시켜 추락사—— 자살처럼 보이는 방법이 상황으로는 자연스러울 것 같기도 했지만, 행방불명으로 처리하면 향후 어딘가에 써먹을 수 있을지도 모른다고 생각해 내린 결론이었다.

시체의 처리 등에 다소 MP를 썼으나 아인즈의 회복 속도로 보면 별로 대단한 양은 아니었다. 이 이상 이곳에서 눈치만 볼 필요도, 시간적 여유도 없을 것이다.

법국 측은 엘프 왕도의 내부 전체를 사용한 게릴라전 같은 전투에서 아직 고전하고 있지만, 병력의 차이 등을 고려하면 틀림없이 시간문제일 것이다. 이 전황을 뒤집을 수 있는 강자의 등장이 없는 것을 보면, 이 전장에는 어느 쪽의 강자도 없을 가능성이 높았다.

강자라는 소문이 있는 엘프 왕이 수비 측에 모습을 나타내지 않는 것은 이미 이곳에서 도망쳤기 때문일지도 모른다.

그렇다면 매직 아이템도 이미 가지고 나가 헛수고가 될지도 모르겠군.

아인즈는 마음속으로 중얼거리며 아우라와 마레에게 말했다.

"――그러면 가볼까."

목적한 장소는 대충 알 수 있었다. 다만 이 나라에서 최강이리라 여겨지는 왕의 능력이나, 어떤 아이템이 있는지, 그런 정보를 입수하지 못한 것이 유감스러웠다. 더 높아 보이는 엘프를 노리는 편이 좋았을지도 모르지만 타깃을 엄선할 시간도 없었다.

남은 문제는 하나.

'어떻게 해서―― 아니, 더 정확하게는 누가 몸을 숨기지?'

이 적진 한복판에서 세 사람이 따로따로 행동한다는 선택지는 처음부터 없었다.

이제까지 극비리에 행동해놓고, 당당히 모습을 드러낸 채 움직인다면 이제까지의 고생은 무엇이 되겠는가.

따라서 셋이 함께 몸을 숨길 수 있다면 최고일 것이다.

물론 셋 다 몸을 숨길 수단은 있었다. 하지만 어느 것도 문제가 있었다.

〈완전불가지화〉를 발동한 아인즈가 어디에 있는지 알아볼 수 있는 사람은 아우라뿐이다. 그것도 대충 어디쯤 있겠다는 정도의 감각이었다. 드루이드에게는 〈완전불가지화〉를 간파하는 마법을 습득할 기회가 있지만, 일부의 마법을 제외하고 대부분이 공격마법인 마레는 그 마법을 가지고 있지 않았다.

길리길리 망토를 장비한 아우라가 은신을 사용할 경우 아인즈나 마레도 발견할 수 없다.

마레가 평소에 착용하는 볕뉘의 망토는 야외, 특히 삼림에서의 은신 능력을 크게 높여주지만 가옥 내에서는 능력이 반감된다. 살아있는 나무로 이루어진 왕성은 아쉽게도 가옥에 해당하는지 볕뉘의 망토는 능력이 저하되었다. 그러므로 아인즈도 어느 정도는 알아볼 수 있었다. 하지만 아우라와 아인즈가 마레의 위치를 파악할 수 있어도, 적 또한 마레를 발견하기 쉬워진다는 뜻이므로 이래서는 별 의미가 없다.

정리하자면, 아인즈가 숨으면 아우라는 발견할 수 있지만 마레는 발견하지 못한다.

아우라가 숨으면 아인즈도 마레도 발견하지 못한다.

마레의 망토로는 은밀성이 떨어지고, 설령 길리길리 망토를 사용해도 마찬가지다. 제삼자에게 발견될 가능성이 높다.

결론적으로, 세 사람이 함께 몸을 숨길 수 없다면, 누구 한 사람이 몸을 숨기고 히든카드가 되어야 한다. 그렇다면 누가 최적일까 하면, 아우라가 그 역할에 가장 적합할 것 같지만, 여차할 때 아인즈도 마레도 아우라의 위치를 파악하지 못해서는 불리해질지도 모른다. 잘못하면 아우라가 있는 곳에 무심코 이동했다가 격돌해버릴 수도 있다.

'정말 큰 실수로군, 이건……'

일주일이나 시간이 있었다. 솔직히 말해 이곳에 올 때까지 반드시 의논을 해야 한다.

아인즈도 위그드라실 시절에는 이런 은밀작전을 몇 번이나 경험했다. 나자릭을 처음 보고 공략했을 때는 투베이크가 득실대는 습지대를 동료 전원이 몰래 이동했다. 하지만 동료들은 은밀작전이 되면 각자 모종의 대책을 준비했으며, 거의 전원이 완전히 익숙했으므로 사전에 의논을 하지 않아도 그 자리에서 간단한 확인만 하면 어떻게든 해결됐다.

스틸이라는, 위그드라실을 연상케 하는 단어에 조금 들떠 그무렵의 감각으로 있었던 아인즈는 쌍둥이와 의논을 한다는 것을 완전히 잊고 있었다.

그렇다면 왜 두 사람이 이를 지적하지 않았는가 하면 ——정말로 그렇다면 어쩌지 싶어 무서워서 확인은 못했지만—— '아인즈 님이 무언가 생각이 있겠지' 하고 전폭적으로 신뢰를 기울여서가 아닐까. 실제로 두 사람은 신뢰에 가득 찬 눈으로 아인즈를 보고 있으므로.

여기서 아무 생각 없었습니다, 같은 창피한 소리를 할 수는 없다. 아인즈는 열이 날 것 같은 ——있지도 않은—— 뇌를 고속으로 움직였다. 어떻게 생각하느냐고 역으로 질문해도 되겠지만, 여기서 쓸데없는 시간을 허비하는 것도 아까웠다. 우선은 아인즈 자신의 아이디어를 말해야 한다.

"——그러면 내가 〈완전불가지화〉를 쓰겠다. 선두는 아우라다."

아인즈는 결정을 내렸다.

쌍둥이는 몸을 숨기지 않는다. 아우라의 지각력에 의지해, 누군가와 마주치는 것 자체를 최대한 피하기로 했다. 그리고 예측하지 못한 사태가 일어나면 두 사람이 앞으로 나가고 아인즈가 이를 서포트할 태세였다. 누군가에게 들키는 것보다도, 서로를 보지 못하는 아인즈 일행이 습격을 당해 분단되는 쪽이 더 위험하다고 판단했다.

두 사람에게서는 이의가 없었다.

'정말로, 정말로 그거면 괜찮겠니?! 뭔가 마음에 걸리는 점이 있으면 말해주면 좋겠다만?'

솔직히 이의가 있는 편이 아인즈로서는 기뻤다.

아인즈 혼자 생각하는 것보다 셋이 생각하는 편이 더 좋은 아이디어가 나올 테니까.

그리고 두 사람의 동의는 '아인즈의 제안이니까' 하는 신뢰에서 오는 것이다. 이것은 나쁘게 말하면 아인즈에게 떠넘긴 것이다. 만약 아인즈가 무언가 놓친 점이 있거나 작전 입안에 실패했다면 ——그리고 그것은 흔히 있는 일이다—— 어떻게 한단 말인가. 결과가 좋지 않아도 두 사람은 아무 말 하지 않겠지만, 그것은 결코 좋지 않다.

'……NPC의 안 좋은 부분이야. 하지만…… 여기서 두 사람에게 억지로 아이디어를 내게 해도 논의할 시간이 없으니까……. 일단 이 문제는 뒤로 미뤄두고, 지금은 한층 주의를 기울여 행동할 수밖에 없겠어.'

이것저것 대응책을 일러준 후, 아우라와 마레의 뒤에서 마법을 발동한 아인즈가 따라가는 형태로 왕성 안을 걸어나갔다.

아인즈가 혼자 잠입했을 때도 그랬지만, 엘프의 수가 적기 때문에 누군가와 만나는 일은 없었다. 물론 아우라가 주위의 소리를 듣고 사람이 없는 타이밍을 쟀던 것도 큰 이유였다.

'왕국의 왕성도 마지막에는 거의 사람이 없었지만, 그렇다 해도 입구에 바리케이드를 만들거나 하는 노력은 보였는데…….'

법국에 침공당하고 있는데도 이곳에는 그러한 것이 전혀 없었다. 마치 아무 일도 일어나지 않은 것 같은 그런 분위기마저 있었다.

'방위하려는 기개가 없어……. 역시 이곳의 상위계급은 이미 도시를 포기하고 도망쳐버린 거 아닐까? 이 근처에 여기 말고 다른 엘프 위주의 나라는 없다지만, 이 수해는 상당히 넓으니까. 더 남쪽에도 영지가 펼쳐져 있고, 그쪽에도 도시가 있을 가능성은 충분해.'

그렇게 되면 헛걸음을 했다고 생각할 수밖에 없다.

아무튼 답은 금방 나올 것이다. 생각해봤자 소용없는 것을 이이상 생각하는 것도 어리석은 일이다.

보물창고——— 출입금지 구역은 위층에 있다고 한다.

왕의 개인실이 있는 층보다 두 층 위였으며, 이 왕성에서도 최고층에 해당하는 곳이다. 건물 밖에서 쳐들어갈 수는 없을까 생각해봤지만 그런 장소에 창문이 있을 리 만무했다.

그렇게 세 사람은 계속 위로 나아갔다.

아무에게도 발견되지 않고 계단을 올라, 원하는 층에 도착한 아우라가 조그맣게 의아하다는 목소리를 냈다.

"뭐지, 여긴?"

15미터 정도 위에 있는 천장은 전체에 조명을 심어놓은 것처럼 불이 밝혀져 있었다. 주위를 둘러봐도 창문 같은 것은 없었으므로 틀림없이 마법적 수단이다.

다만 눈이 부실 정도는 아니었다.

아인즈는 가볍게 몸을 움직여 자신에게 페널티가 미치지는 않는지를 확인했다.

신관 등이 사용하는, 언데드에게 마이너스 효과를 가져다주는 빛은 아닌 듯했다. 엘프 나라라는 점을 생각해보면 드루이드의 신앙계 마법일 가능성이 높았다.

그 자체는 딱히 이상할 것도 없다. 나자릭 지하대분묘 제6계층도 마찬가지다. 게다가 마력계 마법이 됐든 정신계 마법이 됐든 조명 계통의 마법은 있다. 다만 부가적인 효과가 전혀 없으면 어떤 계통의 무슨 마법인지를 간파하기는 어렵다.

아우라가 의아한 목소리를 냈던 이유는 천장의 반대쪽인 바닥에 있었다.

──흙으로 뒤덮여 있었던 것이다.

벽이나 칸막이로 가려지지 않은 한 층 전체 ──가로 세로 100미터 정도는 될 법했다── 바닥, 대부분의 범위가 말이다.

완전히 덮이지는 않았지만, 안쪽에 있는 커다란 문 언저리까지 흙이었다.

아우라가 몇 번 지면을 차서 흙을 가볍게 파보았다. 바로 밑에 바닥이 보였다. 역시 그렇게까지 두껍게 덮이지는 않은 듯했다.

"융단 대신일까……?"

그렇게 들으니 정말 그럴 것도 같았다. 다크엘프 마을에서도 바닥에 융단을 까는 문화는 없었다. 풀을 짠 방석 같은 것이 있었던 정도였다.

"에이~ 그건 좀…… 아니, 여러 가지 문화가 있기야 하겠지만, 그건 무슨 야만족 같잖아? 아니면 경계를 위해서인가? 발자국을 남기려고?"

"하, 하지만 그럴 거면 보초라든가 경비를 두지 않을까?"

아인즈도 그 의견에는 찬성했다. 주위를 둘러봐도 누군가가 있는 것 같지는 않았다.

'부주의하군……. 아무도 없다니……. 아니지, 법국의 습격 때문에 이곳에 있던 자들까지 차출된 건가? 그 하녀는 들어가는 것이 금지되었다고 했어도 위병이 대기하고 있다는 말은 없었지…….'

"……저기 있지, 농성 같은 걸 생각해서, 성 안에서도 야채를 기를 수 있게 한 걸지도……."

마레의 생각에 아우라가 "아하." 하고 수긍했다는 목소리를 냈다. 아인즈도 같은 소리를 냈다.

실제로, 햇볕이 들지는 않지만 드루이드 같은 자가 있다면 이곳에서 밭을 일굴 수는 있을 것이다. 어쩌면 저 빛은 태양광과 같아서 평범하게 식물을 재배할 수 있는지도 모른다.

아우라가 팠던 곳은 가장자리였으므로, 더 한복판으로 가면 야채를 심을 만한 깊이가 있을 수도 있다.

'샤르티아처럼 햇빛에 페널티를 입는 종족이 있다면 뭔가 더 알 수 있었을지도 모르겠군……. 매직 아이템이라면 〈상위 도구감정All Appraisal Magic Item〉을 쓰면 될 텐데…….'

보물창고를 뒤져서 좋은 것이 없다면, 기왕 온 김에 저것을 가지고 돌아갈 수 없을지 시험해봐야겠다.

아인즈는 그렇게 결심하고 두 사람의 뒤를 따라 걷기 시작했다. 두 사람 모두 스킬의 힘으로 지면에 발자국이 남지 않는다. 아인즈도 〈완전불가지화〉에 〈비행Fly〉으로 날아가고 있으니 발자국은 없었다.

일행이 방의 한가운데까지 도달하고——

"——호오. 기묘한 기척이 느껴져서 와봤더니 다크엘프라. 그것도 쌍둥이 아이라니."

갑자기 그런 목소리가 들렸다.

돌아보니, 일행으로부터 10미터 이상 떨어진 장소에 한 엘프의 모습이 있었다.

좌우의 눈 색이 다른 냉철한 생김새의 미남이었다. 하인이 아닐까 묻는다면 절대 아니라고 단언할 수 있었다.

그 남자의 태도 하나하나에서 명령하는 데 익숙한—— 거만함이 풍기고 있었던 것이다.

"——뭐지?"

아인즈는 아무에게도 들리지 않을만한 목소리를 냈다. 저곳에 저런 남자는 분명히 없었다. 그것은 틀림없다. 아인즈나 마레는 놓쳤을 수도 있지만 아우라까지 놓쳤으리라고는 생각할 수 없었다.

불가시화했던 것은 아니다. 그렇다면 아인즈가 간파했을 테니까.

어쩌면 잠복 관련 특수스킬로 아인즈의 눈을 속이고, 동시에 불가시를 써서 아우라가 간파하지 못했던 것일까. 아니면——

'──전이했나? 실수했군. 〈전이지연Delay Teleportation〉을 전개해뒀어야 했어.'

아우라가 스윽 움직여 아인즈와 그 엘프의 사선 사이를 가로막는 위치로 이동했다. 마레가 두 손에 지팡이를 단단히 쥐는 것이 보였다.

두 사람이 전투태세를 취했음에도 그 엘프는 자세를 잡으려 하지 않았다. 아인즈의 눈으로 봤을 때는 허점투성이인 것 같았지만, 어쩌면 그것은 이쪽을 유인하기 위해서인지도 모른다. 전사로서의 재능이 있다면 알 수 있겠지만 아인즈는 판단이 서질 않았다.

아인즈는 두 사람에게서 조금 떨어져 남자 쪽으로 가볍게 손을 흔들어보았다.

시선이 전혀 움직이지 않았다.

다시 말해 아인즈의 〈완전불가지화〉를 간파하지는 못한다는 뜻이다.

아인즈는 쌍둥이 쪽을 살폈다.

잠입 전에 내렸던 지시는 '의문의 존재와 조우했을 경우 상대가 명확한 공격을 가하기 전까지는 철저히 정보를 수집하라'였다.

아우라가 자연스러운 몸짓으로 자신의 목걸이에 손을 뻗어 이를 쥐었다. 둘이서 의논하면서 정보를 수집할 생각인 것이다.

마음은 이해하지만 이것은 조금 경솔하다고도 할 수 있다.

눈앞에서 침입자가 수상한 행동을 보일 때, 아인즈 같으면 즉시 공격을 가했을 것이다. 장비한 아이템을 건드리는 것은 총을

뽑는 것과 같은 행위다.

수수께끼의 엘프가 두 사람에게 공격을 가할 것을 예상한 아인즈는 언제든 상황에 적합한 마법을 쓰고자 긴장했으며, 그리고 고개를 갸웃했다.

엘프 남자의 태도에는 변화가 없었다.

아우라의 행동을 보지 못한 것은 아닐 텐데, 딱히 신경 쓰는 듯한 태도를 보이지 않았다.

그것은 자신의 능력에 어지간히 자신이 있어서일까, 아니면 아우라가 뭘 하는지 몰라서였을까. 혹은 상대도 이제부터 정보를 얻고자 공격을 망설여서일까.

"──응? 어떻게 된 거지? 그 눈은……. 다크엘프를 안았던 기억은 없다만. ……아니, 있었나? 흠흠흠. 그렇다면 확인해볼까."

남자에게서 뿜어져 나오는, 위압감이라고 할만한 무언가가 커졌다. 남자의 몸이 부풀어 오르는 것처럼 느껴졌다.

아우라가 쳇 하고 혀를 찼다.

"〈광휘록체Body of Effulgent Beryl〉."

"호오. 호오. 호오. 이걸 버틸 수 있단 말이지. 처음, 일지도 모르겠는걸."

"저기 말야, 왜 살기를 풀풀 풍겨? 죽여버린다?"

"〈불굴Indomitability〉."

"──하, 하하하하하하!"

최고의 농담을 들었다는 양, 남자는 큰 소리로 웃었다. 아우라의 눈썹이 위험한 각도까지 치켜 올라갔다. 그녀의 주먹에 상당한 힘이 들어갔지만, 아인즈가 보는 사이에 서서히 풀려갔다.

"〈상위 저항력 강화Greater Resistance〉."

"훌륭해! 아니, 아니, 그렇지. 그렇지! 생각도 못했어. 손주겠군. 그렇구나! 아이가 우수하지 않아도 손주 대에서 피가 각성할 가능성이 있었어! 이런 것도 깨닫지 못하다니, 내가 생각해도 정말 멍청하군."

"무슨 뚱딴지같은 소리를 지껄이고 있어?"

"〈상위 전능력 강화Greater Full Potential〉."

"아니지, 내 노림수가 틀리지 않았다는 뜻이겠지. 이봐, 나의 손주여."

'손주? 무슨 소릴 하는 거야? 이 자식이 뭐하고 착각을 하고 있는 거지?'

"어? ……설마 찻주전자 님의?"

그 말에 아인즈는 한순간 당혹감이 들었다. 어쩌면 부글부글 찻주전자는 혼자 이 세계로 날아와, 여기서 이 남자를 남겼던 것인지도 모른다는 가능성을 떠올렸던 것이다. 하지만——

'——그런 것치고는 슬라임 부분이 전혀 없는데. 솔류션 같은 가변형인가?!'

"찻주전자? 무슨 소릴 하는 거냐, 너는?"

'아닌가……? 그럼…… 설마, 아케미짱님인가?!'

야마이코의 여동생 중에 아케미짱이라는 사람이 있었다. 그녀는 엘프로 캐릭터를 만들었지만, 위그드라실에는 그렇게까지 빠지지 않았는지 별로 인연이 없었던 인물이다.

"음—— 당신, 순수한 엘프, 맞지?"

"……아차차.〈매직 캐스터의 축복Bless of Magic Caster〉."

"무슨 이상한 소리를—— 설마 내가 누군지 모르겠다는……
그런 소리는 아니겠지?"

"알아 알아."

"으, 응. 알아."

"둘 다 발연기야!"

아인즈가 자기도 모르게 외쳐버릴 만큼 억양 없는 목소리에
성의 없는 태도였다. 실제로 엘프를 속이지는 못해, 남자는 입
을 딱 벌리고 말았다.

"서, 설마 날 모르다니……. 있을 수 없는 일이지만……. 나
원. 다크엘프란 부족은 변방에서 산다고는 듣긴 했는데, 너희는
정말 미개인이었구나……."

남자가 눈을 부릅뜨고 노려보았다.

"손주니까 한 번은 용서해주겠다만, 무지는 죄다. 내 밑에서
확실히 교육시켜주마."

"교육시켜준다느니 뭐니 하는데…… 진짜로 당신, 누구야?
일단 확인은 해두겠지만 엘프 임금님 맞지?"

아우라가 그렇게 추측한 이유는, 실력이 있을 법한 인물 중에
서 아는 것이 엘프 왕뿐이어서 일 것이다.

"〈생명정수Life Essence〉. 호오!"

아인즈는 놀라 소리를 냈다. 상당히 방대한 생명력이었다. 플
레이아데스를 가볍게 능가한다. 위그드라실로 치면 아마도 최
소 70레벨은 되지 않을까. 방심할 수 없는 상대라는 뜻이 된다.

"하아……. 어이가 없구나. 이제까지 부모에게 뭘 배우면서

살아왔지? 이 나라의 왕이자 모든 엘프의…… 현재의 정점인 나, 데켐 호우간의 이름 이상으로 중요한 것이 어디 있다고."

'망할.'

아인즈는 내뱉었다.

그럴 거라고 예상은 했지만, 사실이라고 긍정하니 욕이 안 나올 수 없었다.

이제까지의 은밀행동이 모두 허사가 되었다. 아깝다는 감정밖에 솟아나지 않았다.

가상적국인 법국의 병력을 크게 깎아 내줄 중요한 최대전력 ——아마도——을 자신들의 손으로 없애야만 하게 되었으니 말이다.

이 상황에서 왕을 죽이지 않는다는 선택지를 고르기는 힘들다. 약하다면 무력화시켜 기억을 바꿔버리는 수단을 취할 수 있었을 것이다. 하지만 〈생명정수〉로 이 왕의 전투능력이 ——정확하게는 HP지만—— 이 세계에서는 놀랄 정도로 높다는 것을 알 수 있었다.

물론 그냥 싸우면 틀림없이 이길 수 있다. 이곳에는 100레벨 존재가 세 명이나 있으므로. 그럼 무력화도 가능하겠냐고 한다면, 그것은 어렵다. 왜냐하면 경계를 게을리할 수가 없기 때문이다.

조금 전의 갑작스러운 출현으로 보더라도 이 엘프—— 데켐이 미지의 능력을 가졌을 가능성은 높다. 이처럼 정보가 부족한 상황에서 무력화를 우선시하기란 위험했다.

단 한 가지, 아케미짱의 이름이 나오지 않은 것으로 보아 90퍼

센트 이상 관계가 없음을 알았던 것만은 다행이라 해야 하리라. 만약 관계가 있었다면 그에 따른 이름을 붙여주었을 테니까.

아무리 그래도 야마이코 가족의 자손이라고 한다면, 이쪽이 궁지에 몰리기 전까지는 죽이고 싶지 않았다.

"임금님? 그럼 이런 데 있어도 괜찮아? 인간들이 쳐들어왔잖아. 빨리 무찌르러 가서 자기 백성들을 지켜."

"〈마력정수Mana Essence〉. ……그렇군."

데켐의 마력 역시 이 세계의 주민치고는 방대했다. 샤르티아와 맞먹을까 말까 한 수준이었다.

생명력과 마력. 이 두 가지 양과 엘프들의 문화 등으로 추측한 데켐의 클래스는, 십중팔구 마레와 같은 드루이드일 것이다. 그것도 후열 계통 드루이드로 보였다.

"왜 그런 짓을 해야 하지? 너는 왕이라는 존재를 잘못 알고 있나 보군. 왕이란 백성이 봉사해야 할 지고한 존재이지, 백성을 돌보기 위해 있는 것이 아니야. 윗사람이 아랫사람에게 하는 행위는 자비라고 하는 거다. 알겠나? 자비는 구걸하는 것이지 요구하는 것이 아니야. 내려주지 않더라도 그걸로 만족해야만 하는 거다."

이 자식이 무슨 소릴 하는 거람.

아인즈는 어이가 없었다. 저게 진지하게 말하는 거라면 머리가 이상한 놈이다. 아니, 이런 놈을 왕으로 둔 엘프들이 불쌍했다.

"그래서 도와줄 마음이 없다고? 하지만, 아— 일부는 이해가 가."

"으, 응. 틀렸다고 딱 잘라 말할 수는 없겠어……."

'――뭐어?!'

아인즈는 놀라 쌍둥이의 얼굴을 응시했다. 상대에게 찬동해 아첨하며 입을 가볍게 만들려는 작전으로는 보이지 않았다.

저런 발언 어디에 일부 이해가 가는 면이나, 틀렸다고 딱 잘라 말할 수는 없는 면이 있단 말인가.

'아, 아니, 혹시 내가 잘못된 건가? 어쩌면 저게 왕으로서 올바른 생각일까……? 지르크니프도 왠지 그런 느낌이 없었던 건 아닌데……. 쿠아고아 왕은 어땠지? 그 녀석은 비굴했으니까.'

"호오. 역시 내 손주답군. 무식하기는 하지만 본질을 이해하는 머리는 있는 모양이야."

"――아, 실수했다. 시간을 낭비했어. ……지금은 이쪽이겠지. 〈마법으로부터의 보호Magic Ward: '불Fire'〉."

"근데 치명적으로 한 가지 큰 착각을 하고 있어. 지고의 존재분들만이 다른 모든 자들에게 봉사를 받아야 하는 존재고, 너 같은 잔챙이 엘프는 그렇지 않아. 뭐, 평범한 엘프들한테만 봉사를 받겠다면 그건 네 맘대로 해."

'아니아니…… 얘들아 그건 아니라고 봐……. 하지만 주의를 줘봤자 소용이 없고…… 아우라와 마레의 마음도 이해는 해……. 나자릭 밖에서 친한 사람이 생기면……. 그런 의미에서는 그 눈매가 사나운 소녀와 우호관계를 맺었던 시즈에게 기대하는 면도 있는데……. 이번에는 잘 안 됐으니 말이지. 아니지, 돌아오면서 나눴던 얘기를 생각해보면 시즈도 그다지는……. 역시 세바스―― 아! 또 쓸데없는 생각을!'

"뭐라고? 지고의 존재? 다크엘프에게는 그런 전승이 있나?"

데켐이 잠시 생각하더니 고개를 슬쩍 가로저었다.

"뭐, 됐다. 무슨 이야기인지는 나중에 천천히 들으면 되겠지."

"그럴 시간이 있어? 아까도 말했지만 지금 인간 나라가 쳐들어오고 있는데."

아인즈는 한 수를 헛되이 했다고 당황하며 마법을 발동했다.

"〈허위정보False Data : '생명Life'〉."

그때 쿠쿵, 하는 진동이 아래쪽에서부터 전해졌다. 법국이 드디어 공성병기라도 쓰기 시작한 걸까.

쌍둥이와 데켐은 함께 시선을 바닥으로 돌리고 입을 다물었다. 그러는 동안에도 아인즈는 마법을 발동시키고 있었다.

"〈허위정보False Data : '마력Mana'〉."

"――쯧. 그건 그렇고 인간들이 시끄럽군. 내가 직접 나가서 없애고 와도 되겠지만…… 귀찮으니. 가자."

"……어디로 간다는 거야?"

"〈저항돌파력 상승Penetrate Up〉."

"딱히 생각한 곳은 없었다만, 뭐, 어디가 됐든 내 힘이 있으면 문제없다."

"계획도 없어? 막장이네. ……그래서 따라가면 어떻게 되는데?"

"흙, 이라……. 음― 이걸 잘못 예상하면 아깝게 되겠지만……."

아주 잠깐 망설인 아인즈는 두루마리를 꺼내 마법을 사용했다.

"〈대지의 지배자Earth Master〉."

"아아."

데켐이 아우라의 몸을 빤히 바라보았다.

"아직 어리군. 성장할 때까지는 다소 시간이 걸리겠지만……
뭐, 어쩔 수 없지. 이만큼 기다렸으니. 수십 년 정도는 오차라고
하기에는 길지만, 대단한 시간은 아니라고 생각할 수밖에. 따라
오면 어떻게 되냐고 물었지? 답은 간단하다. 나와 아이를 만드
는 거다."

"──아? 뭐라는 거야?"

"──아? ……〈상위 행운Greater Luck〉."

"너도."

데켐이 마레 쪽으로 시선을 돌렸다.

"여자는 아이 하나를 배면 다음 아이를 만들 때까지 시간이
걸리지. 그런 의미에서는 네가 더 기대할 수 있겠어. 나와 함께
몇 명이고 아이를 만드는 거다. 피가 묽어지는 것도 생각해봤다
만 손주가 각성했다면 증손주가 각성할 가능성도 있다고 생각
해야겠지. 실험은 확실하게 해야 돼. 아아, 그렇게 되면, 귀찮
겠지만 널 상대할 백성도 몇 명 끌고 가야겠는걸. 하지만……
왜 남자인데 여자 차림을 하고 있지? 다크엘프의 문화인가? 솔
직히 말해 순수한 엘프는 아닌 게 마음에 걸리지 않는 건 아니
다만, 인간종 전반에게 손을 대는 것과 비교하면 훨씬 낫다고
해야겠지."

아우라와 마레가 입을 반쯤 벌린 채 데켐을 보고 있었다.

"──────."

"뭐, 지금은 몰라도 상관없다. 가자."

무슨 생각을 했는지 데켐은 뻣뻣하게 선 두 사람에게 다가와 쌍둥이—— 아우라에게 손을 뻗었다.

——아인즈는 그 손을 쳐냈다. 그 동작이 공격으로 판정되어 즉시 〈완전불가지화〉가 해제되었다.

데켐이 놀란 시선을 아인즈에게 보내기도 전에, 주먹을 쥐고 그의 안면을 후려갈겼다.

데켐이 뒤로 날아가 바닥에 나뒹굴었다.

"——이 변태 페도필리아 자식아. 남에게서 맡은 귀한 딸에게 징그러운 욕망을 들이대다니. 나가 죽어."

욕을 퍼부으면서도 머릿속 한구석에 있는 냉정한 부분이 자신의 실수에 혀를 차고 있었다.

기껏 〈완전불가지화〉를 쓰고 있었는데도 분노한 나머지 주먹질을 하고 말았다. 이렇게 아까울 데가.

아인즈의 감정은 어느 일정한 선을 넘으면 자동적으로 억압된다. 그 능력이 작동했다면 더 냉정하게—— 주먹질 따위가 아니라 즉사마법 같은 것을 날려주었을 것이다. 분노보다도 혐오감이 강해 억압되지 않았던 걸까.

"무, 무슨."

혼란에 빠진 듯 몸을 일으킨 데켐의 양쪽 콧구멍에서 힘차게 피가 흘러나왔다. 하지만 큰 대미지를 입은 것은 아니었다. 〈생명정수〉가 깎여나간 체력이 얼마 되지 않는다고 알려주었다.

아인즈가 날린 혼신의 일격을 무방비한 상태로 안면에 받고도 그 정도로 그친 것이다.

〈허위정보: '생명'〉 같은 마법이 됐든 도구가 됐든 자신의

HP를 속이고 있을지도 모르지만, 많아 보이도록 속였을 가능성은 없을 것이다.

아인즈는 쌍둥이에게 손바닥을 내밀어 움직이지 말라는 포즈를 취했다.

HP와 MP의 합계로 추측할 수 있는 데켐의 역량을 생각해보면 추정레벨 70 이상 80 미만인 것으로 보였다.

하지만 가능성은 낮아도 한 가지 경계해야 할 점이 있다.

위그드라실에는 없었지만, 이 세계에는 HP나 MP가 올라가지 않는 클래스가 있지 않을까 하는 점이다. 레벨 자체는 100레벨이지만 HP와 MP의 합계치는 70레벨이라는 패턴이다.

그럴 리가 없다고 부정해도 상관은 없을 것이다. 하지만 절대적이지는 않다.

'——셋이 덤벼 단숨에 죽인다는 수단도 있지만, 지금은 아직 위험하다. 최소한 조금 전의 전이 트릭을 알기 전까지는…….'

아인즈가 향후의 전략을 짜고 있으려니 데켐이 목소리를 높였다.

"——어, 언데드라니! 어째서, 이런 곳에, 그것도 갑자기."

시선이 아인즈에게서 쌍둥이에게로 옮겨갔다.

"너희 중 하나가 네크로맨서였던 거냐?!"

두 사람이 대답하기도 전에 아인즈가 입을 열었다.

"그렇다. 이 두 분이야말로 비할 데 없는 힘을 가지신 네크로맨서. 그리고 나는 이 두 분과 두 분의 부모님, 합계 네 분이 힘을 합쳐 만들어주신 수호자다. 힘없는 자가 두 분을 건드리는 것은 결코 용납하지 않겠다. 나를 멸할 수 있다면 그때는 데려가도 상관없다만——."

아인즈는 상대가 불쾌감이 들도록 최대급의 비웃음을 보여주었다.

"——뭐, 그건 무리겠지. 안 그런가?"

"호오……."

데켐이 코를 붙들었던 손을 놓았다. 이미 피는 멎은 듯했다.

"조금 놀랐다. 내가 피를 흘리게 하다니……. 수십 년, 아니, 수백 년 만인가? 과연. 큰소리를 칠만한 능력은 있는 모양이구나. 왕에 대한 말버릇을 익히지 못했지만, 운이 좋았구나. 기뻐하거라. 오늘은 피아간의 실력 차이를 톡톡히 가르쳐주지. 길들여주마."

아우라와 마레를 보며 한 소리였지만, 완전히 아인즈의 말을 믿는 듯했다.

자, 그러면.

아인즈는 생각했다.

왜 적의 말을 의심하지도 않고 믿는 태도를 보일까.

어쩌면 이 녀석에겐 불가시화의 수단이 없는 건 아닐까. 만약 있었다면 갑자기 아인즈가 나타난 것은 소환이 아니라 처음부터 〈불가시화Invisibility〉 등으로 숨어 있었다고 생각했을 것이다.

그렇다면 마레처럼 특화된 드루이드인 걸까.

'아니면 내가 있는 걸 알고서 연기를…… 블러프를 했다면, 뭘 노린 거지?'

만약 자신이 저 남자의 입장이었으면 어떻게 했을지를 생각해

보고 싶지만, 상대에게 의심을 사지 않기 위해서라도 생각에 시간을 할애할 수는 없었다.

"그렇다면 정정당당히 일대일로 싸워보자. 그 편이 나의 주인과 너, 누구의 실력이 위인지 잘 알 수 있겠지?"

데켐이 눈을 둥그렇게 뜨더니 재미있는 농담을 들었다는 것처럼 큰 소리로 웃었다.

아인즈는 무영창화한 〈전언〉을 마레에게 날렸다.

'——마레. 지금 한 말은 거짓말이다. 만약 내가 불리해질 것 같다면 협력해서 저 남자를 확실하게 죽이자. 아우라에게도 몰래 전해주거라.'

당연하다. 누가 저딴 남자에게 두 사람을 넘겨주겠는가. 게다가 목숨이 걸린 승부에서 정정당당하게 일대일로 싸우다니 어리석음의 극치다. 물론 져도 되는 승부도 있겠지만, 서로 목숨을 빼앗는 싸움에서 지는 것은 용납될 리가 없다.

하지만——.

실수했군.

아인즈는 생각했다.

조금 더 시간을 끌면서 버프를 걸어두고 싶었다. 하지만 저런 변태가 아우라에게 손을 대는 것은 극구 막아야만 했다. 게다가 강제 전이라든가, 그런 아인즈가 모르는 기술을 가지고 있을지도 모른다.

"나는 조금 전—— 언데드를 사역하는 너희의 모습을 보고 내 손주일 거라고 확신했다."

지면이 움직였다.

마치 모래사장에 밀려든 파도가 바다로 돌아가듯── 바닥에 깔려 있던 흙이 데켐에게 모여들었다.

아인즈는 이를 무시하고 보란 듯이 스크롤을 ──옷 속에 있었던 것처럼── 꺼내고는 마법을 발동시켰다.

매우 아까웠다. 하지만 그러지 않을 수 없었다. 상대의 지식이 어느 정도인지 모르는 이상 상대를 경계시켜서는 안 된다.

발동한 것은 제8위계에 속하는 마법 〈차원봉쇄Dimensional Lock〉.

악마나 천사 같은 이계의 주민은 이를 특수기술로 쓸 수 있는데, 그것과 같은 능력을 가진 마법이다. 이것은 전이 등으로 대표되는 순간전이계 마법을 사용해 범위 밖으로 이동하는 것을 무효화한다.

그 사이에 데켐의 앞에 모여든 흙덩어리가 하나의 거대한 형태를 이루었다.

그것은 아인즈도 아는 정령의 모습.

마레의 놀란 듯한 목소리가 들렸지만 아인즈 또한 놀랐다.

'──근원의 흙정령Primal Earth Elemental이라니?!'

통상수단으로는 소환이 불가능한 정령을 보고 경악한 아인즈는 경계심을 단숨에 높였다.

마레와 달리, 아인즈는 놀라움을 필사적으로 악물며 결코 입 밖으로 드러내지는 않았다. 안다는 사실을 알려서는 안 된다. 이것은 『누구나 쉽게 따라 하는 PK술』에 나오는 마음가짐 중 하나다.

마레 같은 어린아이의 외견이라면 위용에 놀랐다고 착각해줄 가능성은 높다. 아인즈의 경우에는 지식으로서 알고 있다고 생각할지도 모른다.

그러므로 아인즈는 크게 어깨를 으쓱했다.

"——흥. 뭘 하겠다는 거냐? 흙의 정령 따위 몸집만 큰 흙덩어리를 만들어내서? 스스로 싸우는 것이 아니라 이것에게 내 상대를 시키겠다고? 나를 우습게 보는 것 아니냐?"

"호오. 이게 뭔지 안다는 거냐?"

데켐이 느물느물 비웃었다.

'좋았어!'

"——물론이다. 흙의 정령 아닌가? 옛날에 소환된 것을 없앤 적도 있다. 뭐, 그건 이렇게까지 거대하진 않았으니 이만큼 큰 것을 거느린 힘은 훌륭하다고 말해주마. 크기가 강함의 지표 중 하나인 것은 사실이니까. 하지만 크기만이 전부인 것도 아니지."

"그래, 그 말이 맞다. 용왕처럼 몸집만 커다란 것도 엘프에게 지곤 하거든. ——하지만 감복했다. 너의 지식은 틀림이 없다. 이것이 흙의 정령이란 것은 정답이다. 하하하. 너의 식견, 아니, 기억력인가? 거기에는 고개가 숙여지는구나."

데켐은 확실하게 알아볼 수 있는 조소를 더욱 짙게 머금었다.

"——기왕 불러냈으니 네 몸으로 한번 받아보면 어떻겠나? 별것 아닌 정령의 일격을."

근원의 흙정령이 주먹을 천천히 치켜들었다.

'……근원의 흙정령이라면 움직임은 더 빠를 텐데. 일부러 저러는 거군. 나야 고맙지.'

고양이가 사냥감을 가지고 노는 듯한 움직임은 그야말로 아인
즈에게는 절호의 기회.

'——최고잖아.'

웃음을 숨기며 ——물론 아인즈의 표정은 움직이지 않지만
—— 아인즈는 근원의 흙정령이 가진 능력을 떠올려보았다.

레벨은 80이 넘는 근원의 흙정령은 동격의 근원정령 중에서
는 탱커 같은 위치에 있다. 아니, 기본적으로 흙의 정령 자체가
그런 위치라고 할 수 있다.

공격력은 대지에 존재하는 거의 모든 ——레벨 이하의——
금속 속성을 가진 것으로 간주된다. 다시 말해, 예를 들어 루푸
스레기나처럼 은에 취약성을 가진 생물의 경우, 그 취약성을 공
격당하게 된다.

또한 적과 자신 양쪽이 흙에 닿아 있는 한, 약간이기는 하지
만 모든 능력에 보너스가 붙는다. 다만 이미 실내의 모든 흙이
데켐에게 모여 나무로 된 바닥이 드러났으므로 그 능력은 쓸 수
없을 것이다. 흙에 숨어드는 능력도 있지만 여기서는 그런 것도
쓰지 못한다. 결론적으로, 근원의 흙정령에게 이 장소는 별로
좋은 전장이라 할 수 없다.

공격수단 중 경계해야 할 것은 두 팔로 치는 것. 단순하지만
파괴력은 상당하다. 속도와 정확도는 높다고는 못해도 아인즈
같은 후열 클래스가 피하기는 어렵다. 심지어 구타 속성이므로
아인즈에게는 효과적인 공격이 된다.

팔을 채찍처럼 늘려 넓은 범위를 휩쓸 수도 있지만 그 경우의
대미지는 단숨에 떨어진다.

공격 면과 마찬가지로 방어 면에서도 여러 가지 금속의 속성을 지닌 것과 같아, 모든 종류의 무기내성 V를 취득한 것으로 취급된다. 심지어 여기에 물리 대미지 경감효과도 더해진다. 이상의 이유에 따라 그야말로 탱커에 제격이며, 물리공격만으로 쓰러뜨리려면 상당히 성가신 상대라 할 수 있었다.

하지만 당연히 약점도 있다.

위험한 간접수단── 특수능력이 없다는 것. 그것은 곧 전황을 크게 뒤집을만한 공격은 가지지 않았다는 뜻이다.

또 한 가지는 금속 등에 흔히 있는 약점이 고스란히 적용된다는 것.

'……헤롱헤롱님이라면 쉽게 잡았겠지.'

다시 말해 산(酸) 같은 것에 약하고── 또 한 가지, 약점 속성이 있다.

아인즈는 아이템 박스에서 스태프를 꺼낼 준비를 해두었다. 아직 이 자리에서 꺼낼 수는 없다. 상대는 자신을 단순한 언데드라고 생각하고 있다. 경계를 살 만한 능력을 눈앞에서 보여주어서는 안 된다.

문제는 이 일격을 받을지 말지였다.

진심이 담긴 일격을 받아, 아인즈도 이것이 단순한 흙의 정령이 아님을 깨닫는다. 그렇게 꾸미는 패턴이 흐름상 아름답다. 이 경우의 디메리트는 일격에 죽이지 못했다는 데에 상대가 경계심을 품지는 않을까 하는 점.

'……그렇군. 소환 계통에 특화된 건 틀림없어. 그럼 당연히 흙의 정령도 일격의 파괴력이 늘어났겠지. 쓸데없이 대미지를

입는 건 앞으로의 전투에서 불이익이 될 거야. 그렇다면 지금은
——.'

"〈해골벽Wall of Skeleton〉."

흙의 정령이 일격을 내리꽂고, 동시에 아인즈의 전면에 스켈
튼으로 이루어진 거대한 벽이 만들어졌다. 그리고 곧바로 파괴
되어 사라졌다.

'역시…… 마력이 줄었군?'

"——이, 이, 이럴 수가!"

아인즈는 사내에게 들리도록 큰 목소리를 냈다.

"어떻게 내 벽을 일격에 파괴할 수 있단 말이냐!!"

"하하하. 단순한 흙의 정령한테 한 방에 박살나다니. 네 벽은
상당히 약한걸."

아인즈는 기분이 좋아진 데켐에게 마법을 날렸다.

"〈일방적인 결투Lopsided Duel〉."

이것은 제3위계 마법으로, 상대가 전이로 도망쳐봤자 이 마법
으로 엮인 사용자까지 같은 곳으로 날아가게 된다. 게다가 상대
가 〈전이지연〉으로 보호를 받더라도 무시하고 같은 출현 타이
밍으로 전이장소에 나타날 수 있다.

하지만 이것은 일장일단이 있다. 만약 상대가 동료가 기다리
는 장소 한복판으로 전이할 경우, 이어진 쪽도 같은 곳에 날아
가므로 뭇매를 맞게 된다. 그렇기에 언뜻 보면 편리한 마법임에
도 제3위계라는 낮은 수준에서 취득할 수 있다. 패치되기 전에
는 동료에게 걸어서 함께 전이할 수도 있었다지만 패치 적용 후
에는 적에게만 걸 수 있게 된 마법이기도 하다.

물론 데켐이 도망칠 곳에 동격의 존재가 있을 경우에는 즉시 다시 도망쳐야겠지만, 이 〈일방적인 결투〉는 이름 그대로 사용자 측이 전이를 발동해도 상대측은 함께 날아오지 못하는 약간의 이점이 있으므로 도망치는 것 자체는 어렵지 않다.

　"——뭘 했나?"

　"……즉사마법이다. 과연. 즉사에 대한 대책을 세워놓고 있었단 말이군?"

　"……뭐, 나름대로 똑똑하다고 할 수 있겠는걸. 베히모스에게 이기지 못할 것 같으니까 나를 공격하다니. 하지만 내가 정령보다도 약할 거라 생각했나?"

　'사역되는 자보다 사역자가 약하다는 건 위그드라실의 상식으로는 있을 수 없지만, 아마 네 레벨이 더 낮을걸? 약자라고 우습게 보고 있는 내 질문에 대답하지 않았던 건 즉사에 대한 내성이 없어서인가? 게다가 베히모스라고?'

　데켐이 턱짓을 하자 근원의 흙정령이 주먹을 휘둘렀다. 조금 전보다도 움직임이 빨랐다. 동시에 데켐이 마법을 발동하는 것이 들렸다.

　"〈사라쌍수의 자비Mercy of Shorea Robusta〉."

　'쯧. 제10위계를 쓸 수 있는 건 상정 범위 내였지만 귀찮은 마법을 발동했는걸. 죽이려면 마법이중화로 죽여야 하잖아.'

　〈사라쌍수의 자비〉는 제10위계 마법으로, 마력의 소비량은 제10위계 중에서도 톱클래스여서 〈현단Reality Slash〉 수준이다.

　이 마법에는 세 가지 효과가 있다.

우선 일정 시간 동안 체력이 서서히 회복된다. 다만 회복량은 미미해서 이 레벨대에서는 도움이 된다고 말하기는 힘들다.

다음은 즉사에 대한 완전내성. 즉사 내성만을 얻고 싶다면 더 저위의 마법도 있으므로 그쪽을 쓰면 된다. 그럼에도 많은 드루이드가 이 마법을 취득하는 데에는 이유가 있다.

그것이 세 번째 효과, 체력이 0이 되어 사망했을 때 부활할 수 있다는 것. 이 부활은 레벨 다운을 일으키지 않는다. 체력이 0이 되는 조건——익사 등, 대미지에 의존하지 않는 사망은 제외——이 있다고는 하지만 상당히 유익한 마법이다. 신관의 경우 사망한 직후에 걸면 레벨 다운을 일으키지 않는 소생마법 같은 것도 있고, 드루이드의 경우 〈불사조의 불꽃Phoenix Flame〉 등이 있지만, 실수로 인한 사고사를 막기 위해 이 마법이 쓰이는 경우가 많다. 그렇다 해도 부활했을 때의 체력은 상당히 적기 때문에 다단 히트하는 공격에는 그대로 죽을 확률이 높지만, 이것 덕분에 살았다는 이야기는—— 없지는 않다.

참고로 이 마법은 소생마법에도 속하기 때문에 아인즈의 히든카드인 The goal of all life is death에 의한 사망을 회피할 수 있다. 다만 이 경우에는 효과시간이 남아 있어도 이 마법은 사라지게 된다. 이것은 원래 소생이 발동한 순간 마법이 사라지기 때문이다.

'내가 즉사마법을 발동했다는 블러프를 경계했던 거겠지만…… 실수했구나. 내가 쓰지 못하는 마법으로 속였어야 했나? 앞으로는 그렇게 해야지.'

"〈마법 삼중화Triple Magic: '해골벽'〉."

상정했던 대로 해골벽이 일격에 파괴되고, 그다음 일격으로 또 한 겹이 파괴되었다. 나머지 한 겹이 남아── 데켐의 시선이 차단된 동안 아인즈는 장소를 약간 옮기면서 스크롤을 꺼내 마법을 해방시켰다.

〈관통하는 불협화음Piercing Cacophonous〉.

버프에 속하는 마법이며, 불필요하게 될지도 모르지만 만약을 위해 걸어놓았다.

근원의 흙정령이 다시 공격을 가했는지.

〈해골벽〉이 파괴되고──

"──〈마법 삼중화: '해골벽'〉."

새로이 만들어낸 세 겹 중 한 겹이 파괴된 것과 동시에 데켐의 마법이 들려왔다.

"〈정령의 상Aspect of Elemental〉."

드루이드의 제8위계 마법으로, 정령이 가진 내성 등을 얻는 마법이다. 이에 따라 독이나 병으로 대표되는 여러 가지 배드 스테이터스는 무효화된다. 그 이외에도 크리티컬 히트의 효과 또한 무효화되며, 이에 속한 효과도 의미를 잃어버린다.

비슷한 마법으로는 제9위계에 〈정령형태Elemental Form〉라는 것이 있다.

아인즈의 주특기 분야가 하나둘씩 막혀버리는 것은 곤란하다.

그렇다고는 하나──.

'──상대의 마력을 얼마나 깎아낼 수 있을까.'

〈마법 삼중 무영창화Triplet Silent Magic: '상위 마법봉인

Greater Magic Seal'〉.

아인즈는 다시금 약간 이동했다. 이제 처음 위치에서 데켐을 축으로 90도, 계단 쪽으로 이동한 셈이 되었다.

근원의 흙정령이 공격을 펼치고 해골벽이 부서졌다. 아쉽지만 해골벽은 만들어낼 수 없다.

〈마법 삼중최강위계상승 무영창화Triplet Maximize Boosted Silent Magic : '마법 화살Magic Arrow'〉.

마력이 뚝 깎여나갔다.

역시 저위라고는 해도 마법강화를 4개나 사용하면 이만큼 깎이게 마련이다.

근원의 흙정령이 소환된 것이라면 〈상위배제Greater Rejection〉가 먹히면 한 방에 끝나니 이런 마법의 준비는 필요가 없다. 다만 데켐이 소환에 특화된 클래스 빌드일 경우, 이 정도 레벨 차이가 있어도 해제하지 못할 가능성은 충분히 있다.

게다가 〈상위배제〉로 소거할 수 있는 것은 소환된 것뿐이며, 이를테면 창조에 속하는 능력 등으로 만들어낸 것을 없애지는 못한다.

'정령을 부관으로 쓰고 있다거나? 경험치 소비로 만들어낸 거라면 반영구적으로 사역할 수 있을지도 모르고. 다만 유지하는 데에 마력을 소비하는 모습을 보면 아닐 거라고는 생각하지만…… 도박을 할 수는 없으니까.'

그렇다면 그러기 위한 준비를 해두어야 하리라.

"이제야——."

데켐이 쌍둥이와 아인즈의 위치를 보고 고개를 갸웃했다.

"──왜 그쪽으로 이동했지? 수호자라고 하면서 도망칠 생각인가?"

"쯧!"

"하하하! 그렇다면 도와주마."

계단을 향해 달려간 아인즈의 무방비한 등에 근원의 흙정령이 일격을 꽂았다. 거구에 의한 넉백 효과로 아인즈는 크게 날아갔다.

"호오. 일격으로 박살나지 않다니, 큰소리를 칠만했구나. 뭐, 쓸데없는 저항이었다만."

아인즈는 멀리 날아가기는 했지만 〈비행〉으로 균형을 잃지 않고 계단 앞에 착지했다.

"하지만 도망친다는 건 주인인 두 사람을 놓아두고 가겠다는 뜻이겠지?"

"그럴 리가 있나."

여기서 아인즈는 다시 〈해골벽〉을 만들어냈다.

"또 그거냐? 내 정령을 공격하지 않고 뭘 어쩌겠다는 거지? 그건 멍청한 작전이다."

어이없다는 듯한 목소리의 데켐에게 아인즈가 벽 너머에서 조소를 보냈다.

"하하하! 나는 이 나라에 인간들이 쳐들어왔다는 사실을 알고 있지. 이봐, 엘프 왕. 시간은 내 편이라고 생각하지 않나?"

"……과연. 그런 뜻이었나. 제법 머리가 돌아가는걸. 하지만 그건 무의미하다. 불가능하거든."

"뭐야? 불가능하다고?"

"그렇다. 이 최고위 정령을 조종하는 나를 인간 따위가 쓰러 뜨릴 수 있으리라고, 조금이라도 기대했던 거냐?"

'옛날에 천사를 소환했던 녀석의 발언은 어이가 없었지만, 근원의 흙정령은 실제로 최고위라고 해도 과언은 아니지. ……법국은 데켐이 이만한 힘을 가졌다는 걸 알고도 쳐들어왔나? 그렇다면 데켐을 쓰러뜨릴 수단이 있다는 뜻이 되는데. 그런데도 저 녀석은 그 사실을 깨닫지 못하고 있어. 법국이 모르는 건지, 이 녀석이 모르는 건지. 하지만 법국이 정말 데켐의 능력을 알고 있다면, 그때 그게 최고위 천사라고 말했을까?'

말없이 생각에 잠긴 아인즈를 어떻게 생각했는지, 진심으로 어이없다는 목소리가 들려왔다.

"조금만 생각해보면 알 수 있잖나? 정말로 생각이 짧은 녀석이군. 아니, 어쩔 수 없나. 언데드라 뇌 대신 공기가 들어 있으니까."

'모르겠어. 엘프와의 전쟁에 대비했다면 적어도 이 녀석과 동격의 강자가 법국 진영에 있다는 뜻이 될 텐데. 그렇다면 시간은 내 편이 아니지. 연속전투만은 피하고 싶은데…….'

상대의 힘을 얼마나 잘 소비시킬 수 있을까.

아인즈는 그렇게 생각하며 〈해골벽〉을 발동시켰다.

마레에게 〈전언〉으로 말한 것처럼, 정말로 이기고 싶을 때는 일대일로 싸우는 것은 어리석은 짓이다. 하지만 이번에는 패배하기 직전까지는 그렇게 하지 않을 수 없었다. 게다가 이번 싸움에는 또 한 가지 귀찮은 요소가 있었다.

그것은 전법이 어느 정도 제약되고 말았다는 것이다.

데켐이 〈완전불가지화〉를 간파하지 못했던 것은 안다. 그렇다면 이를 구사하면 압도적으로 유리하게 전투를 진행할 수 있을 것이다.

하지만 그럴 수는 없다.

어째서일까?

〈완전불가지화〉를 써서 일방적으로 공격을 시작하면 어떻게 될까.

그 외에도, 이를테면 〈시간정지Time Stop〉 같은 고위마법을 써서 이쪽이 강자임을 깨달은 경우는 어떨까.

데켐은 자신이 이기지 못하리라 판단하면 후퇴할 것이다. 다행히도 공격 목표를 쌍둥이에게 향하는 일은── 없다고는 단언할 수 없지만, 가능성은 낮다. 저 남자의 목적은 아우라── 다음으로는 마레──다. 치명상을 입힐만한 행동에 나서지는 않으리라 생각할 수 있다.

하지만 아직 데켐이 갑자기 이곳에 나타났던 트릭을 간파하지 못한 상황에서 그를 놓치는 것은 위험하다.

갑자기 출현했으니, 갑자기 사라지지 못하리란 보장은 없다. 아니── 최악을 상정해서 그럴 능력을 가지고 있다고 봐야 할 것이다.

놓쳐버릴 경우, 이 변태에게 아우라와 마레가 표적이 되는 미래가 찾아올지도 모른다.

그것만은 반드시 피해야 한다.

데켐의 능력이 어디까지인지 파악하지 못하는 한, 그것은 아인즈에게는 두 사람을 낭떠러지에 세워놓는 것과 마찬가지였다.

그러므로 〈전언〉으로 말한 대로였다.

──놓치지 말고 이곳에서 확실하게 죽인다.

따라서 아인즈는 당장은 두 사람에게 협력을 요청할 수 없었다.

숫자에서 오는 전력 차이는 승패를 가늠하는 큰 요인 중 하나다. 만약 아인즈가 피아간의 능력 차이를 알지 못하는 상황에서, 자신보다도 많은 수의 적과 조우한다면, 제일 먼저 후퇴를 생각할 것이다. 분명 데켐도 그럴 거라고 생각해야 한다.

확실하게 죽일 기회를 만들 때까지는, 상대가 불리함을 깨닫고 도망칠만한 상황을 만들지 않는 것이 좋다. 그렇기에 쌍둥이의 힘을 빌리기는커녕, 아인즈는 언데드 소환도 하지 않았다.

그리고 두 사람을 데려가도 좋다는 새빨간 거짓말을 했던 것도 그 이유 때문이었다.

상대의 행동을 제약해 이 전장에서 이탈하지 않도록, 이탈할 수 없도록 생각을 유도한 것이다.

'땡큐…… 뭐였더라. 맞아. *땡큐 코스트 효과였지. 이걸 잘 쌓아나갈 수 있느냐 없느냐……. 간파당하지 않으면 좋을 텐데……. 전투경험이 부족하기를 기도해야지. ……최악의 경우에도 마음을 꺾어놔야 하고.'

---

* 땡큐 코스트 : 정확한 명칭은 성크 코스트(sunk cost). 이미 투자한 비용이 아까워서 프로젝트가 실패할 것이 보임에도 계속해서 투자를 하는 심리. 매몰비용의 오류라고도 한다.

『무, 무섭다…….』

목걸이를 통해 전해져 온 마레의 떨리는 목소리에 아우라는 즉시 동의했다.

『응. 무서워.』

『아인즈 님이 저렇게 무서웠구나.』

왜 자신의 주인, 절대적인 지배자가 저런 식으로 싸우는 걸까. 아우레와 마레는 잘 안다.

상대의 저력을 보기 위해── 그것도 있을 것이다. 하지만 그것이 메인은 아니다.

노림수는 하나.

상대를 놓치지 않고 확실하게 죽이기 위해, 늪으로 끌어들이고 있는 것이다.

대전 상대의 체력을 알지 못하는 상황이라면 전투 중, 언제 도망칠 판단을 내릴 것인가── 손절매할 것인가.

여러 가지 의견이 있겠지만, 대미지가 전혀 통하지 않을 때와 같은 예외를 제외하면, 역시 가장 흔한 것은 자신의 체력이 어떤 일정 수준을 밑돌 때일 것이다.

그러면 자신의 체력은 꽤 많지만 마력이 소모됐을 때는 어떨까.

특히, 여기에 이르기까지 자신의 마력을 많이 사용했다면?

조금만 더 하면 이길 것 같다는 예감이 든다면?

알아도 할 수 없는 것이 손절매다. 그러므로 평소에는 호되게

당했던 경험이나, 얻어왔던 정보를 통해 자신 나름대로의 규칙을 만든다.

다시 말해, 전투경험이 적고 대전 상대의 정보가 부족할 경우에는, 이 손절매가 잘 이루어지지 않을 가능성이 높다.

주인은 그 사실을 간파한 것이다.

왕이라는 지위에 올라, 거만하며, 동격의 존재와 대등하게 싸워본 경험이 없으리라고. 그러므로 손절매를 할 수 없는 상황에 몰아넣은 것이다.

『그 한심한 대사도 전부 블러프. 아인즈 님은 정말, 실례지만, 괴물처럼 머리가 비상한 분이야…….』

아우라는 부르르 몸을 떨었다.

『데미우르고스 씨가 자신보다 위라고 하는 것도, 당연하겠네…….』

마레 또한 몸을 부르르 떨었다.

『스크롤을 쓰시는 모습을 보여주는 것도 굉장해.』

『자신의 힘을 하나도 보여주지 않으려 하시니까.』

그렇게까지 하는 모습을 보면 공포밖에 느껴지지 않는다. 그와 동시에 매우 공부가 되었다.

저런 사람을 모시는 자신들은 얼마나 행복한가. 두 사람은 동시에 생각했다.

*

파괴된 직후 다시 벽이 펼쳐졌다.

그 광경을 보고, 데켐은 쓸데없이 시간이 낭비되는 데 대한 짜증을 웃음으로 감추었다.

이것이 몇 번째일까. 횟수 따위 귀찮아서 세지 않았지만, 최소 20번은 넘었을 것이다.

일격에 파괴할 수 있는 약한 벽이긴 해도, 몇 겹씩 동시에 전개해 베히모스의 공격이 닿지 않도록 사용한다.

'잔챙이는 잔챙이 나름대로 머리를 쓰는군. ……아니, 그게 아니지. 저 정도 마법밖에 사용하지 못하니까 필사적으로 발악하는 거야.'

잔챙이라는 말은 지나치다 쳐도, 저 언데드가 자신보다도——베히모스보다도 강한 경우는 결코 있을 수 없다. 이제까지의 온갖 정보가 그 판단이 옳다고 말해주었다.

만약 저 언데드가 베히모스보다도 강하다면 적극적인 공격을 펼칠 것이다. 하지만 저 언데드는 보기 흉하게 싸돌아다니며 마법으로 방어할 뿐이었다. 마치 제3자에게 기대하는 듯한 행동이라 할 수 있다. 분명 벽을 파괴할 때마다 베히모스도 손상을 입기는 하지만, 그것은 너무나도 미미하다. 아무리 그래도 이렇게 해서 쓰러뜨릴 수 있으리라는 뻔뻔한 생각을 하지는 않을 텐데.

'베히모스에게 미미한 대미지라도 입히려 한다는 건, 인간들이 쓰러뜨리기 쉽도록 하겠다는 눈물겨운 노력이겠지. ……하지만 베히모스의 체력은 네가 상상하는 것 이상이다. 네 마력이 먼저 떨어지지 않을까?'

또 벽이 부서지고 다음 벽이 보였다.

데켐은 한숨을 쉬었다.

아직도 한참 더 저것을 상대해야 한다고 생각하니 슬슬 귀찮아졌다.

'어쩌면 그것도 노림수일지 몰라. 내가 귀찮아져서 떠나가지 않을까 하고. ——하지만 어떻게 하면 쉽게 없앨 수 있을까?'

저 벽을 일일이 상대하지 않는 편이 현명하다는 것은 너무나도 뻔하다. 하지만 데켐이 사역하는 베히모스에게는 유감스럽게도 특별한 능력이 있는 것이 아니다. 무시하려 해도 저 긴 벽을 우회하도록 움직여야만 한다. 그러나 그렇게 움직여도 그냥 다른 벽을 만들어낼 것이다.

이래서는 끝이 나지 않는다.

데켐은 자신보다도 강한 정령을 지배해 명령을 내릴 수 있다. 보통은 자신보다도 강한 것을 소환해 사역하기란 불가능하지만, 데켐이 취득한 클래스 덕분에 그 섭리에서 벗어날 수 있었다. 하지만 그 대가로 전투행위가 일어나는 동안에는 자신의 마력이 서서히 소비되는 디메리트가 있다.

베히모스를 사역하는 데에 집중해야만 하는 것은 아니므로 데켐 자신의 마법을 사용할 수는 있다. 다만 그래서는 베히모스의 전투시간이 줄어든다.

'하는 수 없지. 역시 지금은 공격마법을 쓸까? 베히모스와 나, 둘의 공격을 받으면 저 벽을 만들 여유도 사라질 테니.'

실제로 데켐은 제10위계까지의 마법을 사용할 수 있다.

이 세계에 존재하는 매직 캐스터들이 제아무리 노력해도 도달할 수 없는 영역—— 선택받은 자만이 설 수 있는 절대적인 영역의 마법을.

하지만 소환에 특화시킨 탓에 어떻게든 쓸 수 있다는 정도였다. 결코 능숙한 것은 아니다. 그래도 저 언데드 정도는 제10위계 마법을 쓰면 쓰러뜨릴 수 있으리라. 하지만―― 소중한 마력을 그런 데에 써도 될까? 베히모스를 전투에 쓰기 위해서라도 아껴두어야 하지 않을까? 그런 망설임이 들었다.

'어떻게든 저 언데드에게, 인간들은 나나 베히모스를 쓰러뜨릴 수 없다는 걸 이해시켜야 해. 그러면 쓸데없이 시간을 끌지는 않겠지만…….'

말했는데도 믿는 기색이 없었다.

아니, 그것이 당연하다는 사실은 그도 이해한다.

적인 자신의 말을 믿지 않는 것은 당연하다. 다만 데켐은 실제로 거짓말을 한 것이 아니었다. 베히모스에게 이길 수 있는 존재 따위 이제까지 없었다. 실제로 고로(古老, Ancient)에까지 이른 드래곤조차 상대가 되지 않았다. 제2위계 마법으로 몸을 강화했어도 베히모스의 주먹 앞에서는 박살이 날 뿐이었다.

데켐 자신도 베히모스를 적으로 돌리면 분명 목숨을 잃을 것이다.

아마도 베히모스를 이길 수 있는 자는 자신의 아버지 정도밖에 없을 것이다. 다만 아버지는 이미 죽은 몸이다. 다시 말해 쓰러뜨릴 수 있는 존재 따위 없다는 뜻이다.

'마력이 떨어지면 이길 수 있을 거라고 지레짐작하는지 모르겠지만, 그것도 착각이라고…….'

마력을 소모해버리면 매직 캐스터 따위 쉽게 쓰러뜨릴 수 있다고 생각하는지도 모른다. 그것은 매직 캐스터 계통 언데드인 자신을 돌아보고 내린 판단이었으리라.

실제로 그 생각이 일부 옳다는 것을 인정한다.

정령사로서 특화된 능력을 가진 데켐은 마력이 떨어져버리면 ——베히모스를 사역할 능력을 잃으면—— 전투능력이 격감한다. 다만 그것은 그가 약하다는 것과 동의어는 아니다. 드루이드로서 최고위에 오른 그의 육체는 수많은 생물을 초월한 성능을 자랑한다.

주먹을 휘두르면 약한 인간의 몸 따위 두 쪽으로 만들 수 있다. 발로 차면 강철 갑옷에 발자국이 찍히며, 내부의 나약한 살덩어리는 짓이겨질 것이다.

수천수만의 인간 군대 따위 이 육체능력만으로 다 죽여버릴 자신이 있었다.

그래서 괜찮냐고 묻는다면, 확신을 가지고 고개를 끄덕일 수는 없다.

이제까지 전투는 전부 베히모스에게 맡겨놓았으므로 조금 불안했다. 병사가 수천 명이라면 모조리 죽일 때까지 주먹을 수천 번 휘둘러야 한다는 뜻이고, 그만큼 스태미나가 지속될지 어떨지는 해보기 전까지는 알 수 없다. 그리고 무엇보다——.

'내가 직접 싸우는—— 이 몸을 인간들의 피로 물들이는 야만적인 짓을 할 수 있겠나.'

정령사인 자신을 자랑스럽게 생각하는 데켐의 입장에서는 스스로 무기를 휘둘러 상대를 죽이는 행위 따위 그야말로 야만의 극치였다. 무조건 피하고 싶은 싸움이다.

그럼 어떻게 하면 좋을까.

'마력 소모는 무시할 수 없는 양이지. 아직도 더 싸울 수 있지만…… 그렇다고 해도 오랜 시간 싸울 수 있을 정도는, 베히모스를 사역할 정도는 아니야. 인간들을 죽이면서 손주들을──저항하지 못하도록 마법으로 꼼짝 못하게 만들어야만 해. 그 점을 생각하면, 마력에는 별로 여유가 없겠어.'

따라서 이 이상 저딴 언데드에게 마력을 쓸 수는 없다.

'저걸 무시하고 손주들을 데려갈까? 하지만 즉시 재소환해버릴 테니…….'

그래서는 이 쓸데없는 싸움이 다시 되풀이될 뿐이다.

게다가 그런 형태로는 안 된다.

싸워 이겨서, 누가 더 강한지를 확실히 가르쳐주고, 저 둘의 마음을 꺾어, 누가 위인지를 가르쳐준다. 그렇지 않으면 저 둘은 계속 자신을 거역할 것이다.

역시 저 언데드를 여기서 완벽하게 없애야 한다.

'결국은 원점으로 돌아왔는데, 그럼 어떻게 없앤다?'

이제까지 베히모스의 일격 앞에서는 모든 적이 쉽게 꺾이는 마른 잔가지 같았다. 이렇게 이리저리 피하며 시간을 끄는 상대를 쫓아다니는 싸움 따위는 상상한 적도 없었다.

'흥. ──좋은 경험이 됐군. 앞으로는 도망쳐다니는 버러지들도 죽여서 연습을 해야겠어. 지금은── 그거다.'

데켐은 베히모스 앞에 우뚝 솟은 벽을 노려보았다. 아니, 그 너머에 있을 언데드를.

'역시 어쩔 수 없군. 지금은 마력을 대량으로 소비해버려도 상관없으니 저놈을 얼른 죽이자. 정령사인 내가 공격마법을 쓰는 건 매우, 그래, 매우 아름답지 못하지만…… 어쩔 수 없지.
육탄전을 하는 건 아니니까 지금은 참도록 하자.'

그렇게 결심한 데켐은 마법을 선택하고, 시전했다.

〈양광폭렬Shining Burst〉.

제7위계 공격마법에 의해 태양과도 같은 광채와 열기가 작렬했다. 흰 빛이 반구형으로 현현한 것과 동시에 가증스러운 뼈의 벽이 순식간에 날아가 버렸다. 하지만 그 뒤의 벽은 여전히 멀쩡했다.

'그렇군. 범위공격마법으로도 다음 벽을 파괴할 수는 없나본데.'

모든 벽이 한꺼번에 파괴되면 좋았겠지만, 상대의 벽이 가진 성능을 한 가지 알아낸 것만으로도 충분했다. 이 정보를 토대로 다음 마법은 다른 것을 선택하면 된다.

범위공격마법도 확산하는가 폭발하는가, 혹은 방사하는가에 따라 조금씩 다르다.

이어서 베히모스의 거대한 오른팔이 다시 한 겹의 벽을 파괴했다. 그리고 숨 쉴 틈도 주지 않고 왼쪽 주먹이 내리꽂혀 마지막 벽을 파괴했다. 그제야 겨우 당황하는 언데드의 모습이 보였다.

'어차피 다음 벽을 만들겠지?'

그렇다면 이쪽은 조금 전의 결과를 토대로 고른 다른 공격마법을 쓰면 그만이다.

하지만 그런 예상은 빗나갔다.

베히모스에게서 거리를 두고자 걷기 시작한 언데드는 로브 밑에서 아이템을 꺼낸 것이다. 아마도 스크롤일 것이다.

엘프의 경우 스크롤은 특별한 나무껍질을 써서 만들며, 드루이드가 사용하는 제3위계 마법까지만 담을 수 있다. 저 언데드가 사용하는 마법은 드루이드 계통이 아니었으니 놈의 스크롤은 저런 모양이 되는 것이리라.

'저위계 마법? 나를 우습게 보나? 그 정도의 것으로 막을 수 있을 거라 생각했나?……아니면 저놈이 사용하는 스크롤에는 더 고위계의 마법을 담을 수 있나? ……하지만 언제 저걸 손에 들었지? 특수한 소환인가?'

스크롤이 사라지고, 마법이 발동했다.

"아니?!"

짙은 안개가 언데드를 중심으로 솟아나 시야 전체를 에워쌌다. 겨우 몇 미터, 대략 5미터만 떨어지면 아무것도 보이지 않을만한 정도의, 우유를 뿌려놓은 듯 진한 안개였다.

또 짜증나는 마법을 발동했다.

공격마법을 발동하고 싶지만 목표를 시인하지 못하는 상황에서는 효과가 떨어진다. 범위공격이어도 마찬가지다. 왜냐면 조금 전에 저 언데드는 걸으면서 스크롤을 꺼냈다. 아마도 이 마법을 쓴 것과 동시에 더 이동했을 것이다. 마지막에 있던 장소에 마법을 날려봤자 목표가 범위 내에 있으리란 보장이 없다.

언데드를 찾아 베히모스가 움직였다. 그러나 움직임이 둔했다.

베히모스의 감지는 시력에 의존한다. 하지만 안개를 뚫고 보는 시력은 없으므로 상대를 놓쳐버린 것이었다.

그렇다면.

데켐은 제4위계 〈진동감지Tremor Sense〉를 발동했다.

아주 희미한 진동이라도 감지해 그것으로 상대의 위치 등을 알아내는 마법이다. 원래는 지면이 좋지만 인공적인 바닥이어도 문제가 없다. 그런데――

'――이럴 리가? 어디에도 없잖아?'

흰 안개에 숨어 시인은 불가능해도 〈진동감지〉가 두 명의 손주――움직이지는 않지만 발을 바꿔 디디거나 하고 있는지――는 아직 그곳에 있음을 가르쳐주었다. 그렇다면 전이 등의 수단으로 도망쳤다고는 생각하기 힘들다. 소환을 해제했다고는 더더욱 생각할 수 없다. 그렇다면 어떻게 된 노릇인가. 데켐은 그 이유를 알아차렸다.

'바닥에 닿지 않은 거다! 허공에 떠 있나!'

뛰어서 도망치거나 했으므로 착각했던 것이었다. 상대는 모종의 수단으로 허공을 날고 있다. 〈진동감지〉는 바닥에서 전해지는 미세한 진동을 감지하는 마법이며, 상대가 허공에 있으면 감지할 수가 없다.

훌륭할 정도로 신경을 거스르는 자였다.

"이렇게 시시한 수작으로 시간을 끌다니! 귀찮은 잔챙이 주제에!"

정말로 불쾌했다. 아예 이쪽이 먼저 인간들을 불러들여서 그놈들과 함께 일소해버리는 편이 그나마 빠르고 간편하지 않을까?

'약한 주제에! 밖에서 싸웠다면 더 빨리 죽일 수 있는데!'

손주나 언데드를 밖으로 끌어낼 수단이 언뜻 떠오르지 않았다. 왕성 벽을 파괴하고 밖으로 내팽개치는 방법은 있겠지만 그렇게 잘될 리가 없다.

이리저리 헤매는 베히모스에게 명령해 자신과 가까운 곳에 대기시켰다.

안개 속에 숨은 놈이 어떻게 행동할지는 모르지만 이쪽을 직접 노릴 수도 있다. 일격에 죽을 리가 없으니 그건 그거대로 상관없지만, 그런 하등한 놈 때문에 다시 피를 흘리는 것은 속이 끓었다.

상대의 움직임을 살피는 동안에도 시간은 슬금슬금 흘러갔다. 그리 긴 시간은 아니었다. 하지만 마력이 서서히 줄어드는 감각이 시간의 흐름을 한층 느리게 느껴지게 했다.

'──더 이상 쓸데없는 시간을 들일 수는 없다!'

이 안개를 날려버리겠다. 데켐은 오랫동안 쓴 적이 없었던 여러 마법들을 떠올리려 했다. 이제까지는 베히모스가 모든 적을 없애왔기 때문에 습득해도 쓰지 않았던 마법은 많았다. 그러나 안개를 날려버릴 만한 폭풍을 만들어내는 마법 정도는 안다.

선택한 것은 제9위계 마법──〈폭풍우Tempest〉.

거칠게 날뛰는 폭풍이 발생해, 안개는 순식간에 날아가버렸다. 하지만 그와 동시에 〈폭풍우〉가 만들어낸 몰아치는 폭우가 시야를 빼앗아버렸다. 미쳐 날뛰는 강풍은 무시무시해서 데켐조차 날아가 버리지 않도록 견디는 것이 고작이었다. 이 안을 돌아다니기란 지극히 어려운 일이었다.

그래도 베히모스만은, 속도는 둔해졌지만 폭풍을 견디며 거구를 움직일 수 있다.

'그놈도 이 폭풍 속에서는 움직이지 못할 터.'

쏟아지는 비로 시야는 좋지 못했다. 베히모스도 그 언데드가 어디 있는지는 알지 못할 것이다. 하지만 데켐은 달랐다. 〈진동 감지〉는 바다에 빗방울이 부딪치는 것을 모두 포착해버리므로 이 안에서 걸어다니는 자가 있더라도 그 진동을 판별할 수는 없다. 하지만 반대로, 비가 약하게 부딪치는 지점은 파악할 수 있다. 머릿속에 펼쳐진 이 플로어의 평면도에는 비를 가로막는 존재가 있는 지점이 두 군데 떠오르고 있었다. 하나가 자신의 손주가 있던 근처이므로, 나머지 한 곳이 필연적으로 언데드가 있는 장소다.

'──움직이고 있잖아?'

시야도 제대로 확보할 수 없는 이 폭우 속에서. 베히모스의 거구로도 겨우 움직일 정도밖에 안 되는 극심한 폭풍 속에서, 저 언데드는 어떻게 움직이고 있단 말인가. 비행한다 해도 바람에 휩쓸릴 텐데.

망설임은 한순간이었다. 데켐은 즉시 〈폭풍우〉를 해제했다.

마법으로 만들어낸 폭풍도 폭우도 순식간에 아무 일 없었다는 듯 사라졌다. 그러나 환영이 아니었다는 증거로 바닥과 옷은 흠뻑 젖어 있었다.

데켐은 젖은 얼굴에 달라붙은 머리카락을 쓸어넘기고── 언데드가 있던 장소에 세워진 벽을 보았다. 해제와 동시에 만들어 냈으리라.

"네놈, 적당히 하지 못하겠나!!"

데켐은 노호성을 퍼부었다.

"당당히 싸우란 말이다! 살금살금 벽 뒤에나 숨고!! 비겁하기 짝이 없다!!"

"──싸움에서 책략을 강구하는 것은 당연한 일 아닌가? 그런 당연한 일을 물어보지 마라. 그럼 나도 몇 가지 질문하고 싶은데 괜찮을까?"

벽 너머에서 언데드의 목소리가 들렸다.

마력이 서서히 소비되고 있다는 점을 생각하면 무시하는 편이 좋겠지만 호기심이 자극되었다. 저 언데드의 말은 저 쌍둥이, 나아가서는 그들 부모의 생각을 대변하는 것이리라. 그렇다면 들어야 한다.

"…………뭐냐?"

"인간들은 상대하지 않아도 되나? 여기서 전투를 시작한 지 꽤 시간이 지났다. 지금쯤 아래층에서는 엘프들이 학살당하고 있을지도 모르는데?"

상정과 조금 다른 질문에 어이가 없었지만 고분고분 대답해주기로 했다.

베히모스의 전투상태를 해제하는 것도 한순간 생각했으나, 다시 지금의 형태로 이행시키는 데에는 다소 시간이 걸린다. 그러면 저 비열한 언데드는 이야기 도중이라 해도 빈틈이 생겼다고 생각해 공격을 가할 것은 의심의 여지가 없다. 한 방쯤 맞는다고 치명상을 입을 일은 절대 없겠지만, 그렇다고 기꺼이 공격을 받아주는 것은 사양하고 싶었다. 마력소비를 유지하게 되겠지만 베히모스는 전투형태인 채 대기시켜놓기로 했다.

"——너희처럼 내 피가 후세에 각성할 것을 생각하면 구해주는 편이 좋으리라는 관점도 있겠지만, 여기 말고도 엘프는 있다. 게다가 자기 힘만으로 도망친 자들은 그나마 다소 가망이 있겠지. 요컨대 여기서 인간 따위에게 죽는 약자를 일부러 구해줄 필요는 없다는 뜻이다."

"그럼 다음 질문이다. 엘프의 보물이 있다고 들었다만."

"엘프의 보물? 나 말이냐? 아니면 이것 말이냐?"

"…… '이것' 이란 거기 있는 근원의 흙정령 말이냐?"

"근원의 흙정령?"

"거기에 반응하나? 네가 소환한 것이 근원의 흙정령일 텐데? 아니면 다른 종족…… 정령명이라고 하나? 다른 명칭으로 불리나?"

천한 것이 어리석은 채 죽는 것은 당연하다 해도, 여전히 단순한 흙정령이나 아종 정도로 생각한다는 데에 짜증이 났다. 손주들에게 단단히 교육을 시키기 위해서라도 이 터무니없는 착각을 교정시켜주어야만 한다.

"저것은 베히모스다. 대지의 수호정령 베히모스."

"베히모스? 내가 잘못 들은 것이 아니었군. ……대지의 수호정령? 육지의 대마수가 아니고? 레이드 보스? 내가 아는 베히모스는 완전히 다르게 생겼는데……. 누가 처음에 그 이름을 붙였지? 너냐?"

"아니다만——."

"——그럼 누구냐?"

말허리를 자르는 듯한 질문이었다. 왜 거기에 집착하는 걸까.

육지의 대마수란 무엇인가. 레이드 보스란 말은 맞는 것 같지만……. 이 녀석은 —— 아니면 손주들일까—— 무언가 데 켐조차 모르는 사실을 알고 있는 걸까? 그렇다면 이 이상은 답을 말해주지 않는 편이 좋을 수도 있다.

"……가르쳐주길 원한다면 그 벽을 해제해보는 게 어떻겠나? 얼굴도 마주하지 않고 이야기를 들으려는 것은 무례하지 않나?"

"그럼 가르쳐주지 않아도 좋다. 지적호기심을 자극받아 질문했을 뿐이니."

데켐은 쌍둥이 쪽으로 시선을 돌렸다.

소환된 언데드 본인이 원하는 것인지, 아니면 손주들이 어디선가 모종의 정보를 입수한 것인지. 비에 젖은 두 사람은 아연실색한 표정이라 거기서 무언가를 읽어낼 수는 없었다.

"그러면 다른 질문이——"

"됐다. 이젠 너와 이야기할 필요는 전혀 없다."

데켐은 조바심과 함께 쌍둥이에게 보내는 시선에 힘을 담았다. 아무리 그래도 이 이상 마력을 소모할 수는 없었다. 질문도 자신이 생각했던 내용과 크게 달랐다. 그렇다면 이 이상 대화를 나눌 필요도 없었다.

"수다는 끝났다."

갑자기 벽이 사라졌다.

쌍둥이에게 〈녹색 사슬Green Chain〉을 사용하려던 타이밍에 허를 찔렸다. 어느 쪽을 공격해야 할지 데켐은 망설였다.

"——여기까지가 한계인가. 일단 마력은 충분히 줄었군."

"……뭐?"

언데드의 지독히도 조용한 목소리에 데켐은 당혹했다.

왜, 저 목소리에서 여유 같은 것이 느껴질까.

시간을 끄는 것밖에 못하던 무능한 언데드가──.

베히모스에게 명령해 납작하게──.

그 순간, 데켐은 언데드의 뒤에 있던 계단을 보았다. 인간들이 이 근처까지 와서, 목적을 달성했기에 저런 태도를 보이는 것은 아닐까 생각했기 때문이다. 하지만 인간의 모습은 없었다. 귀를 기울여도 인간들──만이 아니라 그 누구의 발소리도 들리지 않았다.

데켐의 반응을 어떻게 생각했는지 언데드는 다시 입을 열었다.

"마력은 충분히 줄었다고 말했다. 근원── 베히모스를 앞으로 얼마나 유지할 수 있을까? 아마도 아직 몇 분은 가능하겠지."

"아아, 그런 뜻이었군. 마력이 없는 나에게라면 이길 수 있다고 생각했나? 하기야 네 주먹을 피하지는 못했지. 하지만 그건 네가 갑자기 소환됐기 때문이고, 처음부터 올 줄 알았다면 피할 수 있었다."

"──나도 안다."

역시 조용한 목소리였다. 데켐은 자신도 모르게 침을 삼켰다.

어째서 저런 태도를 보인단 말인가.

이상하다.

왜 자신이 이런 단순한 언데드에게 압도되고 있는가.

과거 이 세계를 정복했던 엘프의 피를 이은, 현존하는 엘프 중

최강자인 자신이.

이를 악물고, 자신의 내면에 떠오른 부끄러워해야 마땅한 감정을 억눌렀다.

"그렇군!"

큰 목소리로 고함을 질렀다.

"네 주먹에 내가 피를 흘렸기에, 오만하게도 육탄전이라면 이길 수 있다고 생각했던 거구나. 그 일격은 내게 별로 대미지를 입히지 않았다만!"

"그것도 안다."

이쪽의 노성에 담담히 대답하는 언데드에게 데켐은 정체 모를 으스스함을 느꼈다.

혹시——.

한순간 정신이 나간 듯한, 있을 수 없는 생각이 들었다.

그렇다면 왜?

왜 그런 식으로 싸우지?

기만이다.

여유 있는 태도로 자신을 속이려는 것이다.

그 이외의 이유가 있을 리 있겠는가.

"베히모스!"

노성인지 비명인지 스스로도 알 수 없는 목소리가 나왔다.

"——짓이겨라!!"

"시작할까."

조용한 목소리의 의미를 다음 순간 깨달았다.

"〈마법 삼중최강화Triplet Maximize Magic: '불쾌음의 폭렬

Cacophonous Burst'〉. ──해방."

처음에 일어난 것은 음파의 폭발. 이어서 생겨난 것은 천사의 날개.

언데드와 데켐 사이에 우뚝 선 베히모스를 충격파의 폭풍이 엄습하고, 조금 전의 호우도 무색해지는 빛의 비가 그 거구를 유린했다. 대지의 수호정령은 순식간에 생명력을 잃어갔다. 산자와 달리 피가 흐르거나 육체를 손실하지는 않았지만 주인인 데켐은 베히모스가 이미 다 죽어간다는 것을 알 수 있었다.

혼란.

혼란 이외의 그 무엇도 아니었다.

베히모스는 최강의 정령. 아무도 대등하게 싸울 수 없는 존재다. 이제까지 싸우면서 소모된 적은 있었어도, 그 방대한 체력에서 보자면 극히 미미한 수준이었다.

그런데──.

이렇게──.

이렇게 다 죽어갈 정도로 체력이 줄어든 적은 한 번도 없었다.

"이, 이럴…… 리가……."

"역시 대단하군. 약점을 찔렸는데도 여섯 발 가지고는 해치울 수 없다니. 내가 좀 더 공격마법에 특화했더라면 달랐으려나?"

여전히 담담한 음성에서는 감정이 전혀 느껴지지 않았다. 조금 전의 언데드와는 완전히 다른 자 같았다.

'대, 대체, 무슨 일이 일어난 거야?'

마음속에서 부풀어 오른 곤혹감이 약간 줄어들고, 그 틈새로 공포가 파고들었다.

조금 전의 생각이 커졌다.

혹시—— 이 언데드는 자신보다 강한 것은 아닐까, 하는.

"아앗! 베히모스! 나를!"

지켜라—— 그 의지에 따라 베히모스가 언데드의 시선을 차단하듯 움직여 오른쪽 주먹을 꽂았다.

'이겼다!! ——응? 아니?!'

이어서 베히모스가 왼쪽 주먹을 날렸다. 그것은 그 언데드를 일격에 죽이지 못했기 때문이었다.

두 방을 맞았음에도 베히모스 너머에서 당당한 모습으로 서 있는 언데드가 보였다.

짓이겨지지 않았다.

이제까지 만난 어떤 적도 짓이겨버렸는데, 저 언데드는 태연했다.

"〈마법 삼중최강화: '불쾌음의 폭렬'〉."

그의 눈앞에서 베히모스가—— 무적의 대정령이 대량의 흙덩어리로 변했다.

그 순간 거대한 상실감에 사로잡혔다.

이제까지 있었던 무언가, 그것이 마음속에서 사라져버렸다. 뻥 뚫려버린 구멍만이 남았다.

"오버킬이었지만…… 그쪽에 스킬이 있으리란 것도 감안하면 틀린 선택은 아니었다고 생각하는데, 어떤가?"

"——히익!"

있을 수 없는 일이었다.

절대무적의 대정령, 자신의 분신. 베히모스가 패배해 죽어버리다니, 있을 수 없는 일이었다.

하지만 눈앞에 없다는 것은 사실.

그러면 무엇을 하면 좋을까.

자신은 어떤 행동을 취해야 좋을까.

눈앞의 언데드는 대체 정체가 무엇일까──.

"너무 그렇게 겁먹지 말아다오── 〈현단〉."

무시무시한 아픔이 엄습했다.

이제까지 느껴본 적이 없는 아픔.

"아, 아아아."

쳐다보니 가슴에서 피가 났으며, 비에 젖은 옷이 이번에는 새빨갛게 물들어가고 있었다.

"아파아, 아파아아아아!!"

아프다.

아프다.

아프다.

그것만이 머릿속에서 쾅쾅 울려댔다.

"그 마음은 잘 알지. 나도 이런 몸이 아니었다면 조금 전의 일격에 너처럼 고통을 느끼고 이성을 잃었을 테니까. 각설하고, 제안이 있다. 투항해라. 그러면 이 이상의 아픔은 주지 않고, 투항 후의 안전도 보장해주마."

"아, 아, 아아, 아파…… 저, 정말로?"

견딜 수 없는 아픔에 눈물을 흘리며 데켐은 두 사람의 손주에게 질문했다.

두 사람이 조금 당황한 기색을 보인 후, 손녀 쪽이 '정말'이라고 대답했다.

"보다시피 주인님들께는 허가를 얻었다. 그러면 무장을 해제해주실까. 안심하라. 위험한 것이 아님을 확인하면 돌려줄 테니. 정말이다. 거짓말은 결코 하지 않는다. 주인님들께 맹세하고 약속하지. 믿어다오."

진지하고 다정한 목소리로 언데드가 말했다. 믿어도 될 것 같았다.

아프다.

〈사라쌍수의 자비〉로 조금씩 나아가고는 있겠지만, 깊이 갈라진 상처의 아픔까지는 치유해주지 않는다.

한순간 이 아픔에서 벗어날 수 있다면 투항해야겠다는 마음이 들었다. 하지만——— 자존심이 있었다.

왕으로서 오랜 시간 이 나라에 군림했던 자신이, 손주라고는 하지만 어린 다크엘프에게 목숨을 구걸할 수는 없다는 자존심이.

아프다.

마력은 없다. 아니, 있기는 있지만 남은 마력으로 이 언데드와 싸운다 해도 이제는 이길 것 같지가 않았다.

근접전에서 가능성을 찾아야 할까?

아니, 도통 자신에게 자신감을 가질 수가 없었다. 언데드의 그처럼 강력한 마법을 몇 번이나 받으면 먼저 죽어버리고 말 것 같았다.

아프다.

데켐은 시선을 언데드의 후방── 계단 쪽으로 돌렸다.

아무도 없다.

그렇다면──

달리자. 그뿐이다.

아프다.

무섭다.

아프다.

무섭다.

그래도 데켐은 달리기 시작했다.

흐르는 피는 자신의 목숨이 깎여나간다는 증거.

죽음에 대한 강한 공포가 마음속에서 솟아났다. 설령 매직 아이템으로 공포에 대한 내성을 얻었더라도 자신의 내면에서 자연스럽게 솟아난 공포까지는 지워주지 않는다.

그렇기에── 공포에 등을 떠밀렸기에 육체는 정신의 요구에 완벽히 부응해주었다. 이제까지 낸 적이 없는 속도로 발이 바닥을 박찼다.

시야는 즉시 뒤로 흘러가고, 언데드와의 거리는 사라졌다.

"멈춰라! 죽이겠다!"

경고를 무시한 채 언데드의 옆을 지나친 순간, 강하게 혀를 차는 소리와 함께 마법이 발동되었다.

"〈시간정지〉."

아픔은 없었다. 아니, 있었는지도 모른다. 그 이상으로 가슴에 난 깊은 상처가── 달리면서 생겨난 격통이 너무 강해 다른 아픔을 느낄 여유가 없었다.

그렇다면—— 데켐은 그대로 달렸다. 계단은 바로 앞이었다.

가슴의 아픔은 놀랄 정도로 강했지만 발의 움직임은 조금도 흐트러지지 않았다.

"아우라!"

언데드가 마법을 영창한 모양이었다. 하지만 이번 마법도 데켐에게 영향을 주지는 못했다.

그렇다면 달릴 뿐이다.

계단까지 도달해—— 발밑이 폭발했다. 그것도 세 번.

충격이 한순간 몸을 띄웠으나 데켐은 자신의 신체능력을 최대한으로 살려 자세를 바로잡고, 감속하는 일 없이 질주했다. 발에서는 아픔이 별로 느껴지지 않았다. 그렇다기보다 가슴에 벌어진 상처의 아픔과 공포로 아무것도 알 수 없었다.

뒤에서 언데드가 무어라 말을 한 것 같았지만 마음에 둘 여유 따위는 없었다.

데켐은 계단을 뛰어내리듯 달려나갔다.

뒤에서 쫓아오는 소리는 들리지 않았다. 조금 긴장이 느슨해진 순간, 무시무시한 아픔이 발에서 느껴졌다.

자기도 모르게 비명을 지를 뻔해 그것을 필사적으로 참았다. 아무리 그래도 소리를 지르는 것은 위험했다.

시선을 밑으로 돌리자 엉망진창이 된 발이 눈에 들어왔다. 조금 전 발밑에서 폭발했을 때 입은 부상이리라.

상처를 확인하자 아픔이 한층 강해졌다.

데켐은 시선을 움직여 자신이 달려왔던 쪽을 확인했다. 흘러내린 핏자국이 이어져 있었다. 상대에게 추적 능력이 없어도 쫓아오기는 쉬울 것이다.

아프다.

달리고 싶지 않다.

그래도 도망치지 않는다면 더 강한 아픔이 기다리고 있을 것이 틀림없었다.

무엇보다—— 죽고 싶지 않았다.

그 한 가지 마음으로 데켐은 아픔을 견디며 발을 움직였다.

'왜 내가 이런 꼴을. 왜 내 손주는 도와주질 않는 거야!'

영문을 알 수 없었다.

왜 엘프를 위해 힘을 빌려주지 않는단 말인가.

'빌어먹을!'

마음속으로 ——소리를 내 자신의 위치가 드러날까 봐 두려워서—— 욕설을 퍼붓고, 눈가에 눈물을 맺으며, 데켐은 달렸다.

*

아인즈는 데켐에게 자신이 낼 수 있는 최대한 다정한 목소리로 투항을 권했다. 그 수수께끼의 전이를 사용하지 못하는 조건을 만족했는지, 아니면 궁지에 몰아넣어 생각을 유도하는 데 성공했는지는 알 수 없지만, 데켐은 불러도 대답하려는 기색을 보이지 않았다.

그제야 아인즈는 마음속에서 씨익 조소를 머금었다.

조금 전의 제안은 당연히 거짓말이었다. 신병의 안전 따위 보장할 마음은 애초에 없었다. 장비를 버리면 그 순간 처분할 생각이었다.

마음을 꺾어버리면 두 번 다시 쌍둥이를 노리거나 하지는 않으리라 생각했는데, 역시 확실한 것은 '죽음'이다.

다만, 다음 순간, 데켐의 눈에 불꽃이 깃드는 것처럼 보였다.

'응?'

데켐이 느닷없이 뛰기 시작했다. 그것도 아인즈 쪽을 향해.

'쳇! 근접전인가?! 그렇다면—— 상관없지!'

아인즈는 내심의 웃음이 겉으로 드러나지 않도록 주의하면서, 반대로 경악과 두려움을 목소리에 띄우려 했다.

분명 근접전은 마력계 매직 캐스터인 아인즈가 꺼려하는 전법이었으며, 약점을 찔렸다고도 할 수 있다. 하지만 데켐에게 싸울 의지가 있다는 것은 아인즈에게 바람직한 일이었다. 약간의 HP와 맞바꾸어 데켐을 확실히 죽일 수 있다. 그러나 아인즈가 표정 따위 움직이지 않는 얼굴에 진심으로 경악의 표정을 떠올릴 뻔했던 것은 그 직후였다.

데켐의 주행 루트는 아인즈에게서 미묘하게 엇갈려 있었던 데다, 조금도 감속할 기미가 없었다.

아인즈는 자신의 추측이 빗나갔음을 즉시 깨달았다.

'——젠장! 이거 제대로 도망치려는 거잖아!'

이래서는 데켐에 대한 평가를, 분하지만 한 단계——까지는 아니더라도 약간은 올릴 수밖에 없었다.

아인즈에게 가장 성가신 것이 전력으로 도망친다는 것이었다. 이 상황에서라면 아인즈도 ——타이밍은 더 빨랐겠지만—— 데켐과 같은 선택을 했으리라.

그 사실을 알기에 아인즈는 데켐이 나타났을 때처럼 마법적인 수단으로 도망치지 못하도록 대책을 몇 가지 세워놓았다. 하지만 순수한 신체능력으로 도망치려 했을 때의 대항수단은 별로 취해놓지 않았다. 준비시간이 부족했고, 능력을 잘 숨기면서 이 것저것 세팅을 갖춰놓기란 매우 힘들었기 때문이다.

"멈춰라! 죽이겠다!"

경고는 했지만 아인즈도 상대가 멈출 거란 생각은 하지 않았다. 애초에 멈춘다 해도 죽이지 않을 마음은 없었다. 따라서 아인즈는 즉시 다음 수단을 검토했다.

벽을 만들어도 뛰어넘을 거고, 아인즈의 시선도 차단되기 때문에 상대의 다음 도주 수단에 대응할 수 없게 될 가능성도 있다.

정신조작계 마법은 제대로 먹히면 한 방에도 끝난다. 하지만 추정 레벨 70이 넘는 데켐을 정신조작할 수 있으리란 생각은 별로 들지 않았다. 왜냐하면 정신조작계 마법을 막을 수단이나 아이템은 위그드라실에서라면 꽤 쉽게 얻을 수 있었기 때문이다. 모든 정신조작계 마법을 막으려 들면 나름 어려워지지만, 한 종류라면 가지고 있었을 가능성이 있다.

실제로 제국의 황제 지르크니프도 정신조작계를 막는 매직 아이템을 가지고 있었다. 데켐이 그런 아이템을 가지지 않았을 거라고 도박을 하는 것은 멍청한 짓이다. 개인적으로는 즉사계를 날리고 싶었지만 〈사라쌍수의 자비〉가 걸려 있는 이상 써봤자 의미가 없다.

그러므로 선택한 것은 〈시간정지〉. 이것도 대책을 세워놓으면 막을 수 있다. 하지만 매직 아이템 이외의 수단으로 막기란 어려울 것이다.

"〈시간정지〉!"

멈추지 않는다.

데켐은 멈추지 않았다.

혀를 차지는 않았다. 이 가능성도 머리 한구석으로 생각은 했다. 그렇다면 남의 손을 빌리면 그만이다.

아인즈는 즉시 명령했다.

"아우라!"

"네!"

아우라가 활을 들고――

"그림자를 꿰는 화살."

――바닥에 있던 데켐의 그림자를 쏘았다. 그래도 데켐은 한순간도 멈추지 않고 그대로 계단 앞까지 도달했다. 그래도 도주했을 때를 대비해 〈해골벽〉 뒤에 숨어 몰래 최소한도의 준비는 해두었다.

데켐의 발밑에서 발동했던 것은 〈폭격지뢰Explode Mine〉.

"소용없다. 발밑에는――."

듣지도 않고 계단을 뛰어 내려가는 발소리가 들렸다. 그것은 점점 작아진다.

"――블러프인 걸 읽었나? 아니면 단순히 이야기를 들을 마음이 없었나? 벽 계통 마법에다 관통계 마법도 쓸 줄 모르는 수준의 지식밖에 없다고 해서 좀 방심했군."

블러프를 걸어 발을 멈추게 하려 했지만 돌파당하고 말았다.

데켐도 드루이드다. 계통이 다르다고는 하지만 매직 캐스터로서 아인즈의 마법적 함정을 간파했으리라고 충분히 생각할 수 있다. 기본적으로 같은 마법은 동시에 몇 개씩 전개할 수 없다. 소환마법을 반복 사용해 많은 몬스터를 소환할 수는 없는 것과 마찬가지다.

"놓쳐버려서 죄송합니다!"

사죄의 말을 듣고, 아인즈는 데켐이 사라져간 계단에서 아우라에게 시선을 돌렸다.

"아니다…………. 아니, 그렇지. ……하기야 그 기술은 선택 미스였구나, 아우라. 그자는 시간 마법 대책, 즉사 내성을 가지고 있음을 전투 중에 보여주었다. 이동저해에 대한 대책도 무언가 가지고 있었으리라 판단했어야 했다."

다시 사죄하려는 아우라에게 아인즈는 한 손을 들어 이를 말렸다.

"하지만 그에 대한 경고를 하지 않았던 나도 잘못했다. 솔직히 말해 나도 놈이 이동저해 대책을 세워두었으리라고는 생각하지 못했다. 그보다도…… 어떻게 할까."

"당장 쫓아가 죽일게요."

"잠깐!"

아우라가 달려나가려 하는 것을 아인즈가 말렸다.

데켐이 70레벨 이상 수준의 드루이드라면, 아인즈의 이동속도로는 따라잡지 못할 가능성이 높다. 보내려면 아우라와 마레를 보내야 한다. 하지만 그 경우 마력을 다소 소모한 아인즈가 고립되고 만다.

'〈전이문Gate〉으로 나자릭에서 병사를 데려와서── 그럴 시간은 없지. 일단은 놓아줄지 확실히 죽일지를 정해야겠어.'

마력은 상당히 줄었지만 데켐의 육체 관련 능력치는 나름대로 높았다. 마법에 의존하지 않는 접근전에서는 아인즈에게 승산이 없을 것이다. 물론 〈완벽한 전사Perfect Warrior〉 같은 마법을 사용하지 않는다는 전제로.

'마수를 데리고 있지 않은 아우라라면 놈이 모종의 꼼수를 썼을 때 대응하지 못할 가능성이 있지. 그럼 언데드를 소환해서…… 아니야, 만약 놈이 근원의 흙정령을 다시 한 번 소환한다면? 아니아니…… 그건 말이 안 되지.'

자신보다도 강한 정령을 몇 번씩 소환할 수 있다면 그것은 밸런스 면에서 조금 이상하다. 아무리 마력이 소비된다지만 사령 계통에 특화한 아인즈조차 불가능한 기술이다. 다만 아인즈의 '말이 안 된다' 라는 생각은 어디까지나 위그드라실의 설정에 따른 생각이며 이 세계에서는 통하지 않을 가능성도 있다.

이제까지는 게임의 지식이 통했다 해도, 데켐이 사역하던 것은 게임의 지식으로는 무리인 정령. 그렇게 생각하면──

"──마레!"

"네, 네에."

"위험하지만 너 혼자의 힘으로 데켐을 죽여라. 평소와 다른 장비니 경계를 게을리하지 말거라. 이길 수 없을 것 같다면 마력을 아끼고 시간을 끌어라."

좀 더 많은 지시를 내리고 싶었지만 이 이상은 시간이 아까웠다.

"가라."

"네!"

마레답지 않은 씩씩한 대답과 함께 데켐을 따라 계단으로 뛰어간다. 그 속도는 과연 대단하다고 여겨질 정도여서 발소리는 순식간에 멀어져갔다.

혼자 뛰어가는 모습을 보고, 언데드를 소환해 따라가게 할까도 생각했지만, 특별한 사태가 발생했을 때 방패로 삼기 위해서라도 아껴두기로 했다. 아직 〈일방적인 결투〉의 효과는 남아 있다. 아인즈가 다시 엘프 왕과 싸울 때가 올지도 모른다. 그때는 단기결전으로 끝내기 위해서라도.

"──아우라! 너는 내 경호를 맡아라. 당장 보물창고를 뒤져 모든 것을 손에 넣는다. 그 후 즉시 마레와 합류한다."

"네!"

3

전선의 총사령부란 전쟁 중에는 늘 소란스럽지만, 전황이 마무리 단계에 들어서고 있는 지금도 역시 소란스러웠다. 아니, 전쟁에 승리했다 하더라도 점령통치를 할 협력자── 문관들이 올 때까지 소란은 이어질 것이다.

현재 참모진은 곳곳에서 도착한 전령의 정보를 집약하고 그 조각을 하나하나 검증하며 맞춰나가 전황의 그림을 완성시키는 데 부심하고 있었다. 그 외에는 부상병의 수와 포로의 수송 업무도 있다. 시체 처리와 같은 잡무는 전투 중이라 일단 미뤄두었다.

아무튼 원수인 발레리안 에인 오비니에에게 모인 것은 꾸밈없는 확정된 정보다.

그렇기에 고대하던 정보가 들어왔을 때, 그는 진심으로 안도하는 감정을 드러냈다.

"각하. 엘프들의 방위망을 확실히 돌파했습니다. 이에 따라 적의 반격은 7할 감소. ……다소 지나치게 줄어든 감도 있지만 강자가 부족한 데서 오는 전력감소가 컸던 것으로 보입니다. 다만 잔존병력이 도시 곳곳에 잠복한 것으로 보입니다. 어떻게 하시겠습니까?"

"공연한 피해를 낼 필요는 없다. 농성 중인 유격병은 두려울 것 없지만 도시 내를 자유로이 움직이며 교란시키는 놈들은 위협적이다. 점령지역을 넓히고 압박을 가하면서 엘프들을 밖으로—— 전개 중인 포위망으로 몰아붙여라. 실내에서의 전투는 피하라. 도시 내에 들어간 부대에게는 개인으로서 강한 자를 편성하는 것을 잊지 마라."

"예. 즉시 지시하겠습니다."

"포위망으로 돌격하는 엘프는 틀림없이 사병이 될 것이다. 절대 방심하지 않도록 반복해서 주지시켜라."

"알겠습니다."

"——길은 열렸다지만, 왕성에서의 반격은?"

"없습니다. 여전히 침묵하고 있습니다."

원래 같으면 발레리안의 표정은 더 어두웠을 것이다.

왕성이 텅 비었을 리가 없다. 엘프의 정예가 지키고 있을 가능성이 높다. 게다가 쫓긴 병사들이 왕성으로 도망쳤을 것이 틀림없다. 그리고 무엇보다도 엘프 왕이 있다.

엘프 왕이 지배하는 흙의 정령에게 화멸성전의 서브리더를 잃은 기억이 아직 생생하다. 영웅에는 미치지 못했다지만 그에 가까운 실력자가 죽은 것이다.

게다가 법국의 100년 전 기록에 따르면 영웅급 실력을 가진 멤버로 구성된 칠흑성전조차 엘프 왕의 전투능력 앞에 궤멸적인 피해를 입었다고 한다. 어떤 작전이었는지는 알 수 없지만 작전 자체는 성공했다니 절대무적인 것은 아닐 터. 하지만 말살작전이 되면 발레리안이 지휘하는 법국군에게는 짐이 무거워, 엘프 나라와의 전쟁에서 가장 큰 고비는 아직 넘어서지 못했다고 할 수 있다.

하지만─── 지금은 히든카드가 있다.

"다시 확인하겠다. 돌입은 가능한가?"

"예. 가능합니다."

참모의 단언을 듣고 발레리안은 의자에서 일어났다.

"그렇다면…… 기정목표도 달성했다고 간주해도 되겠지. ……제군, 노고가 많았다. 왕성은 멀리서 감시를 계속하는 정도로 그치고, 그 이외의 임무에 힘쓰도록 지시를 내려라. 나는 저쪽 분께 보고하고 오겠다."

발레리안은 혼자 천막을 나가 다른 천막으로 향했다. 그 천막의 주인은 다른 이들을 별로 좋아하지 않았다. 기분을 상하게 해도 괜찮은 상대가 아니었다.

천막 밖에서 말을 걸었다.

"실례합니다. 지금 들어가도 괜찮겠습니까?"

"들어와."

대답은 금방 돌아왔다.

발레리안은 들어가기 전에 한 차례 심호흡을 했다.

결코 위험인물인 것은 아니다. 이곳에 올 때 가볍게 인사를 나누었지만 이성적인 인물처럼 보였다. 하지만 칠흑성전이라는 영웅의 영역에 선 인물―― 인간의 영역을 넘어선 존재와의 대면이 되면 발레리안이라 해도 나름 각오가 필요했다. 덤벼들지 않을 것을 알더라도, 강대한 육식동물 앞에 서려면 그만한 마음가짐이 필요한 법이다.

그리고 또 하나.

이 천막 안의 인물은 영웅의 영역에 선 강자라는 것 이외에도, 법국에서는 예외적인 인물이다.

다른 인간종끼리 자식을 가질 수는 있지만, 그것은 법국에서는 금기의 생각이다.

인간이라는 종족만의 번영을 생각하는 법국에서는 인간 이외의 종은, 설령 인간종이라 해도 적이다.

다만 그 생각도 지난 백 몇 십 년 사이에 생긴 것이라고 한다. 실제로 그 이전의 법국은 인간종이라는 종족 전체에 대해서도 다소 생각하고, 함께 손을 잡으며 다른 종족과 싸워야 한다는 방침이었다고 한다.

그것이 바뀐 것도―― 이 천막의 주인이 요인 중 하나라고 한다.

법국 최강으로 여겨지는 인물이며, 수명은 매우 길다. 그리고 수호신이라 불리는, 불확실하지만 존재한다고 전해지는 자의 제자라고 한다. 발레리안이 아는 것은 그 정도였다.

그런 애매한 정보 중, 틀림없는 정보로서 아는 것도 있다.

그중 하나가 원수라는 지위에 오른 발레리안이라 해도 결코 결례를 저질러서는 안 되는 인물이라는 것이다. 아니, 강대한 육식짐승의 왕에게 건방진 소리를 할 마음은 전혀 없지만.

입구의 장막을 젖히고 들어가자 간소한 의자와 침대와 선반, 투구가 놓인 테이블이 보였다. 외견은 다른 천막과 다르지 않지만 안에 놓인 세간은 상당히 좋은 것들이었다. 이것은 법국에서 〈전이〉를 써서 운반해온 것들로, 원수인 그의 천막 안에도 없는 물건이었다.

그 한복판에서, 눈부실 정도의 갑옷을 입은 그녀가 폴짝폴짝 뛰고 있었다.

"대체 뭘 하시는 겁니까?"

발레리안은 이해하지 못할 무언가일까. 예를 들면 특수한 의식이라든가.

"응? 딱히 뭔가 있는 건 아니야. 왠지 그냥 몸을 움직여야 마음이 놓여서."

"그러시군요."

그 후로도 몇 초 정도를 뛰다가 그녀는 겨우 몸을 멈추었다.

"존댓말 안 써도 돼. 어쨌거나 입장은 당신이 위인걸."

그렇게 말하면서도 그녀는 상급자에게 어조나 태도를 바꿀 기미가 보이지 않았다.

"아뇨, 그럴 수는 없습니다. 법국의 최강 전력이자 수호신의 제자이신 분이 아닙니까."

"딱딱하게. ……뭐, 그렇게 하고 싶다면 말리진 않을게. 그런데 당신이 왔다는 건, 그런 뜻이라고 생각해도 되는 걸까?"

"예. 이제는 왕성만이 남았습니다. 다만 왕성에는 잔존병력이 모여 있으리라 보이는데……."

"그것도 내가 해치워놓을게. 그렇긴 하지만 내 목표는 한 명뿐이니까 꼼꼼히 청소해두겠다는 건 아니야."

"알겠습니다. 그쪽은 저희에게 맡기십시오."

절사절명(絶死絶命)이라 불리는 여자가 천천히 표정을 바꾸었다.

그녀의 얼굴에 떠오른 웃음을 본 발레리안은 눈을 내리깔았다.

자신에게 살의를 향한 것은 아니다. 그 점은 안다. 그래도 공포를 느꼈던 것이다.

"아, 미안해. ……저기 말야, 뭐 좀 물어봐도 돼?"

"예. 저라도 괜찮으시다면."

"응. 솔직히 말해서, 내 개인적으로는 그거한테 원한은 없다고 할 수 있어. 왜냐면 직접 뭔가 당한 건 아니니까. 아버지다운 일을 안 했다고 말할 수도 있지만, 그것도 그쪽 입장에서 보면 그렇게 부조리한 이야기가 아니라고, 그렇게 말할 수도 있잖아. 나라는 존재조차 모를 가능성도 충분히 있고. ……아버지한테 원한이 있는 건 내 어머니잖아. 그러니까 내 마음은 어머니가 심어놓은 거라고, 그런 식으로 표현할 수도 있겠지."

뭐라 대답해야 좋을까. 동의해야 할까, 부정해야 할까. 애초에 그녀는 혹시 엘프 왕의 딸이었던 걸까. 그렇다면 어머니는 대체 누구인가. 의문이 계속해서 머리를 스치고 지나갔다.

곤혹스러워 아무 말도 못 하는 발레리안을 신경 쓰지도 않고 그녀는 그대로 말을 이었다.

알겠다.

이것은 혼잣말과 같은 것이다. 대답이 듣고 싶은 것이 아니다.

"그럼 내 증오란 건 어머니에게 쏟아야겠지? 이런 성가신 감정을 품게 만든 본인한테. 그렇긴 해도 이미 죽었으니까 쏟아낼 방법이 없어. 그러니까 대타로 아버지한테 증오를 쏟아내려 하는 건지도 몰라. 정말로 원한을 갚으려면…… 어머니의 사랑이란 것에 쏟아야, 하는 것일 수도, 있겠지?"

말의 분위기가 바뀌었다.

발레리안은 그녀의 표정을 살폈다.

웃는 얼굴 그대로였다. 아무 것도 바뀌지 않았다.

하지만—— 이것은 정말로 웃음일까?

자신도 모르게 마른침을 삼켰다.

자신의 대답에 따라서는 법국 멸망의 방아쇠를 당겨버리게 될지도 모른다는 두려움이 들었다.

그 긴장이 전해졌는지, 그녀는 쓴웃음을 지었다.

"……아, 또야. 미안해. 무섭게 만들었어? 원한을 쏟아내려고 법국을 멸망시키겠다느니 그런 얘기는 아니야. 왜냐면…… 이러니저러니 해도 난 법국을 좋아하니까."

"그, 그렇군요. 그건 다행입니다."

그럴듯한 대답을 할 수가 없었다. 그저 안도가 발레리안의 마음속에 퍼져나갔다.

"다만…… 뭐랄까. 나한테 새겨진 어머니의 원한을 풀었을 때, 난 자유로워질 수 있을까, 그런 생각도 들어. 뭐라고 해야 하나, 이렇게 말로 마음을 드러내니까 창피하네. 다감한 시기라고 하던가, 뭐 그런 걸 거야, 분명."

"그렇군요."

"아는 사람들이라면 여기서 '너 지금 몇 살인데?' 하고 딴죽을 걸었을 텐데."

"거기까진 생각하지 못했습니다. 죄송합니다."

고개를 숙인 발레리안 따위 신경도 쓰지 않는다는 듯 그녀의 말이 이어졌다.

"어머니는 무슨 생각이었을까."

"예?"

"……약하면 짓밟힐 뿐. 그러니까 강해져라. 잘못된 생각은 아니야. 애한테 그렇게 엄격한 훈련을 시킬 필요가 있었느냐는 생각이 안 드는 건 아니지만, 이 세상에서 어렸을 때 죽음을 무릅쓰는 훈련을 한 게 나쁘라고 단언할 수도 없고, 강해지기 위해 나보다 더 엄격한 훈련을 받는 사람도 있을지 모르잖아. 그러면 내 생각은 그냥 어리광, 이지?"

"그건…… 그렇다고 단언하기는 어렵지 않을까, 생각합니다. 뭐라고 해야 할지……."

긍정이냐 부정이냐. 어느 대답이 그녀의 기분을 상하게 만들지 않을까. 그것만 생각한 발레리안은 영문 모를 대답을 하고 말았다.

그런 발레리안의 심정을 눈치챘는지 그녀는 ——이번에는 정말로—— 웃었다.

"전부 정리되면 옛날 기록을 조사해보는 것도 좋겠네. 옛날의 나는 알아차리지 못했던 걸. 제삼자의 눈으로 봐야만 알 수 있는 게 있을지도 모르니까. 분명…… 뭔가 남아있겠지. 어머니가 무슨 심정으로 나를 대했는지. ……자, 그럼 가자."

*

"히흑, 히흑, 히흑——."

데켐의 신체능력으로 봤을 때 이 정도 거리를 전력질주했다고 숨이 찰 리는 없었다. 하지만 지금, 숨은 턱까지 찼다. 원인은 공포였다. 내면에서 솟아나는 마음의 부조가 육체에까지 강한 영향을 일으키는 것이다.

달리면서 귀를 기울여 뒤에서 쫓아오는 자가 없는지 들으려 했다.

오지 않는다.

아무도 쫓아오지 않는다.

놈들에게서 벗어난 걸까?

아니다—— 데켐은 마음속으로 고개를 가로저었다.

방심해선 안 된다.

이제는 최강의 엘프라는 자긍심을 우선시할 때가 아니었다. 여기서 도망쳐야 한다.

패배는 모든 것의 끝이 아니다. 엘프가 이 숲에만 있는 것도 아닐 터. 멀리 떨어진 곳으로 가서, 그곳에서 다시 왕국을 세우면 된다. 자신에게는 그만한 힘이 있다—— 있을 것이다.

'다음에는 똑같은 잘못은 저지르지 않겠어.'

손주, 증손주—— 자식 때만이 아니라 그 이후에도 피가 각성한다는 증거는 얻었다. 그렇다면 다음에는 더 현명하게 행동하면 된다.

'그래. 이건 실패도 패배도 아니야. 좋은 경험을 얻었을 뿐이지. 나는 얻은 경험을 헛되이 하지 않아. 그런 바보 같은 남자가 아니야. 실패를 되풀이하는 자야말로 진짜 어리석은 자니까!'

그렇다.

우선은 자신의 아이들에게 다크엘프와 자식을 만들라고 시키자. 아니면 자신이 다크엘프와 자식을 만들면 될까?

'아무튼 시간이 없어. 최단거리로 여기서 도망칠까? 아니면…… 식량 정도는 가져갈까?'

달리면서 생각했다.

데켐의 전이는 자신과 이어진 정령의 곁으로 이동하는 것이며, 베히모스가 쓰러진 이상 그곳으로 이동할 수는 없다. 그러므로 자신의 다리를 써서 이곳으로부터 벗어날 수밖에 없었다. 그렇다고는 하지만 마법으로 비행을 할 수도 있으니, 정확히 말하자면 발만으로 이동하는 것은 아니지만.

그렇다. 데켐에게는 마법의 힘이 있다.

까놓고 말해, 아무 것도 가지고 나가지 않더라도 지금 착용한 매직 아이템만 있으면 어떻게든 될 것이다. 그리고 일단 문명권에 도착하면 필요한 것은 빼앗아서 얻으면 된다. 데켐처럼 강하면 그것이 가능하다.

분명 조금 전에는 패배——분하지만 인정하자——했지만, 두 손주의 실력은 예외다. 데켐의 피를 이었기에 그렇게나 강한 것이며, 도망친 곳에 그만한 강자가 있을 가능성은 낮다. 하지만 그렇게 힘을 휘두르면 눈에 뜨일 수밖에 없다. 만약 데켐의 정보가 확산되면 손주들이 조종하는 그 언데드가 다시 쫓아올지도 모른다.

'그렇다 쳐도 그 아이들의 목적은 뭐지? 그 층에 나타난 이유는 보물창고가 있어서였나? 보물만이 목적이라면 내 목숨에는 아무 관심도 없지 않을까……?'

이것은 섣부른 생각일 수도 있다. 손주가 말했던 ——언데드를 시켜서 말하게 했던—— 것이 사실이라고 믿기는 어렵다.

'내 목숨이야말로 목적……일지도 몰라.'

최악을 상정해야 할 것이다. 무엇보다도 자신의 목숨이 걸린 일이다.

'그렇다면 역시, 이곳에서 멀리 떨어질 때까지는 최대한 눈에 뜨이지 않게 행동해야겠어……. 마법을 쓰는 것도 가급적 피하자. 그러면 역시 식량이 필요해.'

드루이드의 마법 중에는 과일을 만들어내는 마법이 있다. 보물창고에는 이를 4시간마다 6번 발동할 수 있는 스태프가 있다. 다만 데켐 자신은 그 마법을 익히지 않았다. 그리고 숲속에서의 생활능력이 뛰어난가 하면 그렇지도 않다. 마수에게 습격당해도 격퇴할 자신이 있지만 숲속에서 식량을 조달할 ——죽인 짐승을 잘 요리할── 자신은 조금도 없었다.

'방에 과일과 술 같은 최소한의 식량이 있지. 그걸 가지고 될 수 있는 한 빨리, 마법을 쓰지 않고 이 숲을 빠져나가자. 그 다음에는 손주의 귀에 정보가 들어가지 않도록, 만난 놈들을 모두 죽이고 물자를 빼앗는 거야. 그렇게 해서 멀리 도망치면 돼. 맞아, 값나가는 물건도 가져가는 게 좋겠어. 보석이나 금은 같은 것이 도움이 된다고 그랬던가?'

데켐은 거친 숨을 내뱉으며 겨우 자신의 방 앞에 도착했다.

여자들이 몇 명 있을 테지만 데려가면 눈에 뜨이고 방해만 될 테니 남겨놓아야 한다.

그래도 한둘 정도는 데려가야 할까?

왕인 자신이 그런 짓을 해야만 한다는 것이 불쾌했지만, 짊어지고 가면 그렇게 방해는 되지 않을 것이다.

'──식사를 준비할 수 있는 여자라면 데려가도 되겠지. 게다가 이 숲을 나가면 언제 다시 엘프와 만날지도 알 수 없으니까. 그렇게 생각하면 아이를 만들기 위해서라도 데려가는 게 좋겠어.'

아픔 때문에 배어 나온 땀을 닦고 거칠어진 숨을 가다듬었다. 여자들 앞에서 왕답지 못한 모습을 보이는 것은 피하고 싶었다.

지금 당장에라도 뒤에서 언데드가 나타나지는 않을지, 왔던 방향을 신경 쓰면서 데켐은 자신의 방문을 열었다.

"어서 와."

가벼운 어조의 여자 목소리가 들렸다.

데켐은 분노를 느꼈다.

이제까지 자신에게 아첨하던 여자들 중 누군가가 이런 태도를 보인 것이다. 마치 자신이 손주들에게 패배했음을 놀리는 것만 같았다. 하지만 그 분노는 방 안을 본 순간 순식간에 사그라졌다.

붉은 방이었다.

자신의 방이 붉게 칠해져 있었다.

피다.

진하다는 말을 아득히 넘어설 정도로 농밀한 피비린내. 방 밖에서 이것을 알아차리지 못했던 것은 자신의 상처에서 피어나는 피 냄새로 코가 마비되었기 때문이었으리라.

방 안에는 여자들의 잔해가 널브러져 있었으며 그 한가운데의 의자에 ──일부러 그곳에 가져다 놓았는지── 한 여자가 앉아 있었다.

처음 보는 여자다. 멋들어진 전신갑주를 입고, 한 손에는 투구를, 반대쪽 손에는 기괴한 지팡이를 들었다. 지팡이 끝에는 피에 물든 칼날 세 개가 곡선을 그리며 튀어나와 있었다. 어떤 용도를 상정하고 그런 형상으로 만들었는지 전혀 알 수 없는 무기였다.

여자는 엘프가 아닌 것 같았다. 하지만 용모에는 어딘가 모르게 엘프의 특징이 있었다. 그렇다면 역시 엘프일까? 그리고 무엇보다도 눈이──

"와~ 만나서 반가워, 아버지."

실실 웃는 여자.

결론은 나왔다.

"그랬군, 그랬어…… 네가 그 아이들의 어머니인가……."

그 여자의 표정이 딱 굳어지더니, 이내 느물느물 비웃기 시작했다.

"맞았~어. 그 아이……들의 어머니랍니다~. 그 상처를 보니…… 걔들한테 졌나 보네~. 그렇게나 강했어? 어떤 힘에 졌어? 가르쳐줘, 아버지."

입을 열려다 다물었다. 시간을 끌려는 수작에 놀아나줄 여유는 없었다.

즉시 발을 돌려 이 방에서 조금이라도 멀어지고자──.

"──누가 놔준대?"

"윽!"

발에 아픔이 느껴지고, 바닥에 나뒹굴었다.

눈을 돌려보니 그 여자의 기괴한 지팡이에 달린 칼날이 발에 걸려 있었다. 발을 걸었던 것이다. 그리고 방으로 다시 끌어들였다.

다리에 새로운 상처가 생겨나고 그곳에서 피가 흘러나왔다. 하지만 그 언데드에게 입었던 가슴의 상처나, 도망치다 입었던 발의 상처와 비교하면 별것 아니었다.

그러나── 이해할 수 없었다.

두 사람 사이에는 어느 정도 거리가 있었다. 그런데 이 여자는 금세 자신을 따라잡아 발을 공격했던 것이다. 마치 이 여자──자신의 아이──의 이동속도가 자신을 아득히 넘어서기라도 한 것 같지 않은가.

등을 강하게 짓눌렀다.

아무래도 여자의 발에 밟힌 모양이었다.

"크윽!"

데켐은 일어날 수 없었다.

자신의 힘을 능가하는 것일까. 아니면 특수한 힘에 의한 것인가.

"가슴의 부상은 날붙이에 당한 거야? 발의 상처는 뭐야? 흙의 정령을 쓴다고 들었는데 그놈은?"

잇달아 질문을 던진다. 상대에게서 느껴지는 것은 여유였다.

분명 데켐은 큰 부상을 입었다. 그리고 정령을 잃었다. 하지만 그렇다고 해서 약한 것은 아니다. 물리적인 전투능력은 건재하며, 주먹으로 치면 어지간한 생물은 즉사시키고도 남는다. 그런 데켐이 전력으로 도망치려 했는데도. 아무리 아픔 때문에 움직임이 둔해졌다고는 하지만 이 여자에게 따라잡힐 리가 없었다.

아무래도 인정하지 않을 수 없을 것 같았다.

야만적인 힘에서, 이 여자는 데켐을 웃돈다.

하지만 의문이 남았다.

이런 뛰어난 능력을 가진 자식이 태어났던 기억이 없었다. 고개를 움직여, 자신을 짓밟고 선 여자를 올려다보았다.

역시 이런 여자는 본 적이 없었다. 게다가 조금 전에도 느꼈지만, 엘프라고 하기에는 어딘가 얼굴이 이상하다.

"……뭐, 뭐가 목적이냐! 왜 나에게 이딴 짓을 하나!"

순수하게 진심에서 우러난 의문이었다. 여자가 하하하 비웃는 소리를 냈다.

"강자는 약자한테 뭘 해도 상관없잖아. 안 그래?"

"크……으윽."

그 말이 맞다.

데켐은 이제까지 그렇게 살아왔다.

"야생짐승 같은 논리지만…… 문명이 발달하지 않고 숲에 사는 야만인에게는 딱 어울리는 생각이지."

"여, 여기 있던 여자들이 그렇게 말했나?"

"…………후우."

여자가 몸속에 찬 열기를 크게 토해내는 듯한 한숨을 쉬었다.

그 순간 등에 얹힌 발에 점점 강한 힘이 실리기 시작했다.

"크, 커억……."

폐를 압박당해 숨을 쉴 수가 없었다.

"냉큼 아까 질문에나 대답해 줄래? ——혹시 질문도 잊어버렸어? 노망났어?"

"꺼억……."

여자가 발에 실은 힘은 데켐도 견딜 수 없을만한 것이 되고 있었다. 몸속에서 쩌적쩌적하는 소리가 들리고, 공기를 찾아 벌린 입은 토해내기만 할 뿐 빨아들일 수가 없었다.

쯧 하고 혀를 차는 소리와 함께 힘이 조금 약해졌다. 하지만 도망칠 수 있을 정도는 아니었다. 애초에 데켐은 신선한 공기를 들이마시는 것이 고작이었다.

"무슨 공격에 그런 부상을 입었어?"

'왜, 내가 이런 꼴을……. 손주를 만난 후로…… 최악…… 이야. 하지만 왜, 이 여자는 상처에 이렇게 집착하지? 자기 애

가 뭘 했는지 모르나? 네크로맨서로서 다양한 언데드를 사역하는…… 아니, 그게…… 아닌가?'

자신에게 필적——아니, 자신 이상의 힘을 가진 아이와 손주가 이 타이밍에 셋이나 출현했단 말인가. 아니, 어쩌면 또 다른 이유일지도 모른다.

'그렇구나! 내 손주—— 자식이라고 생각했지만, 혈족이라면 다른 가능성도 있어! 어쩌면 내 아버지의……! 설마! 이 녀석들은 내 이복형제였던 건가?!'

그거야말로 가장 가능성 높은 답이 아닐까.

그의 아버지는 엘프의 대영웅이자 최강의 경전사.

팔욕왕(八欲王)인지 하는, 경칭이라고는 여겨지지 않는—— 멸칭과도 같은 별명이 붙어버린 것도, 그가 누구보다도 강했기 때문이다. 약자들이 위업을 퇴색시키기 위해 그런 이름을 붙여 영광을 폄하했던 것이다.

데켐은 그런 위대한 피를—— 경전사로서의 소질을 물려받지 못했지만, 이 여자는 그것을 물려받은 것이 아닐까.

"응? 빨리 말해줬으면 좋겠는데? 말 안 하면 죽인다?"

"아아…… 아…… 커헉!"

말할게, 말할 테니까 힘을 빼줘, 그렇게 소리치고 싶었지만 목소리가 나오지 않았다. 몸속에서 뚝 하는 소리가 들렸다. 가슴에 날카로운 통증이 내달렸다. 내장을 짓이기는 듯한 격통에 온몸이 경직되면서 자기도 모르게 바닥에 손톱을 세웠다.

"……그 후로 어머니를 불쌍하다고 생각하는 마음은 요만큼도 안 남았을 거라고 생각했는데…… 이런 잔챙이한테 겁탈당해 나를 가졌다고 생각하니 쪼끔…… 응, 불쌍하네."

혼잣말처럼 중얼거리는가 싶더니, 여자는 발에 더욱 힘을 주었다. 뚝, 뚜둑 하고 잇달아 소리가 들리고, 조금 전과 같은 고통이 소리의 수만큼 내달렸다.

목 안쪽에서 피의 맛이 솟아나고, 이를 토하려 하지만 입가에서 새나오는 정도.

괴롭다.

괴롭고, 아프다.

왜 자신이 이런 꼴을 겪어야 한단 말인가.

나쁜 짓은 하나도 한 적이 없는데.

데켐은 전심전력을 다해 날뛰었다. 조금이라도 숨을 쉴 수 있으면 된다. 그래도 도망칠 수는 없었다. 압도적인 힘의 차이 앞에서는 무의미했다.

죽는다.

죽어버린다.

바로 조금 전과 같은 마음을 품었으나 그 이상이었다.

무섭다.

두렵다.

괴롭다.

괴롭——

왜, 내가——

"……진짜 열 받네. 이딴 잔챙이 때문에 내가……. 우리 어머니가……."

어둡——

어째서——

눈물이 솟아난다.

어째서 이런 끔찍한 짓을 하는 거지.

"진짜, 진짜!"

숨을 쉴 수가 없다.

죽고 싶지 않아——

누가——

살려——

——.

——느닷없이 의식이 돌아왔다. 하지만 고통이 사라진 것도, 호흡을 할 수 있게 된 것도 아니었다.

뭐지.

무슨 일이 일어났지.

"……몸이 부풀어? 나 원, 집요하기는!!"

——우두두두두둑.

뼈가 일제히 부러지는 소리.

아프——

무슨 일——

일어났——

다시 데켐은 세상이 어두워지는 것을 보았다.

*

"네 논리잖아? 자업자득이란 거야. 아아, 그렇다 쳐도 아쉽네. 사실은 좀 더 고통을 주면서 죽이고 싶었는데……."

혈연상의 아버지는 이제 꼼짝도 하지 않았다. 절사는 주위에 널브러진 엘프들의 시체로 시선을 돌렸다.

지금 생각해보면 이렇게까지 할 필요는 없었는지도 모른다. 어머니에 대한 증오의 전가가 없었다고 하면 거짓말일 것이다. 다만 그 이상으로, 절사가 좋아하는 나라가, 불쾌한—— 같은 세계에 살아가고 있다는 사실조차 구역질이 나는 남자와 같은 짓을 하는 것이 싫었다. 그럴 거면 차라리 죽여주겠다는 감상이 이 여성들을 피바다에 가라앉힌 이유였다.

살아있으면 언젠가 행복해질지도 모른다는 긍정적인 생각을 가진 자가 본다면 절사의 생각은 이해할 수 없을 것이다. 하지만 절사의 입장에서는 그런 생각을 가진 자가 더 이해가 되지 않았다.

절사는 문득 시선을 입구의 문으로 돌렸다.

열려 있던 문 너머에서 다크엘프——소녀——가 나타났다.

틀림없이 엘프 왕을 궁지에 몰아넣었던 '그 아이들' 중 하나일 것이다.

그녀의 눈에서 ——색은 다르지만—— 왕족의 증거를 보고, 절사는 아항, 하고 작은 숨을 내쉬었다.

만난 적도 없었던 절사를 어머니라고 착각했던 이유는, 이 소녀가 엘프 왕의 손주—— 절사의 조카라는 뜻이리라.

아주 약간이지만 '죽이고 싶지 않다'는 감정이 자신에게 있다는 데 놀라며, 절사는 가슴이 짓이겨져 죽은 엘프 왕의 몸을 소녀 쪽으로 힘껏 걷어찼다.

일반인, 아니, 일탈자조차 회피하기 어려운 속도로 날아온 시체를, 소녀는 휙 하고 가볍게 피했다.

시체는 그대로 문 너머에 있는 벽에 부딪쳐 커다란 소리와 함께 새빨간 꽃을 피웠다.

'회피할 수 있다는 건…… 육체능력이 상당히 높구나. 그 녀석의 상처는 날붙이 같은 것에 났던 것 같은데…….'

소녀──조카가 가진 것은 구타용 무기인 검은색 지팡이였다. 언뜻 봐도 그 남자의 상처는 다른 자가 냈음을 알 수 있었다. 실제로 '그 아이들'이라고 했으니 분명 최소 한 사람은 더 있을 것이다. 하지만 마법의 칼날을 만들어내거나 형태를 바꾸는 등의 매직 아이템도 존재한다.

그녀가 엘프 왕에게 상처를 입힌 본인일 가능성도 버릴 수 없다.

'아니면 또 다른 사람이 가슴의 상처를, 이 아이가 다리의 상처를? 지팡이로…… 마법?'

하지만 다크엘프 소녀는 어째서 엘프 왕에게 상처를 입혔을까.

아니, 엘프 왕이 증오를 살 이유 따위는 얼마든지 있을 법했다. 가장 그럴듯한 이유는 절사처럼 부모의 증오가 복제되었기 때문 아닐까. 왜냐하면 그렇게나 깊은 상처를 입힐 만큼 강한 동기──원한을 자발적으로 가지기에, 소녀는 너무나도 어려 보였기 때문이다.

자신의 힘을 잘 모른 채, 장난을 칠 생각으로 그만한 부상을 입혔으리라는 가능성도 생각할 수 없는 것은 아니지만, 상황이 이를 부정하고 있었다. 시체라고는 하지만 엘프 왕이 자신 쪽으로 날아왔어도 받아내려 하지 않고 태연히 피했으니까.

"어, 그, 저, 저기, 있죠. 누나는 누구인가요?"

쭈뼛쭈뼛하는―― 남자의 망상이 구현된 듯한 귀여운 소녀. 다시 말해 절사와는 무관한 세계에서 살고 있는 듯한 아이가 질문을 했다.

하지만 알맹이와 외견이 전혀 다르다는 것은 일목요연했다. 자신의 뒤에 널브러진 엘프 왕의 시체를 신경 쓰는 기색도, 이 방의 ――절사가 만들어낸―― 참극을 보고도 겁을 내는 분위기는 전혀 없었으므로.

'이쪽에서의 공격을 회피해놓고도 저런 태도를 보여? 으아. 쭈뼛거리는 건 의태일 가능성이 높겠는걸. 반대로 더 경계해야겠어. ……자, 그럼 어떻게 한다.'

상대의 질문에 어떻게 대답해야 할까. 가능하다면 전투를 최대한 삼가면서 기만정보를 주고, 그런 한편 시간을 들여 지긋이 상대의 정보를 캐내고 싶었다.

하지만 그것은 불가능하다.

엘프 왕의 말로 추측해 보건대 상대는 틀림없이 여럿. 엘프 왕에게 부상을 입힌 것이 이 소녀라고 한다면, 피 한 방울 묻지 않은 ――상처를 회복시켰다 해도 피얼룩은 남아 있을 텐데―― 이 소녀와 엘프 왕 사이에는 엄청난 차이가 있다는 뜻이 된다.

엘프 왕에게 부상을 입힌 것이 이 소녀가 아니라고 해도, 그렇게 한 자가 추적자로 선택한 것이 이 소녀이므로, 소녀도 동료도 보통이 아니라는 점에는 의심할 여지가 없다. 어느 정도의 능력을 가졌는지 전혀 알 수 없지만, 합류한다면 아무리 절사라 해도 지나치게 위험했다.

그렇다면 같은 편의 모습이 보이지 않는 지금이 바로 각개격파의 기회다. 정보를 얻는 것보다도, 선수를 쳐서 단시간 내에 이 소녀를 격파해야 하리라.

'적의 적이 아군이라는 건 희망적 관측일 뿐이지. 새로운 적이라고 생각하고 행동하는 편이 무난하겠어.'

잠시 생각하고, 상대가 조금이라도 경계심을 풀도록 미소를 지으면서, 절사는 겨우 소녀의 질문에 대답했다.

"──안녕. 난…… 마도국 사람인데, 너는? 혼자 왔니?"

소녀가 표정을 움찔했다. 자신감이 없는 듯한 표정 자체는 변함이 없었지만, 무언가를 잠시 생각하는 듯한 기색을 살짝 내비쳤던 것이다.

'무슨 반응인지 모르겠네. 실수했어. 좀 더 확실한 반응이 나올 만한 대답을 했어야 하는데……. 지금 이대로는 마도국을 모르는 건지, 마도국의 관계자인 건지, 아니면── 마도국의 적대자인 건지 모르겠잖아. 당장 공격에 나서지 않는 걸 보면 적대자일 가능성은 다소 낮아졌을지도 모르지만, 나와 마찬가지로 정보 입수를 우선시하는 것일 수도 있고……. 아아, 평의국이라고 했으면 그나마 다른 반응을 볼 수 있었을지도 모르겠네.'

그녀가 마도국이라는 이름을 꺼낸 것은, 마도왕이 다크엘프 소녀를 측근으로 삼고 있다는 정보가 있었기 때문이다.

이 정보는 마도국의 조직 내부에 스파이를 잠입시켜 얻은 것이 아니다.

카체 평야에서 왕국과의 전투가 벌어졌을 때, '점성천리(占星千里)'가 마도왕의 곁에 있던 다크엘프 소녀의 존재를 확인했던 것이다.

'점성천리'가 봤던 광경을 환술로 재현했을 때, 마도왕과 그의 군세에 대해서는 극명하게 묘사되었다. 물론 유일한 측근이었던 다크엘프도 투영되기는 했지만 용모는 전체적으로 뿌옇게 흐려져 얼굴까지는 알아보기 힘들었다.

이것은 어쩔 수 없는 일이다. '점성천리'는 전장 전체를 관찰할 필요가 있었으므로 단 한 사람을 기억하는 데에 노력을 할애할 수는 없었고, 그 후에 일어났던 일의 인상이 너무나도 강렬해 다른 많은 정보가 날아가버렸던 듯했다.

그 흐릿한 인상만으로 보았을 때, 눈앞의 소녀는 마도왕의 수행원과 분위기가 다른 것 같았다. 검은색 지팡이를 들었다는 공통점은 있지만 몸에 착용한 갑옷이 전혀 달랐다. 뭐, 환영의 퀄리티가 너무 낮아 무장으로밖에 인상을 확인할 수 없는 것도 있지만.

이 소녀가 마도왕의 수하라면, 과연 어떤 차림으로 이곳에 올까. 자신도 그렇지만 틀림없이 만전의 장비로 올 것이다. 이곳은 전장이다. 무슨 일이 일어날지 모르는 장소에 오는데 평상복으로 나타나는 자는 없다. 카이레나 '점성천리'의 방어구도 어울리고 안 어울리고를 도외시한 채 그저 성능으로만 결정되곤 했다.

하지만 그렇게 따지면 카체 평야도 전장이었다. 진정한 강자

중에 최고의 무장을 여러 개씩 가진 사람은 없다. 높은 경지에 오르기 위해서는 뛰어난 무구가 반드시 필요하며, 전투기술은 그 무구에 맞춰 단련하기 때문이다. 곤봉의 달인이 칠흑성전에 발탁되면서 강력한 도끼를 받는 바람에 몇 년씩 걸려 도끼 기술을 익혀야만 했다는 사례도 있다.

그런 논리로 말하자면, 마도국의 다크엘프 소녀와 눈앞의 소녀는 다른 사람이라는 뜻이 될 텐데, 그렇게 결론을 내리기에는 공통된 인자가 많은 것 같기도 했다.

그렇기에 반응을 살피려고 한번 떠봤던 것인데, 보기 좋게 헛스윙을 해버렸다.

차라리 이 낫이라면 제대로 휘둘렀을 텐데. 그렇게 속으로 푸념하며, 대낫의 그립을 쥔 손에 슬쩍 힘을 주었다.

게다가 다른 종족의 얼굴이다.

같은 인간종이라면 대충은 분간할 수 있지만, 그래도 완벽하지는 않다. 역시 같은 종족이 아니면 알아볼 수 없는 면, 비슷비슷하게 보이는 면이 있다.

"아, 어, 네, 네에. 혼자예요……."

"그렇구나. 그럼 다들 걱정하겠네."

'헹, 귀엽게 생겨서는…… 태연하게 거짓말을 하네. ……완벽하게 생긴 대로는 아니구나. 그렇다면 대화로 얻을 수 있는 정보는 거짓말일 확률이 매우 크겠군. 상대에게 협력자가 있다는 걸 알면서 이 이상 대화를 계속하는 건 의미가 없겠지. 우선은 힘으로 무릎 꿇리고 안전한 곳으로 옮기자. 그 다음에 마법적인 수단으로든 고통을 주는 육체적인 수단으로든, 진실을 끌

어내는 편이 좋겠지⋯⋯.'

소녀가 자신 없는 투로 지팡이를 쥐지 않은 손을 들더니 목에 건 목걸이를 만졌다.

아무 것도 아닌 듯한 동작. 불안해서 손이 무의식적으로 무언가를 찾아 움직여버린 것처럼 보이는 동작. 쭈뼛거리던 소녀답다고도 할 수 있겠지만, 외견과 알맹이의 괴리를 알게 된 절사에게는 의미 없는 행동으로 보이지 않았다.

"쯧!"

짧게 혀를 차는 소리가 공기 속으로 사라지는 것보다도 빠르게, 단숨에 소녀와의 거리를 좁혔다. 투구를 머리에 쓰면서 손에 든 무기──카론의 인도──를 바닥에 스칠 듯이 수평으로 쓸어 소녀의 발을 향해 휘둘렀다.

잘라버릴 수 있다면 잘라버린다.

일말의 자비도 없이 온 힘을 다한── 동료들 중에서 가장 강한 남자조차 회피하기 힘든 공격이었다.

그것은──

소녀가 바닥에 내리꽂은 지팡이에 튕겨나고 말았다.

쇠조차 쉽게 갈라버리는 무기가 튕겨져 나왔지만, 놀라지는 않았다. 그 정도는 충분히 가능할 거라고 예상했다. 그러나 절사의 온 힘을 다한 공격을 받으면서 그 지팡이를 든 손이 꼼짝도 하지 않았던 것은 예상 밖이었다. 다만──

'──역시 전사 계통이군.'

다크엘프 소녀가 취득한 클래스가 거의 확정되었다고도 할 수 있다.

'……아니, 잠깐만? 경장 전사? 설마……. 하지만 자식이 엘프 왕뿐이라고 확실하게 밝혀진 건 아니니…… 그래도 외견이…….'

다크엘프도 엘프도 수명은 같고, 외견의 성장도 같을 것이다.

"가, 갑자기——."

'다른 혈족일 가능성도, 있을 수…… 있나? 지나치게 깊이 생각했나?'

다크엘프 소녀가 무언가 중얼거린 듯했지만, 생각을 굴리면서도 절사의 손은 멈추지 않았다. 적대하기로 결심한 것이다. 대화는 시간을 끌 필요가 있거나, 이기고 있을 때 하면 된다.

후방으로 물러난 소녀를 따라 복도로 뛰어나갔다.

큰 호를 그리며, 충분한 회전력을 실은 대낫을 소녀의 손목을 향해 내리찍었다.

이만큼 큰 낫을 휘두르면 당연히 벽이나 바닥에 닿는다. 하지만 문제는 없다. 법국—— 아니, 인류의 구세주인 신 스루샤나가 가지고 있던 무기는 벽과 바닥 정도는 쉽게 갈랐다. 다소 걸리기는 했지만 대낫의 속도는 거의 둔해지지 않았다.

하지만 튕겨난다.

튕겨난다.

튕겨난다.

잇달아 베어낸 번개 같은 삼연격. 그것이 모두 소녀가 든 검은색 지팡이에 튕겨났다. 지팡이를 휘두르는 기술이 뛰어난 것은 아니었지만, 아무튼 순발력이 엄청났다. 그 번개 같은 속도는 분명 절사와 동등한 수준이었다.

'제법 하는데. 동격의 전사? 곤란해. 완전히 방어에 나서면 이쪽이 불리한데.'

이 짧은 공방만으로도 몇 가지를 알아냈다.

엘프 왕의 이야기로 추측했을 때 상대에게는 동료가 있다. 그 동료가 만약 이 소녀와 동격이라면, 절사가 할 수 있는 일은 전력으로 도망치는 것뿐이리라. 하지만 엘프 왕이 도망칠 수 있었다 해서 자신도 쉽게 도망칠 수 있으리라 생각하는 것은 어리석은 짓이다. 한 번 놓쳤기에 다음에는 무언가 책략을 준비했으리라 생각해야 한다. 상대가 바보가 아니라면.

다시 말해——

'——단기결전으로 밀어붙인다. 죽이는 건…… 이젠 어쩔 수 없지. 경우에 따라서는 시체를 가지고 돌아가 소생할지 어떨지 확인해보면 돼.'

절사는 소녀의 복부로 시선이 움직이려 하는 것을 꾹 참았다.

금속으로 만들어진 드레스 같은 갑옷을 입었음에도, 복근이 전혀 두드러지지 않은, 부드러워 보이면서 매끈매끈한 복부는 고스란히 드러나 있었다. 중요한 기관이 담긴 약점이라고 할 수 있는 장소를 당당히 드러낸 것이다. 그렇다고는 하지만 그곳을 노리면 치명상을 입힐 수 있겠다는 것은 얕은 생각이다.

갑옷의 방어력은 대개 그 안에 담긴 마력+사용된 금속+특수능력 등의 총합이다. 그러므로 저 얇은 배에도 금속의 마화(魔化) 강도에 비례한 방어효과가 존재할 것이다. 그래도 갑옷에 쓰인 소재에서 발생하는 수비력은 없다. 다시 말해 방어력이 낮은 장소임에는 틀림없다.

그러면 왜 저런 것을 착용하고 있을까.

일부러 허점을 드러내 상대의 공격을 유도하기 위해서이리라. 그곳에 모종의 함정이 준비되어 있을 가능성이 높다.

그렇게 생각하면서도 그곳을 공격해 일격필살을 노릴 수 있지 않을까 하는 기대도 품게 된다. 그렇기에 복부에는 시선을 돌리지 않았다.

"〈지모신의 힘Power of Gaia〉."

갑자기 소녀가 마법을 발동해 절사는 눈을 동그랗게 떴다.

'뭐?! 마법?! 전사직 아니었어?! 아니, 아니, 마법을 약간은 쓸 수 있는 전사직이 없는 것도 아니……지만……. 엥?'

절사도 일단은 신앙계 마법을 쓸 수 있지만 소녀가 사용한 마법은 들어본 적이 없는 것이었다. 이쪽에 영향을 미치지 않는 것을 보면 자기강화 계통이리라 추측할 수 있었다.

소녀가 전사직을 메인으로 습득하고 마법직을 어느 정도 건드렸다면 그렇게까지 경계할 필요는 없다. 문제는 마법직이 메인일 경우다.

마법은 다채로운 수단을 선택할 수 있다는 점에서 전사직의 대응 범위를 넘어선다. 잘못하면 무언가 엄청난 마법으로 단숨에 전황이 악화되는 경우도 없다고는 못한다.

'무언가 엄청난 마법'이라고 애매하게 표현한 이유는, 단순히 마법직에 관한 절사의 지식이 별로 없기 때문이었다. 그렇기에 일단은 경계가 필요했다. 자신도 같은 일을 할 수 있지만, 약간의 회복이 가능한 정도로도 전투지속능력이 어느 정도 달라진다.

최악의 사태를 상정해, 소녀가 전사직이 아닐 거라 가정한다면, 무슨 계통의 매직 캐스터일까.

확증은 전혀 없지만, 조금 전의 공방을 고려하면 소녀는 마력계는 아닐 것으로 보였다. 일반적인 마력계라면 접근전 능력이 더 떨어지기 때문이다. 그보다는 접근전 능력이 높은 클래스—— 드루이드, 혹은 신관 같은 신앙계가 가능성이 높지 않을까.

예외적인 마력계 매직 캐스터, 그 외의 계통, 정신 계통 등의 가능성도 있지만 절사는 유감스럽게도 그쪽에 관해서는 더 지식이 없었다. 그러므로 생각해봤자 소용이 없다. 방심하지 말자는 생각을 머리 한구석에 남겨두는 데에서 그쳤다.

게다가—— 다크엘프라는 것도 고려하면 역시 드루이드일 가능성이 높다.

나아가 엘프 왕의 관계자라면 더더욱.

다만 드루이드일 경우, 절사는 유감스럽게도 그것을 어떻게 할만한 능력이 없었다. 따라서 그 대신—— 인퀴지터를 마스터했을 때 습득하는 두 가지 특수능력 중 하나를 발동했다. 이것은 소녀가 절사도 모르는 마법을 사용하는 신관직일 가능성을 고려해서였다.

"이단판결(異端判決)."

그녀와 같은 신을 신앙하지 않는 신관이 절사의 주위에서 마법을 발동시킬 때 소비하는 마력을 약간 상승시키는 능력이다. 당장 뚜렷한 효과가 있는 것은 아니지만 장기전이나 강대한 마법을 사용할 때는 서서히 큰 부담이 되어갈 것이다.

장기전은 그다지 염두에 두지 않았지만, 상대가 고위계 마법을 연발하는 전법을 선택할 경우를 상정한 판단이다. 상대의 능력을 파악하지 못한 단계에서 상대의 수를 지나치게 첨예하게 읽으면 한 수를 날려버리는 결과가 될 수도 있지만, 이런 능력은 늦게 사용하면 의미가 퇴색된다.

"〈정령형태: '대지Earth'〉."

또 다시 처음 듣는 마법을 사용한 소녀의 피부색이 갈색으로 변했다.

색을 바꾸기만 하는 마법은 아닐 것이다. 혹시 진정한 모습을 보인 것인가 ──원래 다크엘프가 아닌 다른 종족이었다는── 싶기도 했지만, 그런 생각을 해봤자 소용은 없을 것이다.

목숨이 걸린 전투에서 답이 나오지 않는 의문은, 경계는 하되 얽매여서는 안 된다.

마법도 그렇다.

어떤 효과가 있는지 모르는 이상 그쪽에 사고를 할애하는 것은 최소한도로 해두어야 한다. 절사도 조금 전과는 다른 능력을 발동시켰다.

"이단단죄(異端斷罪)."

인퀴지터를 마스터했을 때 습득하는 두 종류의 특수능력 중 나머지 하나였다. 이것도 비슷한 효과를 가졌지만, 조금 전의 것과는 달리 마법의 발동 실패 확률을 높여주는 것이다. 물론 마법의 발동에 실패할 경우 마력은 그대로 소비되고 만다.

이렇게 두 가지를 모두 사용해버렸으므로 특수기술의 효과 시간이 다 될 때까지는 인퀴지터의 능력은 쓰지 못하지만, 어쩔 수 없다. 인퀴지터를 마스터하면서 얻을 수 있었던 육체의 강인함이나 마법에 관한 힘까지도 사라진 것은 아니므로 허용 범위일 것이다.

절사는 조기에 결판을 내겠다고 결심했지만, 이와는 달리 약간 멀리 돌아간다고 해야 할만한 전개가 되었다. 지금의 절사에게는 바람직하지 못한 전황인 셈이다. 절사가 생각하기에 승리의 방정식은 대충 분류해 두 가지밖에 없었다. 상대가 아무 것도 못하게 만든 채 이쪽의 작전대로 계속 밀어붙여 짓밟아 없애느냐, 상대가 두는 수를 보며 상대의 작전을 계속 차단해 조금씩 갈아 없애느냐.

하지만 단숨에 해치우는 방식을 선택한 절사를, 그녀의 공격을 모두 받아낸 소녀는 서로의 카드를 한 장 한 장 내놓는 듯한 전법으로 끌어들였다. 그 점에서 말하자면 상황을 컨트롤하고 있는 것은 가증스럽게도 소녀 쪽이었다. 이렇게 된 이상 어느 정도는 상대의 각본에 어울려 주고 그 속에서 시나리오를 뒤틀어버릴 수밖에 없었다.

"저, 저기요, 그럼, 미안해요."

마법은 겨우 두 가지로 충분했는지, 아니면 그것밖에 쓸 수 없었는지는 모르겠지만 소녀가 사과하는 말을 하며 검은색 지팡이를 쳐들더니, 모골이 송연해지는 속도로 아무렇게나 내리쳤다.

소름이 끼쳤다.

공격속도가 이상하게 빨라서가 아니었다.

사과에 마음이 담겨 있지 않았다. 목소리에도 표정에도 죄책감이 없었다. 그저 사과한다는 행위를 명령받은 듯한—— 모종의 인형 같은——

'——생각하지 마라!'

중요한 것은 그 점이 아니다. 지금 내리꽂히고 있는 공격이다.

전사로서 판단한다면 이 공격은 불합격이다. 페인트 따위 존재하지 않는, 너무나도 단조로운 공격.

가공할 속도지만, 피하는 것도 받아내는 것도 쉽다.

절사는 받아낼 것을 선택했다. 적의 회피나 방어는 봤으므로 이번에는 상대의 완력을 시험한다는 의미가 있었다.

절사는 들고 있던 대낫으로, 예상한 것과 같이 공격을 쉽게 받아냈으며——.

'——무거워!!'

여유를 가지고 받아냈을 텐데도 두 팔꿈치와 두 무릎이 살짝 구부러졌다. 팔이 밀려나 지팡이가 이마까지 다가왔다.

이를 악물며 "으음!!" 하는 소리와 함께 기합을 넣고 온 힘을 다해 밀어냈다. 튕겨져 나가면서도 소녀는 균형을 잃지 않았다. 다만 무기가 위로 튀어 올라갔다.

기회다.

텅 비어버린 몸통에 시선을 두지 않고자 애쓰면서 절사는 이번엔 무투기를 사용했다.

〈질풍초주파(疾風超走破)〉, 〈강완강격(剛腕剛擊)〉, 〈초관통(超貫通)〉, 〈능력초향상(能力超向上)〉, 〈가능성초지각(可能性超知覺)〉.

조금 전까지 무투기를 썼던 공격을 하지 않았던 것은 이 순간을 위해.

 이동속도와 준민성을 올리고, 모든 대미지를 향상시키고, 찌르기에 의한 대미지를 높이고, 육체를 강화하고, 제육감을 날카롭게 가다듬는다.

 노릴 곳은 한 점.

 무방비해 보이는 복부다.

 함정일지도 모르지만, 그것을 물어뜯을 자신감도 있었다. 그리고 무엇보다 전투의 균형을 단숨에 자신 쪽으로 기울일만한 치명상을 입힐 수도 있다는 매력을 거부할 수 없었다. 절사에게는 단기결전을 해야만 할 이유가 있었으므로.

 번개와도 같이 파고들며 간격을 유린하고, 바람 가르는 소리조차 따라오지 못할만한 속도의 곧지르기를 소녀의 부드러워 보이는 복부로 꽂았다.

 단숨에 상승한 능력에 의해 느닷없이 가속한 절사의 움직임에 허를 찔린 소녀는 미처 방어하지 못했다.

 상정 이상의 저항——피부라고는 여겨지지 않을 정도로 단단한——을 뚫고, 대낫이 푹 박혔다.

 '좋았어!'

 얼굴에 웃음이 떠오르는 것을 막을 수가 없었다.

 절사는 익스큐셔너라는 클래스를 습득했다. 이에 따라 크리티컬 히트를 입혔을 때의 대미지는 커지고 경우에 따라서는 일격사도 가능하다. 다만, 원래는 참격무기로 일정 이상의 상처를 입혔을 때 한층 깊은 부상으로 바꾸는 능력도 있는데, 이번에는 날개처럼 좌우로 벌어진 초승달 칼날이 아닌, 자루의 연장선상

처럼 길게 뻗은 찌르기용 칼날로 찔렀던 것이었으므로 그 능력
은 발동하지 않았다. 그래도 이 일격은 소녀에게 상당한 피해를
주었을 것이다.

하지만 절사가 띠었던 환희의 표정은 금세 험악하게 바뀌었
다.

무기를 통해 절사의 손에 전해진 감촉이 이상했다.

특히 내장을 베어내는 투둑투둑하는 느낌이 없었다.

그 이유를 이해하기도 전에 시야 끄트머리—— 위쪽에서 검
은 그림자가 발생했다.

"——〈즉응반사(卽應反射)〉!"

하지만, 늦었다. 이미.

아주 약간이라고는 하지만 전해지는 감촉에 정신이 팔려버린
것이 큰 실수였다.

빠악! 하는 소리가 울려 퍼졌다.

강하게 휘두른 지팡이에 머리를 얻어맞았다.

즉시 〈통각둔화(痛覺鈍化)〉를 사용하고 〈질풍초주파〉로 크게
뛰어 물러났다. 동시에, 찔렀던 대낫을 억지로 뽑으면서 소녀에
게 더 큰 대미지를 입혔다.

강타당하며 피부가 찢어졌는지 피가 안면까지 줄줄 흘러내렸
다. 아픔을 무투기로 억제했는데도 표정을 약간만 바꾸어도 찌
르는 듯한 격통이 느껴지며 시야가 어질어질 흔들렸다.

절사는 풍신(風神)이라 알려진 신의 갑옷을 장착하고 있었다.
그럼에도 다리가 떨릴 정도의 대미지를 입었다. 이만한 부상은
오랫동안 입은 기억이 없었다.

"——〈중상치료Heavy Recover〉."

절사는 한 걸음에는 도달하지 못할 거리를 유지한 채 자신이 쓸 수 있는 최고위 치유마법을 사용했다. 완치와는 거리가 멀지만 당장의 응급처치는 될 것이다. 마법을 쓰면서도 추가공격을 경계해 빈틈없이 소녀를 노려보았다.

그리고 절사는 눈을 크게 떴다.

소녀의 복부에서는 내장이 쏟아져 나오기는커녕 피도 흐르지 않았던 것이다. 그래도 아주 멀쩡하지는 않다는 증거로, 고운 얼굴은 아픔에 일그러졌으며, 흙색을 띤 피부에는 큰 열상이 있었다.

"아야야야."

소녀는 어디선가 스크롤을 꺼내 마법을 발동시켰다.

"〈대치유Heal〉."

자신이 쓴 것보다도 상위의 치유마법이다.

'——제6위계! 어떻게 그런 스크롤이! 큰일이다! 저거라면 아까의 대미지는 거의 회복됐을지도 몰라. 저 아이의 체력이 어느 정도인진 모르겠지만, 남은 대미지는 내가 더 크다고 봐야 해! 게다가 저 배의 감촉. 이상할 정도로 단단한 데다, 역시 함정이었어!'

아마도 복부에 대한 크리티컬 히트를 무효화하는 마화가 이루어져 있는 것 아닐까. 다만 그래도 소녀는 복부를 뚫린 아픔을 맛본 듯했다. 상대의 공격을 유인한다는 노림수는 보기 좋게 성공했지만, 그러면서 배를 꿰뚫린 격통은 따라오는 모양이었다.

어떤 고약한 놈이 만든 갑옷이냐고 절사는 혀를 찼다. 공격대상이 될 걸 알고 있다면 고통에 대한 내성도 부여해주면 좋지 않은가. 저래서는 저주의 방어구다.

절사는 짜증이 나 머리를 쥐어뜯고 싶어지는 것을 꾹 참았다. 이 이상 고통을 늘릴 짓은 하고 싶지 않아서이기도 했지만, 무엇보다 그런 짓을 할 여유가 없기 때문이었다.

제6위계 정도의 마법을 쓰게 했다고 기뻐할 수는 없었다. 저것이 마지막 스크롤이라는 보장이 없다. 아직도 몇 개나 더 있을지 모른다. 그렇다면 평범하게 싸웠다간 절사에게 승산이 없다. 다만 소녀가 아무리 많은 〈대치유〉 스크롤을 가졌더라도 죽일 수 있는 히든카드가 있기는 했다.

그러나 아직 그것을 쓸 수는 없다. 그 전에 몇 가지 시험해봐야 하리라.

우선 〈대치유〉를 찰과상 정도에 쓸 리가 없다. 많은 대미지를 입힌 것은 사실이므로 앞으로는 〈대치유〉를 쓸 틈을 주지 않을 정도로 몰아붙여야 한다.

공세의 방식을 결정한 절사는 대낫을 들었다. 그리고 무투기를 써서 능력을 향상시킨 채 단숨에 간격을 좁혔다.

다음으로 노릴 곳은 손목.

'아니?!'

소녀는 피하려는 기색이 없었다.

조금 전에는 절사 자신의 운동능력 향상에 따라오지 못하는 분위기였지만, 이번에는 달랐다. 방어하겠다는 기척 자체가 전무했다. 한순간 절사의 뇌리에 조금 전의 광경이 떠올랐다. 하지만 이제 와서 공격하지 않을 수는 없었다.

살상범위 내에 들어오기 직전에 몸을 팽이처럼 회전시키며, 회전력을 최대로 실은 대낫을 소녀의 앞팔 부분에 꽂았다.

칼날이 그녀의 살을 가르고, 피가 튀고, 소녀의 손이 갑옷째 복도 바닥에 떨어지고—— 그런 일은 일어나지 않았다. 이제까지 몇 번이나 갑옷과 함께 쉽게 절단했던 일격을 받고도 소녀의 손목은 건재했다.

——단단하다.

복부와는 전혀 달랐다.

갑옷에 덮여 있으니 당연하겠지만, 그렇다 쳐도 단단했다. 무구 자체가 육대신의 것에 필적하는 것이어서인지, 아니면 모종의 방어 계통 무투기를 사용하고 있어서인지.

무엇보다도 무시무시한 점은 절사가 휘두른 혼신의 일격을 팔 하나로 받아냈다는 것이다. 자세조차 흐트러지지 않았다.

다만 절사가 생각을 할 시간은 없었다.

자신의 오른팔이 표적이 됐음을 알아차린 소녀가 왼손만으로 검은색 지팡이를 들어, 이미 그것을 내리치려 하고 있었기 때문이다.

절사는 조금 전의 아픔을 떠올리고 〈즉응반사〉와 〈회피〉를 사용해 필사적으로 몸을 틀었다.

대낫을 되돌려 그것으로 받아낼 시간도 여유도 없었다.

하지만 도저히 피할 수가 없었다.

설령 〈즉응반사〉로 자세를 바로잡아도, 공격과 같은 타이밍에는 무투기를 사용해봤자 회피하기가 어려웠다.

그 일격은 절사의 어깨에 꽂혔다. 조금 전과는 달리 약간의 여유가 있었으므로 동시에 무투기를 사용했다.

〈방어초강화(防禦超强化)〉.

방어력을 상승시키는 무투기다. 〈외피강화(外皮强化)〉 쪽이 대미지 경감률은 높지만 하프엘프인 절사에게는 외피가 없다.

무투기를 사용하고도 그 일격은 절사의 몸속 깊은 곳까지 뚫고 들어오는 듯한 고통을 주었다. 〈방어초강화〉를 사용한들 정신적인 위안밖에는 되지 않았다. 조금 전에 비하면 조금 나아졌다는 정도였다.

신음소리를 간신히 억눌렀다. 상대에게 정보를 줄 필요 따위 없기 때문이다. 다만——

'위험해…….'

이제는 확실하다고 해도 좋지 않을까. 이거야말로 소녀의 노림수였던 것이다.

생각해보면 조금 전부터 그랬다.

이쪽의 공격에 맞춰 공격을 가한다. 그야말로 소녀의 전법은 '살을 내주고 뼈를 가른다' 였다.

그냥 싸우면 절사를 맞힐 수가 없어서 그럴 가능성도 있지만, 아마도 그렇지 않을 것이다. 소녀는 일부러 그런 전법을 선택한 것이다.

'방어에 자신이 있는…… 세드란 같은, 탱커인지 하는 녀석인가……? ……그래서 복부가 텅 비어 있나? 입은 대미지는 〈대치유〉로 회복하는 것 같고.'

소녀는 공격력은 조금 부족하지만 방어력에 특화된—— 마법도 사용할 수 있는 탱커이며 절사에게 필적할만한 강자라고 추측한다면 앞뒤가 맞는 것 같았다. 그렇게 판단하기에는 저 구타 공격이 너무나도 강력했지만.

혹은 저 지팡이가 강대한 힘을 가진 매직 아이템일가? 육대신의 무구조차 절단하지 못할만한 강도니까 그럴 가능성이 매우 높다.

절사는 이 소녀가 마도왕의 옆에 있던 소녀와 동일인물이 아닐까 하는 의심을 점점 깊이 다졌다. 강대한 마법을 구사하고 가공할 군대를 통솔하는 마도왕이라면, 무시무시한 무구를 소장하고 이를 하사했다고 얼마든지 생각할 수 있다.

조금 거리를 두고, 절사는 대낫을 들며 소녀의 움직임을 빈틈 없이 관찰했다.

묵직하게 자세를 잡은 소녀와는 달리 뛰어들고 물러나기를 반복하는 자신.

이래서는 고수와 하수의 싸움이었다.

'정말로 위험하게 됐어.'

현재 누가 우세한가 하면, 소녀 쪽이다.

절사의 공격을 자신의 몸으로 받아내고, 대신 절사가 피할 수 없는 일격을 날린다. 소녀가 자신의 체력, 방어력, 공격력, 마법에 의한 회복 중 어디에 자신있는지는 모른다. 그래도 최소한 소녀가 얻어맞고 때리고 회복하는 단순한 덧셈뺄셈을 선택했다는 점은, 그것으로 이길 수 있으리라 판단했다는 뜻이다. 이쪽이 카드를 펼치도록 일부러 부조리한 전법을 택했을 수도 있지만.

소녀가 육박해서 공격을 가할 기미가 없다는 점에서 생각해보면, 동료가 도착할 때까지 시간을 끄는 것인지도 모른다. 소녀의 동료가 얼마나 강한지는 모르지만, 가세하면 전황은 단숨에 소녀 쪽으로 기울어질 것이다. 그렇기에 착실하게 대미지를 쌓아가는 소모전을 의도했을 가능성도 충분히 있다.

절사가 취할 수 있는 수단은 별로 없었다. 가장 이상적인 것은 상대의 전략에 편승하면서 우위에 서는 것. 다시 말해 이쪽의 공격은 맞히고 상대의 공격은 막아내는 것이겠지만, 그렇게 쉽게 되는 것이 아니다.

소녀의 갑옷은 자신이 눈을 크게 뜰 정도로 튼튼해서, 유효타를 입히려면 깊이 파고들어야만 한다. 그리고 공격에 집중하면서 생겨난 허점을, 소녀는 확실하게 찌른다. 그럼 어떻게 할까.

'뭐가 이렇게 어려워……. 역시 그걸 써야 하나?'

절사는 아주 잠깐 자신의 손을—— 꽉 쥐고 있던 대낫을 보았다.

과거의 신 스루샤나가 사용했다고 전해지는 대낫 '카론의 인도'는 법국에서는 발견되지 않는 희귀한 금속으로 만들어진 것이며, 높은 내구도와 살상능력은 그야말로 신이 사용하던 것이었다.

그리고 8시간에 두 번의 〈죽음〉을 사용할 수 있다.

나아가 공격에 네거티브 속성 부가 대미지를 입히는 〈사자의 ~~불꽃~~Undead Flame〉.

지성이 없는 언데드로부터 몸을 지키는 〈불사자 기피Undeath Avoidance〉.

언데드를 만들어내는 〈불사자 창조Create Undead〉.

병을 앓게 만드는 〈질병Disease〉.

퇴치 저항이 없는 언데드를 일격에 소멸시킬 기회를 가지는 〈불사에게 잠을Sleep to the Undeath〉.

여러 가지 시선 효과 중에서 선택한 능력을 얻는 〈사악한 시선Evileye〉.

시선 공격을 막으면서 공포 효과 등을 강화하는 〈죽음의 얼굴Death Mask〉.

두 가지 사용법이 있는 〈영광의 손Hand of Glory〉.

이 중에서 선택해 합계 4시간마다 5번을 발동시킬 수 있다.

그 외에는 특별제 언데드 '스파르티아트'——제5위계로 소환할 수 있는 중장해골전사Heavy Skeleton Warrior와 능력은 같으며 무장의 성능은 높지만, 특수기술 등의 버프가 실리지 않은 만큼 약하다——를 24시간에 합계 30마리, 최대 동시 발현 수 5마리를 사역하는 힘을 가진, 매우 뛰어난 매직 아이템이다.

덮어놓았던 카드를 뒤집기에는 이른 것 같기도 했다.

현재의 단조로운 전법으로도 아직 할 수 있는 일은 있고, 상대의 패가 보이지 않는 단계에서 패를 드러내면 정신적으로도 열세에 몰리게 된다.

"저, 저기, 안 덤비세요?"

소녀의 쭈뼛거리는 물음에 절사는 쯧 하고 혀를 크게 차 대꾸했다.

'공격당하기를 바라냐?! 이 꼬맹이가! 그럼 이건 어때!'

절사는 뒤로 뛰어 물러난 것과 동시에 무투기를 사용했다.

〈쌍공참(雙空斬)〉, 〈강완강격〉, 〈유수가속(流水加速)〉으로 휘두른 대낮의 궤도 위에 두 개의 칼날이 발생해 날아갔다.

소녀가 앞으로 움직였다.

그렇다, 앞으로.

〈공참〉처럼 참격을 날리는 타입의 무투기는 직접 베는 것보다 위력이 줄어든다. 그렇다고는 해도 몸에 칼날이 꽂히면서도 개의치 않고 일직선으로 전진하다니 제정신이 아니다.

'아니지, 나도 저 아이 상대로 같은 짓을 했으니까. 이건 정말 정신적으로 타격이 와.'

소녀는 오라의 칼날이 직격했을 때 약간 아파하는 기색을 ——그것도 연기 같았지만—— 보였을 뿐. 사정거리에 들어오자마자 검은색 지팡이는 너무나 뻔한 모션으로 바람 가르는 소리를 내며 날아들었다.

아슬아슬하게 회피에 성공했다.

소녀의 공격은 여전히 합격선에는 미치지 못했다. 그러나 확실하게 최적화되고 있었다. 처음에는 어떻게든 대처할 수 있을 것 같은 공격이었지만, 지금은 충분히 대비해도 아주 약간만 반응이 늦어지면 맞을 것 같았다.

'웃어라 웃어! 완전히 간파당한 줄 알게 만들어!'

절사는 입가에 희미한 웃음을 머금으며 들으란 듯이 웃음소리를 냈다.

잘 웃었을까? 딱딱한 웃음을 지었다면—— 또 공격당한다.

'〈초회피〉에 쓸 만큼의 여력은 반드시 남겨놔야 해.'

후방으로 물러나면서 거리를 벌리려 하지만 소녀도 이에 맞춰 거리를 좁혔다.

차이가 벌어지지 않았다.

"스파르티아트!"

소녀와의 사이에 다섯 마리의 언데드가 벽처럼 앞을 가로막고
섰다.

소녀가 지팡이를 한 차례 휘둘러 우선 한 마리를 소멸시켰다.

다섯 마리의 스파르티아트 정도는 소녀의 공격 다섯 번을 막
아내는 정도밖에 되지 않을 것이다. 그러나 그것으로 충분했다.

절사는 벽을 박차고 도약해, 천장을 스칠 듯이 지나 소녀의 뒤
로 돌아 들어가려 했다.

그러나 소녀는 몸을 한순간 숙이는가 싶더니, 바닥이 터져나
갈 정도의 기세로 후방을 향해 뛰어 물러났다. 협공당하는 것을
피하기 위해서일 것이다. 스파르티아트 따위 상대도 안 되지만
그래도 방해를 당해서는 신경이 분산된다는 뜻일까.

실제로 스파르티아트의 공격에 대미지를 입은 기색은 없었
다.

무시무시한 속도로 물러난 소녀는 착지와 동시에 손에 든 지
팡이를 바닥에 내리찍어 드득드득 깎으며 급제동을 걸었다. 말
도 안 되는 움직임이다. 어마어마한 순발력을 자릿수가 다른 완
력에 맡겨 억지로 제어한 것이다.

'이상한…… 움직임. 전력을 다하는 데 익숙하지 않은가?
……싸움을 별로 안 해봤나?'

꿍꿍 소리를 내는 소녀를 앞에 두고 바닥에 착지한 절사의 좌
우에 스파르티아트가 도열했다.

절사는 스파르티아트에게 '가라.'라고 사념으로 명령을 내렸

다. 명령에 따라, 공포를 느끼지 않는 언데드들이 소녀에게 일제히 달려들었다. 한 타이밍 늦게 절사도 파고들었다.

소녀가 다시 스크롤을 꺼냈다.

"〈화염폭풍Fire Storm〉."

화염의 강풍이 모든 것을 에워쌌다. 미친 듯이 날뛰는 작열이 절사의 몸을 태웠지만 그것은 환영이었던 것처럼 순식간에 사라졌다. 다만 그것이 현실로 일어났던 일임은 시큰거리는 듯한 화상의 아픔이 증명해주었다. 그나마 다행인 점은 스크롤로 마법을 기동해서인지 그렇게까지 큰 대미지를 입지는 않았다는 것이다.

스파르티아트 또한 아직은 움직였다. 그러나 간신히 치명상을 면한 정도였다. 다시 한번 마법을 받으면 이번에는 모두 쓰러질 것이다.

절사는 자신의 몸을 축으로 삼아 재빨리 대낫을 회전시키더니 물미를 수평으로 휘둘렀다. 갑옷 부분에 맞은 탓에 확실히는 알 수 없었지만 타격 속성이 특별히 큰 대미지가 되는 기색은 없었다. 이에 맞춰 스파르티아트들도 손에 든 창을 내질렀지만 강풍을 일으키며 휘둘러진 지팡이 공격 한 차례에 모두 튕겨나갔다. 역시 절사의 공격 말고는 통하지 않았다.

하지만 그 틈을 노리고, 절사는 다시 춤을 추듯 회전하며 거미가 땅을 기는 듯한 자세에서 소녀의 발목을 노리고 초저공 참격을 가했다.

이때 옆에 있던 스파르티아트 한 마리를 절단하는 바람에 언데드는 그대로 소멸해버렸다. 그렇지만 소환한 몬스터의 취급은 원래 이런 것이다.

소녀의 아킬레스건을 잘라내려는 듯 대낫이 갑옷을 가르고
──── 불꽃이 튀었다.

역시 이곳도 단단하다.

〈강완강격〉과 〈초참격(超斬擊)〉, 클래스의 효과 등이 작용해
도 크게 베었다는 느낌은 없었다.

그러나 발목을 노린 목적은 그것만이 아니었다.

재빨리 두 다리의 스탠스를 앞뒤로 벌리며 어금니를 꽉 악물
고는, 대낫을 소녀의 발목에 건 채로 힘껏 잡아당겼다. 균형을
무너뜨려 넘어뜨리는 것이 목적이었다. 하지만──

"──무거워!"

꼼짝도 하지 않았다.

그야말로 거목이었다.

이럴 리가 없다.

그러나 사실이다.

상대의 파워를 고려해 온 힘을 담았는데, 반대로 자신이 휘청
거리며 고꾸라질 뻔했다. 팔에 전해지는 무게와 소녀의 청초한
외견이 너무나도 어울리지 않았다.

무언가의 특수능력이나 매직 아이템에 의한 것인지도 모르지
만, 절사는 하늘을 향해 우뚝 솟은 거대한 나무를 상대하는 것
같은 감각을 맛보았다. 손에 전해지는 반응으로 보았을 때 아무
리 힘을 주어도 쓰러뜨릴 수 없을 것 같았다.

문득 오싹 오한이 들었다.

자세가 허물어진 절사를 보고 기회라 생각했는지, 소녀가 지

팡이 끝을 쥐고 오른팔을 힘껏 뻗어, 전진을 가로막으려 하는 스파르티아트 사이를 가르고 절사에게 내리치려 하고 있었던 것이다.

사정거리와 회전력을 최대치로 설정한, 등골이 얼어붙을 듯한 일격.

피하기에는 자세가 너무 나빴다. 스파르티아트를 사이에 끼어들게 한들 털끝만큼도 기세를 줄일 수 없을 것이다.

그러나 절사는 머릿속으로 스파르티아트에게 명령을 내렸다.

한순간의 간격도 두지 않고, 옆에 있던 스파르티아트가 몸을 부딪쳐 절사를 튕겨냈다. 소녀의 지팡이가 검은색 유성처럼 꽂히고, 절사를 감쌌던 스파르티아트가 대신 박살이 났다.

절사는 바닥을 구르며 능숙하게 대낫을 휘둘러 소녀의 발목에서 칼날을 빼냈다. 그리고 그대로 기세를 살려 재빨리 일어나, 대낫을 정면에 내밀어 견제하는 자세를 취했다.

하지만 소녀는 절사를 따라오지 않았다. 그 조그만 몸을 격렬히 번뜩이자 검은색 폭풍이 휘몰아치고, 남은 스파르티아트는 산산조각이 나 소멸했다.

쏟아지는 뼈의 잔재가 허공으로 사라질 동안, 아무 감정도 드러내지 않는 눈빛의 소녀는 검은색 지팡이를 조용히 고쳐 잡았다. 그리고 생각이 났다는 듯 쭈뼛거렸다.

'또 스파르티아트를 소환할까? ……하지만 그 전에 한 가지 확인해야 할 게 있어.'

절사는 갑자기 대낫을 머리 위에서 회전시키기 시작했다. 붕붕 바람 가르는 소리가 정적을 찢고 울려 퍼졌다. 소녀는 어떻게 하려는지 지켜보려는 듯 철저한 대기 태세.

미미하게, 조금씩, 절사의 발끝이 소녀에게 다가갔다.

간격이 좁아지고——

날카롭게 숨을 토한 절사가 충분히 가속된 대낫을 소녀의 왼쪽 손목을 향해 휘둘렀다.

공간과 함께 찢어버리는 듯한 속도로 칼날이 밀려들어도 소녀는 신경 쓰지 않았다. 그저 기계적으로, 밀려드는 공격에 몸을 끼워넣고, 대신 일격을 날리고자 하는 것이 보였다. 절사의 속도에 익숙해졌는지 그 움직임은 조금도 흐트러지지 않았다.

다만—— 대기를 가르고 소녀의 팔에 짓쳐든 칼날의 궤도가 튀어올랐다.

반복해서 보여주었던 패턴으로부터의 변화.

노린 것은 그 가느다란 목.

저 목을 쳐버리면 죽을까? 조금 전의 감촉으로 보면 단언할 수는 없었다. 다만 목은 복부와 마찬가지로 드러나 있었다. 역시 함정일지도 모르지만, 적어도 직격하면 배와 마찬가지로 치명상을 입어줄 공산이 컸다. 그렇게 되면 절사가 습득한 여러 가지 클래스의 지원을 받아 이제까지의 불리한 공방을 뒤집어버릴 만한 손상을 입힐 수 있을 것이다.

이제까지의 공방에서 전사로서의 역량 자체는 아마도 절사 쪽이 위라는 것을 알았다. 이제까지 페인트를 한 번밖에 섞지 않고 우직하게 공격했던 것은 이를 위해서였다. 따라서 절사의 단순한 공격에 익숙해진 소녀는 조금 전의 무투기를 사용했을 때와 마찬가지로 목을 노린 공격을 회피할 수 없었다.

대낮은 소녀의 가느다란 목을 갈랐다. 그리고——

"윽!"

——지팡이로 쳐냈다.

참아내기는 했지만 자기도 모르게 아픔에 소리를 내고 말았다.

절사는 훌쩍 뛰어 물러나며 눈을 크게 떠버렸다.

"……또야."

소녀의 목에서는 피가 한 방울도 흐르지 않았다. 그저 피부를 가른 것 같은 흔적만이 희미하게 남아 있었다. 대미지가 들어가지 않았을 리는 없다. 혹시 급소공격을 무효화하는 능력을 보유한 건 아닐까? 그렇다면 절사가 취득한 능력 중 몇 가지는 효과를 발휘하지 못하게 되고 만다.

'정말로 살아있긴 한 건가? 혹시…… 마도왕이 만든 언데드?'

절사의 동요를 눈치 챘는지, 소녀가 쭈뼛거리며 제안했다.

"저, 저기요……. 하, 항복하지, 않을래요? 어, 음, 이 이상 아프게 하지 않고, 항복한 다음의 안전도 보장해줄게……요."

이에 대한 절사의 감상은——'소름끼친다' 였다.

조금 전부터 그랬지만, 소녀의 공격에서는 적의라든가 살의 같은 것이 거의 느껴지지 않았다. 이를 두고 다정하다고 생각할지, 다른 감정을 품을지는 사람에 따라 다를 것이다. 다만——적의도 살의도 품지 않았으면서 제대로 맞으면 두개골이 박살날 만한 공격을 펼치는 상대에게 다정함 따위 있겠는가.

절사의 입장에서 보자면 이 소녀는 진심으로 소름끼쳤다. 조카일지도 모르지만 친근감은 조금도 들지 않았다.

연민, 우월감 같은 모종의 감정이 엿보이는 제안이었다면 그 나마 불쾌하게는 생각해도 이렇게까지 혐오감을 품지는 않았으 리라. 하지만 소녀에게서는 그러한 감정의 움직임이 전혀 느껴 지지 않았다.

'……감정이 없는 언데드가 연기를 하고 있을 뿐이라고 생각 하면 분명 수긍이 가긴 해.'

하나에서 열까지 뒤죽박죽인 것처럼 느껴져, 이 소녀의 모든 언동과 태도는 연기가 아닐까 하는 마음이 들었다. 하지만 지금 중요한 것은 그 점이 아니다. 절사 개인의 호오는 상관이 없다.

중요한 것은 어떻게 행동해야 지금의 상황을 타파하고 조금이 라도 자신에게 이익이 될지였다. 항복을 받아들이겠다는 기척 을 보이는데, 이익이 된다면 검토해볼 가치는 있다.

"항복해도 좋──."

좋지만, 이라고 말하려다 절사는 입을 다물었다.

그렇다.

대화는 시간을 끌어야 하거나, 이기고 있을 때 하면 된다.

소녀는 이기고 있는가?

──아니다. 아직 승패가 명백히 나지는 않았다. 소녀가 약간 유리한 정도일 것이다. 그렇다면 소녀가 대화를 시작한 것은 시 간을 끌 필요가 있기 때문이 아닐까?

"──쯧!"

크게 혀를 차는 소리와 함께, 절사는 다시 소녀와의 거리를 좁 혔다. 거리를 벌려도 무투기를 써서 공격해도, 상대에게는 스크롤에서 나오는 마법이 있다. 앞으로 몇 개가 남았을지——그리고 어디에 담아두었는지——는 알 수 없지만, 아직도 남았다고 가정할 경우, 소모전은 절사에게 지나치게 불리했다.

그나마 다행인 것은 상대에게 스크롤 이외의 원거리 공격수단이 없으리라 추측이 가능하다는 점이었다. 만약 가지고 있다면 스크롤을 쓸 리가 없을 테니까.

'도적 계통 클래스를 취득해서 그걸로 스크롤을 사용하나? ……아니지, 자기강화로 보이는 마법 자체는 썼으니까 그럴 가능성은 낮아.'

다만 절사는 효과적인 원거리 공격의 수단을 가지고 있지 않으므로 원거리 전투에서는 승산이 없을 것 같았다.

그렇다면 접근전에서는 어떨까.

나쁘지 않다. 그렇기에 실제로, 지금 도전할 것이다.

이번에는 대낫으로 안면을 노려 베었다. 얼굴의 상처는 받아들일 수 없는지 소녀는 검은색 지팡이로 대낫을 튕겨냈다.

절사의 손에까지 지릿지릿하는 충격이 전해졌다.

반격으로 소녀가 지팡이를 크게 휘둘러 내리쳤다. 〈초회피〉와 〈즉응반사〉를 함께 써서 이를 가볍게 피했다.

역시 호각, 아니, 전사로서의 기량——상대의 움직임을 예측하고 이미지를 수정하는 능력——의 차이가 육박전에서 드러나는 탓인지 천칭은 약간 이쪽으로 기울어져 있었다. 하지만 아무리 대미지를 준다 해도 〈대치유〉가 있으면 역전되고, 틀림없이 질 것이다.

'그렇다면 여기서 써야 하려나…….'

절사는 두 개의 히든카드를 가지고 있다.

하나는 상대를 확실하게 죽이기 위한 카드.

또 하나는 매우 범용성이 뛰어난 카드다.

후자는 상대를 쓰러뜨리기 위해서도, 도망치기 위해서도 활용할 수 있으므로 함부로 쓸 수는 없었다.

그러면 여기서는 전자를 써야 할까?

공격하면 소녀는 아파하는 기색을 보였다. 하지만 정말로 아프긴 한 걸까? 한번 의심하기 시작하면 끝이 없었다.

이제까지 소녀에 대해 생각했던 것이 전부 절사가 제멋대로 상상한 것이고, 완전히 뜬금없는 것일지도 모른다. 외견대로 귀여운 소녀이며, 싸움을 싫어할 가능성도 없으리라고는 못한다.

그래도 소녀에게서 느껴지는 수상함은 사라지지 않았다.

'어떻게 하지……. 만약…… 만약에, 이 소녀만한 힘을 가진 자가 몇 명이나 더 있을 경우를 생각하면, 그걸 쓰는 게 정답이라고는 단언할 수 없어……. 하지만……. 이상적인 건 이 소녀는 히든카드를 쓰지 않고 죽이는 건데…… 가능할까?'

가능할지 어떨지, 의문에 대한 대답은 '알 수 없다'였다.

〈대치유〉 스크롤이 그것뿐이라면 어떻게든 될지도 모른다. 하지만 시간을 들이지 않고 쓰러뜨리는 것은 무리일 수도 있다.

물론 이렇게 생각을 굴리는 동안에도 손은 쉬지 않았다. 낫으로 연속해서 베고 있지만 역시 출혈은 확인할 수 없었으며, 소녀의 무거운 지팡이에 의한 반격을 받고 있다.

발을 멈추고 조준하면 되는 소녀와 달리, 살상범위를 고속으로 드나들며 대낫을 휘두르는 절사는 간격을 컨트롤하기 위해 발을, 공격에는 무기를 써야만 했다. 회피나 방어에 이러한 것들을 배분하지 못하면 대미지를 각오하고 날아드는 카운터를 막기란 상당히 힘들었다.

소녀가 대미지를 받아들이지 않는 곳은 단 한 군데, 얼굴. 배는 대미지를 받아들이는 대신 혼신의 일격을 펼쳤다.

이제까지 파악한 정보를 토대로 분석했다.

'역시…… 쓸까? 이걸 쓰면 무조건 이길 수 있는데…….'

써야 할 것은 지금인가, 나중인가. 그것만이 문제였다.

그 후로 몇 차례의 응수가 더 이어졌을까.

소녀가 육체를 베이는 대신 휘두른 지팡이가 절사의 옆구리에 클린히트했다.

뼈가 삐걱이는 소리가 몸속에 울려 퍼진 듯한 착각과 함께 절사는 뒤로 크게 물러났다. 고통스러운 나머지 구역질마저 솟아나, 신발 바닥을 바닥에 요란하게 문지르며 제동을 걸었다.

생각보다 뼈아픈 타격을 입고 말았다. 숨을 쉬기가 약간 힘들었다. 고통으로 횡격막이 경련했다. 하지만 절사는 느긋한 태도로 물미를 바닥에 짚었다. 여기에 몸을 기대며 발을 교차시키더니 투구를 천천히 벗고, 전혀 통하지 않는다는 가면——느물거리는 웃음——을 보였다.

상대가 적극적으로 공격을 가하지 않기에 이런 허세도 부릴 수 있는 것이다.

"뭐, 어쩔 수 없겠네."

가벼운 어조로 혼잣말을 중얼거리고, 결심했다. 상대를 확실하게 죽일 히든카드를 쓰기로.

소녀는 거리를 벌린 절사를 따라오려 하지 않았다.

그 여유가 목숨을 앗아갈 것이다.

"……얘, 아까, 나한테 항복하겠냐고 그랬지? 한 가지, 묻고 싶은데…… 너, 마도왕이 만든 언데드?"

"네? 어, 저기, 왜 그런 걸 물어보세요? 대우 같은 걸 묻진 않나요?"

"대답해."

"………………………아, 아니에요. 보다시피, 전 언데드가 아니에요."

"그래."

대답하며 절사는 생각했다.

즉답하지 않았던 것은 정말로 질문의 의도를 파악하지 못해서였을까. 아니면—— 대답을 생각할 시간이 필요해서였을까.

'우선, 보고도 알 수 없으니까 질문을 했던 거지만……. 아니 그보다, 마도왕에 대해선 무시한 건 무슨 반응이야? 하지만 뭐, 됐어. 언데드가 됐든 뭐가 됐든, 이거라면 틀림없이 죽을 테니까.'

다시 투구를 쓰고, 절사는 탤런트를 발동하고.

신이 사용했다고 여겨지는 무기에 그 힘을 사용해, 죽음의 신 스루샤나가 보유했던 최강의 힘을 행사할 수 있게 된다. 그렇기에——.

"——The goal of all life is death."

동시에 등 뒤에 시계가 모습을 나타냈다.

이것이 바로 이 대낫을 장비한 동안에 한해, 절사가 사용할 수 있는 히든카드 중 하나.

확살(確殺)의 기술.

저항 불가능한 절대적인 죽음을 내리는 기술.

아직 한 번도 깨진 적이 없는 무적의 기술.

"어?!"

소녀가 놀란 목소리를 냈다. 솔직한—— 정말로 놀란 것임을 절사도 느낄 수 있을 만한 감정의 토로였다.

'——어라? 언데드가 아니었나? 뭐, 네 심정은 아주 잘 알아. 이걸 모르는 사람이 보면 정체 모를, 수수께끼의 기술을 썼다고 여겨지겠지. 하지만, 말야. 실제로는 이 시계 같은 것에는 효과가 없단다. 어디까지나 이 다음에 쓰일 힘을 뒷받침해주는 것일 뿐이지. 그야말로—— 놀라기에는 아직 이르다는 거란다.'

이어서 절사는 대낫에 담긴 마법의 힘을 끌어냈다.

선택할 것은 당연히——

"——〈죽음〉."

소녀에게 마법을 발동한 것과 동시에 째깍, 하는 소리가 울렸다. 시계가 움직이기 시작한 것이다.

——이겼다.

절사는 승리를 확신했다.

"〈불사조의 불꽃〉."

소녀의 뒤에서 불꽃의 새가 날개를 펼치는 것이 보였다.

'또 마법! 하지만, 후후. 소용없어. 무슨 마법을 썼는진 몰라

도 이 힘을 쓴 이상 살아날 길은 없거든. ……이 힘을 쓰게 만들기 전에 날 쓰러뜨리는 것. 그것만이 기회였어!'

〈죽음〉이라는 마법은 즉시 효과를 발휘하지만, 이 특수능력을 사용할 경우에는 효과를 발휘하기까지 12초의 시간이 필요하다. 그 사이에 절사가 살해당할 경우에는 어떻게 될지 모르기에 절사는 공격을 하지 않고 수비에 들어갔다.

마법을 시전했지만 효과가 없다고 생각했는지, 소녀는 지팡이를 든 채 맹렬한 속도로 돌진했다.

지금까지 기본적으로 대기 태세를 취하며 반격밖에 하지 않았던 소녀가 공세에 나선 것은 이상성을 느꼈기 때문이리라. 이해할 수 없는 상황에서 수비에 들어가거나 눈치를 살피지 않는 점에서는 역시 전투 센스가 좋다.

하지만 기량이나 공방의 심리전은 절사가 위였다. 공격을 생각하지 않고 수비에만 집중하면 받아 흘려내는 것도 회피하는 것도 어렵지 않았다. 물론 언제까지고 한 번도 맞지 않은 채 피하기만 할 수는 없지만 겨우 몇 초라면 어떻게든 된다.

'──6초.'

소녀의 연격을 피했다. 눈 깜빡할 틈조차 목숨을 앗아갈 만한 폭풍 같은 공격은 영웅, 아니, 일탈자의 영역에 이른 자조차 시인하기 어려웠다. 그야말로 절사와 같은 영역에 선 자의 공격이었다. 다만 이렇게 방어에 집중하며 지긋이 관찰하기에 알 수 있었지만, 소녀는 육체의 스펙은 높아도 역시 그것을 살리지 못하는── 익숙하지 않은 것처럼 보였다.

'──8초.'

이것은 태어나면서부터 강했던 자에게는 흔한 일이다.

육체의 성능이 지나치게 높기에── 힘으로 밀어붙여 이겨버리기에, 꼼수나 수읽기를 경시한다. 그렇게 노력을 게을리한 자는 대부분의 경우 진정한 강자에게 무릎을 꿇게 된다. 그렇게 되기 전까지는 자신이 오만했음을 깨닫지 못하는 것이다.

그렇다. 눈앞의 소녀처럼.

'──11초. 끝났구나. 안녕.'

일반인이라면 스치기만 해도 뇌진탕을 일으킬만한 공격을 여유롭게 피하며, 절사는 마음속으로 작별을 고했다.

뭐라고 표현할 수도 없을 만큼 소름끼치는 소녀였지만, 승리를 확신하고 이렇게 보니 귀여운 외견을 하고 있다. 생각해보면 아직 아무 것도 모를만한 나이의 어린아이다. 이 아이에게는 죄가 없으며, 기른 부모의 잘못이라고 해야겠지.

그렇게 지팡이의 일격을 받아 흘리고 ──공격의 기회를 놓치고── 이상사태에 직면했다.

소녀가 죽지 않는 것이다.

'……어?'

한순간 머릿속이 새하얗게 물들었다.

무조건 죽는 기술에 상대가 죽지 않는다. 그렇다면, 시간을 잘못 센 것이다. 그것이 가장 그럴듯한 답이다.

훈련을 제외하고, 이만한 강자와 싸웠던 것은 처음이었다. 실감은 못 했지만 분명 긴장했으리라. 그런 정신상태로는 냉정하게 시간을 계산하기란 어려울 것이다. 사소한 실수다.

'……2초.'

추가로 2초 정도를 더 헤아렸다. 그것도 천천히.

하지만—— 죽지 않는다.

죽지 않았다.

소녀는 씩씩하게 "에잇."이라느니 "야압." 하는, 무시무시한 공격에는 어울리지 않을 정도로 귀여운 기합성을 내며 지팡이를 휘둘렀다.

"어, 어째서?!"

이해할 수 없었다.

무조건 죽는 기술이다. 죽은 자인 언데드조차, 생명 없는 골렘조차 죽일 수 있는, 절사 자신조차 이해할 수 없는 기술을 사용했는데, 왜 소녀는 죽지 않는단 말인가.

소녀의 공격은 절사의 몸에 아픔을 주었으므로 환영일 리는 없다. 그 이외에 어떤 가능성이 있을까. 어쩌면 그 기술은 다크 엘프에게는 효과가 없는 걸까? 아니면 혈연에게는 효과가 없는 걸까? 아니면—— 소녀가 사용한 마법이 이를 깨뜨린 것일까?

만약 그렇다면 어떻게 이 기술을 알고 있단 말인가. 그녀도 탤런트로 사용할 수 있을 뿐이며, 이 기술의 전부를 알지는 못했다. 그녀가 이 기술을 쓸 수 있음을 아는 법국의 극소수 사람들도 마찬가지다. 만약 이 기술의 전모를 아는 자가 있다면, 그것은 이 대낮의 진정한 소유주, 스루샤나밖에 없다.

그 신이 이 소녀의 뒤에 있기라도 하단 말인가. 소녀의 불사성을 직접 본 후에는 그 생각이 기묘한 현실감을 띠었다. 그렇다면——.

"——쓰읍!"

혼란과 조바심이 몸을 경직시켜 피할 수 있었어야 할 일격을 고스란히 맞고 말았다.

"아아, 진짜!"

아픔을 참고 절사도 대낫을 휘둘렀다. 반쯤 자포자기한 공격은 소녀의 몸에 파고들어, 효과가 있는지 없는지 확인할 틈도 없이 지팡이에 호되게 얻어맞았다. 아픔으로 시야에 별이 튀었지만 기울어졌던 몸이 쓰러지기 전에 발을 디디고 버렸다.

절사는 필사적으로 생각했다.

계획이 어긋났다.

이제는 어떻게 하면 좋단 말인가.

어떻게 하면 최선의 행동을 취할 수 있을까.

꽤나 많이 맞았지만 여력은 아직 남았다. 아직도 패배와는 거리가 멀다. 하지만 상대의 원군까지 생각하면 계속 싸울지, 여기서 도망칠지를 정하지 않을 수 없었다.

그러면 도망친다고 가정하고, 절사의 주력으로 그녀에게서 벗어날 수 있을까? 가능할지 아닐지도 판단할 수 없었다. 그렇다면——.

'——나머지 히든카드까지 쓰라고?'

나쁜 생각은 아니다. 하지만 절사는 그것을 쓰는 것을 망설였다. 왜냐하면 실제 사례를 조금 전에 보았기 때문이다. 절대무적의 기술이 깨져버리는 모습을.

이것까지 깨지리라고는 생각하기 힘들다. 하지만 무언가——엄청난 기술로 취소시켜버리는 것은 아닐까.

'——스크롤이 얼마나 남았는지, 어떤 마법을 쓸 수 있는지!

정보가 너무 부족해!'

상대의 카드를 전혀 읽을 수 없기에 이쪽의 카드를 보여도 좋을지 망설임이 들었다. 하지만 아까도 생각했듯 시간은 절사의 적이며 소녀의 편이다.

참을 수 있다고는 해도 지팡이에 얻어맞은 아픔이 한층 사고를 둔하게 만들었다.

절사는 웃음을 짙게 머금었다.

웃음은 자신의 감정을, 생각을, 마음을, 모든 이로부터 ── 특히 적으로부터── 전부 숨겨주었다.

그러므로, 웃는다. 그리고 결론을 내렸다.

'──이젠 생각하지 말자! 정보가 부족한 이 상황에서는 아무리 생각해봤자 소용없어!'

확실히 알 수 있는 것은 자신의 히든카드가 한 장 드러난 데다, 소녀가 사용한 모종의 대책이 유효하다는 것까지도 상대에게 알려져버렸다는 사실. 그 한 가지만을 보더라도 절사가 이제까지 입은 대미지의 총량을 아득히 능가하는 손실이라 할 수 있었다.

최후의 히든카드 능력을 발동시키자, 하얀 빛이 수렴되고, 또 한 명의 절사를 만들어냈다.

절사의 히든카드는 두 가지.

하나는 절대사── 더 정확하게 말하자면 도구에 잠든, 선구자의 히든카드를 행사할 수 있게 해주는 탤런트.

그리고 또 하나는 취득한 클래스── 레서 발키리 / 올마이티로 만들어낼 수 있는 분신체.

에인헤랴르.

전투능력 자체는 절대적으로 떨어지지만, 그래도 절사가 원래 강하기 때문에 압도적인 힘을 가진 사역체다.

소녀가 눈을 크게 뜨며 "어?" 하는 소리를 냈다. 조금 전의 광경을 방불케 해, 히든카드를 발동시킨 절사 쪽이 더 언짢은 기분이 들었다.

절사가 자신의 분신—— 에인헤랴르에게 사고로 명령을 내리기도 전에 소녀가 손에 구체를 꺼내들었다.

다음 순간 소녀의 옆에 거대한 ——장소가 복도이기도 해서 다소 답답하게 느껴지는—— 흙의 정령이 소환되었다.

다시 뭐가 뭔지 알 수 없게 되었다.

소녀가 취득한 클래스가 드루이드일 가능성이 높다고 생각했다. 하지만 지금 소녀는 정령을 소환하는 데에 마법이 아니라 아이템을 사용한 것 같았다.

일부러 저 정령—— 그렇게까지 강하지도 않을 것 같은 정령을, 말이다.

'정령을 소환하지 못하고, 공격마법도 쓰지 못하고. ……자기강화밖에 못하는 타입의 드루이드, 라는 건가? 아니면 내가 뭔가를 놓쳤거나, 착각했나? ……엘프 왕이 사역하는 건 강대한 흙의 정령이라고 들었는데…… 그게 이건가? 하지만…… 그렇게까지…… 강대하다고 할 정도일까?'

엘프 왕이 사역한다고 소문으로 들은 정령의 전투능력은 절대적인 것이어서, 일탈자조차 이기지 못한다고 한다.

그 점으로 미루어 보건대, 지금 눈앞에 있는 것은 아니라고 할 수 있다. 다만 절사 같은 강자에게는 약하게 느껴지더라도 약자가 보기에는 분명 강대할 것이다.

그 정도의 정령이라면 별 문제가 되지 않는다.

에인헤랴르에게 맡겨버리고, 절사 본인은 소녀와 싸워도 무방하다. 잠깐이면 정령을 쓰러뜨려줄 것이다. 그렇게 되면 다시 2대 1이다.

'……아니지. 지금은 단숨에 정령을 없애버리는 게 좋겠어.'

"간다!"

절사는 돌격해서 손에 든 낫으로 정령을 공격했다. 동시에 에인헤랴르도.

흙의 정령은 물리공격에 내성을 가졌지만 그래도 실력 차이가 있다. 단단한 외피도 깊이 베어냈다. 하지만 튼튼함이 장점인 만큼 한두 방으로는 치명상을 입힐 수 없다.

그런데 흙의 정령이 사라졌다.

"——아?"

영문을 알 수 없었다. 쓰러뜨린, 것은 아니었다.

왜냐하면 다음 순간 다시 흙의 정령이 눈앞에 있었기 때문이다. 그것도 조금 전보다 더욱 거대해져서.

이건 대체 어떻게 된 노릇인가.

조금 전과 같은 존재인 것 같지는 않았다.

"설마 제물소환?!"

그런 마법이나 특수기술은 한 번도 들어본 적이 없다. 하지만 그런 명칭이 가장 어울리기 때문에 자기도 모르게 말해버렸다.

새로 나타났다고 해도 될지는 모르겠지만, 이어서 모습을 나타낸 흙의 정령은 조금 전의 것보다 확실히 강했다. 저것은 일탈자여도 이기지 못할 상대다. 그러나——.

'나라면 이길 수 있어. 하지만…… 그 선택지를 골라도 될까?'

대미지를 입히거나 소멸시키면 이 흙의 정령도 한 단계 더 강해지거나 하지는 않을까?

아무리 그래도 그럴 리는 없다고 생각했다. 하지만 확실히 아니라고 단언할 수도 없었다.

에인헤랴르를 대기시키고, 소녀를 살펴보았다.

쭈뼛거리는 태도로 흙의 정령 뒤에서 이쪽을 바라볼 뿐이었다. 그리고 흙의 정령도 이쪽에 당장 공격을 가할 기미는 없었다.

'얘는 정말로 정체가 뭐지? 언데드라면 마도왕이 만들었다거나 하는 말로 전부 수긍이 갈 텐데, 만약 정말로 얘가 그냥 다크엘프라고 한다면……. 이만한 아이가 세상에 숨어 있었다니, 대체 어떻게 된 거야. 이 정도 힘을 가지고 있었으면 더 알려졌을 거 아냐? 아니면 나처럼 어느 나라에서 숨기고 있었나?'

마도국이 건국된 것은 몇 년 전.

제국은 과거에 그 지역이 마도왕의 것이었다고 선언했지만, 옛날부터 존재했던 법국이 보기에는 궁색한 거짓말이었다.

마도국과 마도왕 따위 이제까지 그곳에 존재하지 않았다.

'마도국 자체가 느닷없이 출현했던 것이니, 과거의 신들과 같은 존재가 아닐까 하는 미확인 정보도 있었지만…… 설마…….

하지만…… 그렇다고 한다면…… 어쩌면 이 소녀도 마찬가지? 아니, 왕족의 증거인 저 눈을 가진 이상 그 남자의 관계자일 가능성이 더 높지. 어쩌면 마도왕은 이 소녀를 손에 넣었기 때문에 먼 곳에서 이곳까지 와 다른 종족을 융화시키려는 정책에 나선 건가?'

모르겠다. 확증은 전혀 없었다. 마도왕과 그녀가 관계자라는 것도 상상의 범주를 벗어나지 않는다.

다만, 그럴 가능성이 있다는 최악의 경우를 상정해야 한다.

'만약 이 소녀가 정말로 마도국 사람이라면…… 나와 동격인 존재가, 마도왕과 이 소녀, 최소 둘은 있다는 뜻이 되는데…… 설마, 마도왕도 여기 왔나?'

절사는 조바심을 느꼈다.

왜 이렇게 멍청하게 굴었을까. 마도국의 관계자라고 가정했으면 처음부터 그 사실을 알아차렸어야 했다.

원래 같으면 절대 있을 수 없는 이야기다.

한 나라의 왕이 타국과 타국의 최종결전에 나타나다니, 목숨이 몇 개나 있어도 부족하다. 그러나 마도왕은 성왕국에 홀연히 나타나서는 마음껏 활약하고 돌아갔다지 않은가. 군대 하나를 없애버릴 만한 매직 캐스터가 어디에도 나타날 수 있다는 것을 주변 국가에 널리 알렸던 것이다.

게다가 속국이 되기 전의 제국 투기장에 투사로서 등장했다는, 거짓말 같은 보고도 있었다. 그렇다면 함락 직전의 엘프 왕도에 온 것도, 최대한 좋게 봐줘서 이상하지는 않다고 할 수 있다.

절사는 자기 자신을 격렬히 욕했다.

만약 정말 절사의 상상대로 마도왕이 이곳에 왔다면 끝장이다. 이 소녀 하나만으로도 성가신데, 그 언데드까지 참전한다면 승산이 없다. 물론 마도왕이 얼마나 강한 전투능력을 가졌는지는 법국에서도 완벽히 분석이 끝나지 않았지만, 그래도 10만이 넘는 군세를 와해시켰던 마도왕이 이 소녀 이하일 거라고는 생각하기 힘들다.

'지금까지 가정에 가정을 거듭해 생각했지만, 앞뒤는 맞아——맞아버렸어. 상대의 노림수는 모르겠지만, 정말로 마도왕이 왔다면 교섭을 해볼까?'

만약 여기서 엘프 왕의 정령을 빼앗을 수 있다면 이 나라의 찬탈은 가능할 것이다.

소녀는 왕족의 혈통이라는 증거—— 저 두 눈을 가졌다.

정통 혈통을 잇는 자의 증거와, 왕이 사역하던 흙의 정령을 거느린 모습을 내세우면 엘프들은 고개를 조아릴 것이 틀림없다.

'그리고 법국까지 격퇴하면 인기도 높아지겠지. ……완벽한 타이밍이야. 완벽, 한, 타이밍?'

절사는 더 큰 조바심에 사로잡혔다.

'——마도국이 왕국을 멸망시킨 기세를 타고 침략하기에, 법국은 엘프 나라와의 전쟁을 끝내기 위해 서둘러 결판을 내려 했어. 하지만 그게 사실은 마도국의 노림수였다면?'

느닷없이, 산산조각난 루빅스 큐브가 완성되는 환영이 보였다. 그 어떤 전투에서도 겁을 내지 않았던 절사가, 몸속에 얼음이 들어찬 듯 기이한 감각을 느끼고 한순간 몸을 떨었다. 그렇다. 모든 것이 마도국의 책모였다고 한다면 전부 설명이 된다.

'왕국이 진짜 노림수였던 것이 아니라, 엘프 나라를 지배하면서 법국에 일격을 가하는 것? 만약 그렇다면 에 나이울에서 격퇴되면서 침공이 밝혀졌던 건, 멸망당한다는 공포를 왕국에 심어주기 위해서가 아니라, 타이밍을 재 법국을 움직이게 하기 위해서였을 뿐?! 아니, 그 두 가지가 모두 목적이었나? 이 짧은 기간 동안 두 나라를 지배할 생각으로? 믿을 수 없어! 아무리 그래도 마도국의 생각대로 놀아나고 있었다니…… 말도 안돼!'

인정하고 싶지 않았지만, 그래도 조금 전과 마찬가지로 최악의 가능성은 생각해야만 했다.

최고집행기관은 마도왕에 대해 최대한 경계해야 한다고 평가했다. 책략도 뛰어나고 수완이 있지만, 역시 그 가공할 힘이야말로 가장 경계해야 하는 것이 아니겠느냐고.

하지만——.

그렇다, 하지만—— 만약 이 전략을 짠 것이 마도왕이라고 한다면, 진정으로 두려워해야 하는 것은 10만 병사를 한순간에 섬멸한 마법의 힘이 아니다. 900만 왕국 국민을 몰살시킬 정도로 정강한 부하를 거느렸다는 것도 아니다. 백 수 앞의 국면을 내다보고 보이지 않는 실로 상대를 마음대로 조종하는 지모야말로 가장 무시무시한 것이었다.

안 그래도 강대한 존재가 책략까지 펼치다니, 이제는 손을 쓸 방법이 없다. 약자가 강자에게 대항할 수 있는 유일한 무기가 짓밟혀버린 꼴이 되기 때문이다.

'⋯⋯아니면, 혹시 전략을 강구한 것은 악마재상 알베도? 어느 쪽이 됐든⋯⋯ 아니, 잠깐만? ⋯⋯혹시 두 나라만이 아니라⋯⋯ 법국도? 여기 온 병사들을 섬멸하고, 그걸로 선전포고를 하려고?'

약한 병사들이 아무리 죽더라도 문제가 되지 않는다고 단언할 만한 자가 있는 것도 사실이다. 영웅의 영역에 이른 인물이라면 수만 명의 일반병을 능가하는 전투능력을 가진다. 하지만 그것은 강자의 생각이고, 일반시민들이 보기에는 어떨까.

분명 법국은 인간지상주의를 구가하며, 그것으로 국가를 일치단결시킨다. 이 생각의 이면에 있는 것은, 약한 인간은 단결하고 선수를 취해 다른 종족을 타도하지 못할 경우 반대로 밀려서 멸망당한다는 것이다. 실제로 비스트맨과 인접한 용왕국이 좋은 사례다.

하지만, 만약 압도적인 강자에게 멸망당할 것을 알게 된다면, 그래도 대중은 전쟁을 지속할 만큼 강한 의지를 가질 수 있을까? 거대한 적인 엘프 나라를 멸망시키지 못하고, 반대로 병사들이 섬멸당했다는 말을 듣는다면.

절사는 평소처럼 ──본심을 감추는── 웃음을 지었다.

기쁘거나 재미있어서가 아니다. 심경은 완전히 반대.

이렇게까지 완벽하게 책략을 강구했다는 데 대해── 함정에 빠져버렸다는 데 대한 절망감 때문이었다.

'어떡하면 좋지? 병사들을 퇴각시키기 위해 싸울까? 아니면 내가 살아남기 위해 도망칠까?'

법국 최강의 히든카드인 절사의 사망은 큰 타격이 된다. 그러니 도망치는 것이 득책일까.

앞으로의 최선이 될 수에 사고를 할애하느라 행동하지 못하는 절사를 보고 무슨 생각을 했는지, 소녀가 말을 걸었다.

"저, 저기요, 있죠? 다시 말하지만 항복하지 않으시겠어요? 아, 아직 늦지 않았을 거예요. 죽이고 싶지 않아요."

상대의 정보를 손에 넣는다는 의미에서는, 안 좋다고 단언할 수는 없다. 하지만――.

"――수 없어. 도망칠 수 없어!!"

"네?"

소녀가 의아하다는 목소리를 냈다. 그럴 수밖에. 소녀의 질문에 대한 절사의 대답은 ――소녀의 관점에서 보자면―― 의미가 통하지 않는다. 하지만 절사의 마음속에서는 통했다.

그렇다. 그럴 수밖에 없는 것이다.

만약 정말로 이것이 마도국의 음모라고 한다면, 이 함정을 돌파할 방법은 하나.

상처투성이 짐승으로 변해, 눈앞의 소녀를 물어 죽이고, 그것으로 마도국의 계획을 타파하는 것이다.

이 정도의 강자를 없앤다면 그것은 마도국의 작전을 크게 뒤틀어버리는 한 수가 된다.

최악의 함정이 기다리고 있을지도 모르지만, 지금이야말로 그것을 타파할 기회. 지금 현재 자신에게만 용납된 기회인 것이다.

'그래. 우리 나라를 구할 수 있는 건 나뿐!'

목숨을 걸만큼 은혜를 입었느냐고 하면, 복잡한 심정이 들기는 한다. 하지만 이따금, 마음에 들었던 사람은 있었다. 오래 살아온 탓에 거의 다 이미 죽어버렸지만, 그런 사람들이 사랑하던 나라를 위해 한 번쯤은 목숨을 걸어도 좋았다.

'——죽을지도 모르지만 최선을 다해 죽이겠어. 그거면 돼.'

각오는 됐다.

분명 후퇴를 생각하기는 했다. 하지만 그것은 아슬아슬해진 후에 도망치는 것이 아니라, 확실하게 도망칠 수 있을만한 여유를 가지고 행동하고 싶었기 때문이다. 지금까지의 싸움은 진지하게 목숨을 걸고 죽이려는 마음이 부족했던 부분이 있었다. 그것은 자신의 조카일지도 모르는 아이에 대한 정 때문이 아니었다. 어린아이가 됐든 뭐가 됐든, 팔다리를 잘라 생포하는 것도, 필요하다면 망설임 없이 죽이는 것도 가능하다. 하지만 자신이 살아남는 것을 최우선적으로 생각했던 것은 분명하다.

그것을 버린다.

지금, 여기서, 도박을 하지 않는다면 언제 한단 말인가.

내일은 분명 오늘보다도 나쁜 상황만이 기다리고 있을 텐데.

"가라!"

외친다.

지시에 따라 에인헤랴르가 달려들었다.

사실은 말로 할 필요는 없었다. 마음속으로도 명령을 내릴 수 있다. 그런 의미에서는 목소리를 낸다는 것은 상대에게 정보를 주기만 할 뿐 악수라 말할 수도 있었다. 절사도 그 점은 잘 안다. 그럼에도 자기도 모르게 소리를 내버렸던 것은, 자신의 마음을 고양시키기 위해서, 한층 강한 각오를 품기 위해서다.

에인헤랴르에게 정령을 맡기고 자신은 소녀에게 돌진했다.

하지만 정령이 통로를 차단하듯 두 팔을 벌리며 앞을 가로막았다.

그렇다면 그래도 상관없다.

절사와 에인헤랴르 두 사람이 덤벼 단숨에 정령을 쓰러뜨리고, 그 후 소녀를 죽인다.

만약 눈앞의 정령이 엘프 왕에게서 빼앗은 정령이라면, 토멸해버리면 왕의 증거를 빼앗는 셈이다. 이에 따라 마도국의 한 수를 늦출 수 있을지도 모른다.

두 자루의 대낫으로 한순간에 몇 번이나 정령을 베었다.

솔직히 말해 피도 흐르지 않고 급소도 존재하지 않는 정령은 성가신 상대다.

고위정령은 물리공격에 내성이 있다. 절사가 휘두르는 대낫으로도 일격에는 죽일 수 없다.

절사의 입장에서 보자면 상대하고 싶지 않은 계통이다. 그러나 그런 소리를 할 여유는 없었다.

다만 정령이 복도를 가로막고 서 있었으므로 소녀에게서의 공격은 닿지 않는다. 게다가 스크롤로 발동하는 공격마법의 사선을 확보하기는 상당히 힘들 것이다. 그보다도 경계해야 할 것은, 소녀가 자기 자신에게 걸었던 것으로 여겨지는 강화마법을 정령에게 거는 것이었다.

'둘이서 싸울 수 있는 내 쪽이 유리해. 하지만 확실한 건 아니지. 후열까지 갈 수 없다는 건 마법에 의한 정령의 강화를 저지할 수 없다는 뜻……인데…….'

다만, 소녀는 이렇게 될 거라 생각하지 못했던 걸까.

무언가 약간 마음에 걸리는 것이 있었다. 하지만 그것을 말로 잘 표현할 수가 없었다.

정령은 한데 겹쳐진 거석의 무리 같은 팔을 내리쳤다. 뒤로 뛰어 물러나고 싶었지만 히트 앤 어웨이로 찔끔찔끔 싸울 수 있는 상황이 아니었다. 육박하는 팔에 대낫을 걸어 공격을 어긋나게 했다. 흙의 정령은 완력이 무시무시하지만 측면에서 힘을 가하면 궤도를 바꾸는 것은 어렵지 않다. 그렇기는 하나 흘려내기에 적합한 형태의 무기도 아니고, 어디까지나 역량의 차이가 있기에 가능한 곡예이기는 했다.

시야 한구석에서 에인헤랴르도 마찬가지로 공격을 받아 흘리는 데에 성공했다.

에인헤랴르는 절사보다도 약하다. 그래도 가능했다는 것은, 절사가 느꼈던 대로 이 흙의 정령이 역시 그렇게 강하지 않다는 뜻이다.

그렇다면 엘프 왕이 사역하고 법국이 가장 경계했던 흙의 정령은 아닐지도 모른다.

그렇다고 해서 눈앞의 정령이 약하다는 의미도 아니었다.

영웅 정도라면 회피하지 못하고 공격당했을 것이 틀림없다. 그것이 치명상이 될 가능성은 낮지만 중상은 면치 못하리라.

공격을 흘려내고, 정령의 후방을 보며 소녀의 동향을 확인했다. 거대한 상대의 품에 파고들어 있으므로 시선을 돌리는 것은 위험하지만, 소녀의 다음 수를 확인하지 않는 것이 훨씬 위험했다.

그리고 눈을 의심했다.

'——아?'

소녀가 등을 보인 채 뛰어가고 있었던 것이다.

달리는 폼은 귀엽지만 속도는 터무니없이 빨랐다.

도망쳤다.

도망쳐버렸다.

"——————!!"

절사는 이해했다.

이 흙의 정령을 소환한 것은 에인헤랴르에게 대항하기 위해서
가 아니었다.

도망치기 위한 시간을 끌기 위해서다.

소녀의 태도에서는 알아차리지 못했지만, 실은 소녀도 아슬
아슬한 상황이었던 것 아닐까.

소녀는 처음부터 목숨을 걸면서까지 싸울 마음은 없었던 것이
다. 그것은 그때의 행동에도 드러나지 않았던가.

절사가 등 뒤를 차지하려 했을 때 무시무시한 기세로 후퇴했
던 것은 협공당할 것을 우려해서가 아니었다. 자신의 도주경로
를 차단당하지 않기 위해서였다.

이제까지의 태도나 언동이 여실히 말해주고 있었다.

"아차!"

세 가지 선택지 중에서 최적의 것을 당장 선택해야만 했다.

어떻게든 소녀를 따라간다.

일단 흙의 정령을 없앤다.

절사도 도망친다.

그중 세 번째는 쉽게 실행할 수 있다.

소환자의 시야 밖으로 나가버리면 정령에게 상황에 따른 명령을 내릴 수가 없다.

그러므로, 예를 들어 '이 통로에 자리를 잡고 지나가려 하는 자를 죽여라'라는 명령을 내렸을 경우, 흙의 정령이 도망친 절사를 쫓아오는 일은 없다. 하지만 '눈앞의 여자를 죽여라' 같은 명령을 내렸다면 절사가 도망친다 해도 따라와 공격을 가할 것이다.

다만 무턱대고 쫓아오기만 할 뿐 임기응변을 발휘해 길을 돌아 앞을 가로막거나 하지는 못한다.

그러므로 이동속도나 기민성에서 앞서는 절사가 패할 리는 없다.

등을 보이고 전력으로 도망쳐버리면, 흙의 정령은 놓친 절사를 찾으려는 존재로 전락할 것이다.

하지만 그것은 기각이다. 기각할 수밖에 없다.

장래에 일어날 가능성이 높은 위험── 마도국의 음모에서 눈을 돌리게 되기 때문이다.

그렇다면 첫 번째와 두 번째는 어떤가.

소녀를 쫓아가기란 상당히 어렵다. 눈앞의 벽을 짧은 시간 내에 파괴하더라도, 심상찮은 기동력을 가진 소녀를 쫓아갈 수 있을지 어떨지는 운에 달렸다. 게다가 소녀가 도망친 곳에는 그녀의 원군이 있을 것이다. 그렇게 되면 승패는 정말로 어떻게 될지 알 수 없다.

그렇다면 두 번째의 선택지를 고르는 것이 최선이리라.

조금 전의 각오가 허공에 떠버리는 것 같았으며, 흙의 정령이 엘프 왕이 사역하던 것과 다른 개체라면 의미가 없는 행위였다.

하지만 리턴과 리스크를 생각하면 이것 말고는 선택의 여지가 없었다.

놓쳐버린 물고기는 크지만 낚을 수 있었던 물고기의 크기로 만족해야 한다.

절사가 흙의 정령을 날카로운 눈으로 노려보자 그 후방——멀리 떨어진 곳에서 소녀가 이쪽을 돌아보는 것이 보였다.

무언가 한 마디라도 남기려는 걸까 싶어 흙의 정령으로부터 의식을 돌리지 않고 쳐다보자, 소녀의 입술이 움직였다.

"다행이야. 마력을 남겨둬서."

이만큼 거리가 있으면 들리지는 않을 텐데, 하프엘프라는 절사의 핏줄 덕인지, 아니면 높은 능력 탓인지는 몰라도, 소녀의 안도한 듯한 목소리가 조그맣게 들렸다. 절사가 그 말에 담긴 의미를 이해하는 것보다도, 소녀가 지팡이를 천장으로 치켜드는 것이 더 빨랐다.

마레가 취득한 디사이플 오브 디재스터라는 클래스에는 히든 카드가 있다.

그것은 저 유명한 월드 디재스터의 히든카드를 다운그레이드 한 듯한 능력.

그 이름은 〈소재앙Petit Catastrophe〉.

방대한 마력을 소비하는 대신, 파괴력은 아인즈가 사용하는 초위마법을 능가한다. 물론 그것조차도 〈대재앙Grand

Catastrophe〉만한 파괴력은 아니다. 하지만 그렇다 해도 순수
한 에너지의 분류는 순식간에 모든 것을 날려버리기에 충분하
다.

다음 순간, 가공할 힘이 절사를 엄습했다.

위험하다, 죽겠다, 고 직감했다.

미친 듯이 날뛰는 힘의 일격에, 흙의 정령이 순식간에 날아가
버렸다.

그제야 겨우 깨달았다. 흙의 정령은 에인헤라르에 대한 대항
수단도, 소녀가 도망치기 위한 벽도 아니었다. 절사를 이 폭거
의 일격으로부터 도망치지 못하도록 하기 위한 미끼에 불과했
던 것이다.

실제로 흙의 정령이 소멸한 직후, 그녀의 분신인 에인헤라르
까지도 사라져버렸다.

이어서——.

'——아직! 죽지 않아! 난 죽지 않아!'

포기하면 편해지지 않을까 싶어지는 파괴의 소용돌이 속에서,
절사는 자신의 모든 생명력을 쥐어짜내 견뎠다. 하지만—— 의
식이 흐려져갔다. 조금 전까지 있었던, 온몸이 토막나버리는 듯
한 아픔은 이미 없었다. 자신이 어디에 있는지, 서 있는지조차
이제는 알 수 없었다.

이것이 죽음이라는 감각일까.

뭐야 이게.

절사는 그것만을 생각했다.

자신은 이제부터 목숨을 걸고 싸우려 했는데.

법국을── 자신의 나라를 악역무도한 국가의 책모로부터 지키기 위해 전심전력을 쥐어짜내 싸우려 했는데.

이렇게 비겁할 수가.

물론 비겁하다는 것은 절사가 제멋대로 품은 심경일 뿐이다. 그것은 흐려져가는 의식으로도 알 수 있었다. 그래도 그런 감정만이 솟아났다.

정령이 소멸했어도 안도감은 들지 않았다. 버림말의 가치밖에 없었던 것이겠지. 아니면 법국 최강의 히든카드인 자신을 죽이는 데에 그 이상의 메리트를 느꼈다거나.

결국 그 소녀의 정체는 뭐였을까.

정말로 마도국의 관계자라면, 얼마나 마도국의 손바닥 위에서 놀아나고 있었던 걸까.

이것은 패배다.

패배란 적의 공격에 쓰러지는 것이 아니다. 자신의 몸을 걸어서라도 이루고 싶었던 마음이 무참하게 박살나는 것, 뒤집을 수 없는 절망을 맛보는 것임을 겨우 깨달았다.

너무해.

지고 싶지 않아.

절대 지고 싶지 않아.

패배를 알고 싶다니 거짓말이야.

사실은 자신의 힘을 부정하고 싶었을 뿐. 이것 또한── 어머니의 부정일까.

자신의 안에 흐르는 피를── 사랑받지 못했던 나날이 가져왔던 것들을.

하지만 그런 빌어먹을 힘으로라도, 소중한 것을 지킬 수 있었다면…….

그때는 어머니를—— 조금은 용서해줄 수 있었을지도 모르는데.

기껏 지고 싶지 않다는 생각이 들었는데.

그런 마음조차 꺾여버린다.

'바라건대, 마도국의 관계자가 아니……기……를………….'

그리고—— 캄캄해졌다.

*

엘프의 보물창고에서 아우라와 나란히 나왔다.

결론부터 말해, 기대에 어긋났는지 아닌지조차 알 수 없었다. 야자열매를 더 크게 만든 ——아우라의 키를 넘어서는—— 수수께끼의 과일 등, 아인즈가 가치를 알 수 없는 것들이 다수 있었기 때문이다.

언뜻 봤을 때 희귀한 금속으로 만들어진 물건은 없었으며, 소재 면에서는 자연환경에서 간단히 입수할만한 것들뿐이었던 것은 조금 실망스러웠지만, 그래도 신기한 효과나 본 적 없는 능력을 가졌는지도 모른다는 로망은 남아 있었다.

그러므로 아인즈의 기분은 나쁘지 않았다. 아니—— 꽤 좋았는지도 모른다.

입수한 아이템은 이미 이곳에는 없다.

〈전이문〉을 써서 나자릭 지표부에 있는 로그하우스 부근에 던져놓았기 때문이다.

로그하우스 안에 대기하고 있을 플레이아데스 중 누군가가 놀라고 있을지도 모르지만, 앞서 보내놓았던 마레를 생각하면 만나서 설명하고 있을 시간은 없었다. 〈전이문〉 너머에 가서 던져놓은 아이템을 ——위험성도 고려해 로그하우스 안에서—— 잘 보관해놓도록 큰 목소리로 명령한 정도였다.

일을 한바탕 마치고, 각오를 다진 아인즈는 아우라에게 진지한 표정을 ——물론 평소의 해골 얼굴이다—— 향했다.

"그럼 부탁한다! 아우라!"

"네!!"

씩씩한 대답을 한 아우라는 아인즈에게 등을 돌리고 쪼그려 앉았다.

까놓고 말해 아인즈와 아우라는 달리는 속도가 다르다. 평범하게 달리면 한참 뒤처질 것이다. 물론 아우라가 엘프 왕의 혈흔을 따라간다는 조건이 붙으면 속도가 조금은 둔해지겠지만, 그것을 감안해도 아인즈는 따라갈 수 없으리라. 이동속도가 크게 올라가는 장비품이라면 있다. 하지만 장비 변경은 이 부위의 장비만을 후닥 바꾼다고 끝나는 것이 아니다.

아인즈가 평소에 착용한 장비는 내성 퍼즐, 장비중량, 증감하는 패러미터 등등을 엄격한 기준으로 통과한 것들뿐이다. 그 밸런스를 무너뜨리려면 아무래도 음미할 필요성이 생기기 때문에 다소 시간이 필요하다. 스크롤 같은 소비형 아이템이라면 빠르게 쓸 수 있지만 그렇게 되면 평소의 가난뱅이 근성이 고개를 내민다.

그리고 무엇보다, 이를 쓰고도 아우라를 따라잡을 수 있을지 알 수 없었다.

그러므로 이 경우 가장 좋은 방법은—— 아우라에게 옮겨달라고 하는 것이다.

물론 성인 남성이 소녀에게 실려간다는 것은 매우, 매우 창피하다. 아인즈도 창피하다고 생각했다. 이 정도로는 감정이 억압되지 않는지 슬금슬금 수치심이 치밀었다.

하지만 이 선택에 마레의 목숨이 걸렸을지도 모른다.

분명 엘프 왕과 마레가 싸우면 틀림없이 마레가 이길 것이다. 아인즈가 보기에 전투능력은 거의 파악된 데다, 피로가 크고 부상도 입은 엘프 왕에게 승산 따위 있을 리 만무했다. 그러나 항상 절대적인 보장은 없는 법이다.

〈전언〉 등으로 상황을 물어보려 해도, 만약 전투 중이라면 집중력을 떨어뜨릴 우려가 있어 저어되었다. 그러므로 역시 1초라도 빨리 도착하는 편이 좋을 것이다.

그렇다면—— 아인즈는 자신의 수치심을 버리는 쪽을 택했다. 스즈키 사토루로서가 아니라 아인즈 울 고운으로서 이를 택한 것이다.

여기서 당연한 문제가 하나 떠올랐다.

그것은 어떻게 운반하는가였다.

아우라가 옮겨준다면 공주님 안기라는 선택지도 있을 것이다. 사람에 따라서는 무등을 태워도 되지 않느냐고 할지도 모르지만, 그중에서 아인즈가 택한 것은 등에 업는 형태였다. 아니,

더 정확하게는 아우라가 선택한 형태라고 해야 할까.

처음에 아인즈는 짐짝처럼 어깨에 걸머지는 형태를 제안했다. 그나마 그쪽이 덜 창피하고, '나는 짐짝이지'라고 자학개그를 하는 의미에서도 딱 좋다고 생각했던 것이다.

하지만 그렇게 제안하자 아우라가 "그렇게 짐짝 취급을 해드릴 수는 없어요."라고 말해, 설득이 힘들 것 같았으므로 양보했던 경위가 있었다.

아무리 그래도 공주님 안기는 사양했다. 정신안정화가 연속으로 발동될 것이다.

그러므로 등에 업히기로 했다.

각오 따위 이미 되어 있던 아인즈는 마음속으로 어영차 소리를 내며 조그만 소녀의 등에 업혔다. 덤으로 아이템 박스에서 단검을 꺼내놓았다. 필요할지 어떨지는 몰라도 미리 준비해둬서 나쁠 것은 없었다.

그 옆에는 아인즈가 〈제10위계 사자소환Summon Undead 10th〉으로 소환한 언데드── 정령해골Elemental Skull이 함께 있었다.

그렇다면 아우라 대신 다른 언데드를 소환해 그 위에 타면 되지 않느냐는 의견도 있으리라. 하지만 그러지 않은 이유는 간단했다.

어느 쪽을 버리는가다.

만약 돌발적인 사태가 발생해 위험이 닥쳤을 경우, 언데드를 방패로 삼고 아우라와 아인즈는 후퇴할 생각이었다. 그러려면 아인즈가 탈것으로 쓰기 위해 언데드를 소환할 수는 없었다.

물론 적과 조우했을 때 언데드에서 내리면 되겠지만, 그 한순간이 치명적인 무언가를 낳을 가능성도 있다. 지나친 경계라고는 생각한다. 하지만 이곳이 전장이고, 예기치 못한 사건이 일어날 확률이 올라간 이상 어느 정도의 준비——즉석에서 언데드를 방패로 삼은 후퇴——는 안전성을 고려하면 필수일 것이다.

정령해골은 굳이 비교한다면 마법 딜러이며 탱커는 아니다. 그럼에도 이것을 소환한 이유는, 탱킹에 늘 방어계 클래스가 최적인 것은 아니기 때문이다. 참고로 위그드라실의 경우 딜러가 탱킹을 하는 것은 추천하지 않는다. 그리고 딜러를 겸할 수 있는 탱커는 터치 미 같은 괴물뿐이므로 그것도 추천하지 않는다. 그렇다기보다 보통은 불가능하다. 다만 가능하다고 우기는 것은 자유다.

아우라가 달려나갔다.

바닥에 남은 희미한 혈흔을 따라 계단을 몇 층 내려갔다. 그리고 멈춰 섰다.

바닥에서 눈을 떼고 진행 방향으로 얼굴을 돌렸다. 아인즈도 그쪽으로 시선을 돌렸지만 누군가가 있는 기척은 없었다.

왜 그러느냐고 물어볼까 했지만 예측하지 못한 사태가 발생했을 때 정령해골에게 즉시 명령을 내릴 수 있도록, 아우라가 가르쳐줄 때까지 기다렸다. '이건 혹시' 하는, 짚이는 구석이 있었기 때문이기도 했다.

그리고 그것은 정답이었다.

"……아인즈 님. 마레에게서 전언이 왔어요."

"──그렇군."

아인즈는 무겁게 대답했다. 아우라의 등에 올라탄 채로는 폼이 안 나지만 그래도 주인에게 어울리는 어조가 있는 법이다.

"아우라 너의 분위기로 보니 마레가 도움을 청한 것은 아니겠고. 그렇다면 엘프 왕은 무사히 생포한 거냐?"

"그게…… 엘프 왕은 이미 살해당한 후였다고 해요."

"뭐야?"

근원의 흙정령을 잃은 엘프 왕은 아인즈가 보기에도 약했다. 그렇지만 이 세계의 주민에게 살해당할 정도로── 도망치지 못할 정도로 약하지는 않았다.

"……엘프 왕 이외의 강자가 있었단 말이군. 그래서 마레는 어떻게 됐느냐?"

"네. 그 강자도 쓰러뜨렸다는데요, 아직 살아있대요. 어떻게 할까요? 마레의 말로는 중요한 정보를 가졌을 가능성이 있대요. 어쩌면 아인즈 님과 샤르티아의 싸움을 감시하고 있었을지 모른다는데요."

"뭐라고? 그 싸움을 말이냐? ……혹시 세계급 아이템을 가지고 있었다는 말인가? ……즉시 그곳으로 가서 놈을 확보하고 나자릭으로 귀환하자. ……시간이 없구나. 아우라, 수고스럽겠지만 잠시만 더 부탁하자꾸나."

강자 '들' 이라고 말하지는 않았으니 한 사람이겠지만, 강자는 하나더라도 그 외에 어중이떠중이가 있을 수도 있다. 무슨 일이 있었는지 모르는 이상 안전한 장소까지 신속히 철수를 시도해야 할 것이다.

"하나도 힘들지 않아요. 하지만—— 서두를게요. 아인즈 님, 꽉 잡으세요."

말하자마자 아우라가 그야말로 나는 듯이 달려나갔다. 조금 전보다도 빠르게, 모퉁이를 돌 때도 전혀 속도를 늦추지 않기 위해 벽을 박차고 오르는——타본 적도 없는 제트코스터 같은——움직임이었다. 공포 따위 느끼지 않는 몸인데도 조금 무서웠다. 시야가 낮아서 더 무섭게 느껴지는 것일까.

전사화했을 때는 이것과 비슷한 속도로 질주할 수 있지만, 자신의 발로 달리는 것과 남에게 몸을 맡긴 가속 감속 급커브는 전혀 다르다.

체감으로 몇 초 후, 마레의 모습이 보였다.

낯선 인간을 어깨에 짊어지고 있었으며, 한 손에는 마레 자신의 지팡이와 처음 보는 기괴한 낫 같은 무기를 요령 좋게 들고 있었다.

"엘프 왕은 살해당했다고 들었다만 그 시체는 어떻게 됐느냐?"라든가 "엘프 왕이 가지고 있었을 매직 아이템은 어떻게 했느냐?" 등등 질문은 산더미처럼 많았지만 적진에서 그런 짓을 할 여유는 없었다. 지금은 일단 귀환을 우선시해야 하리라.

아인즈는 진지한 표정을 지은 채 당당히——이것이 필요한 일이라고 이해를 시키려는 듯한, 지극히 당연한 행동이라고 느껴질 만한 태도로—— 아우라의 등에서 내려와서는, 들고 있던 단검을 복도에 꽂았다.

아무 것도 없는 복도를 단시간 내에 기억하기란 상당히 어렵지만, 눈에 익은 단검을 꽂은 장소라면 다소는 머릿속에 담기

쉬울 것이다. 게다가 이 단검은 확실하게 기억하고 있으므로 이곳에 대해 마법을 발동하는 것도 가능하다.

그 후 아인즈는 〈전이문〉을 발동시켰다.

"먼저 들어가거라."

쭈뼛쭈뼛 대답한 마레가 인간을 짊어진 채 〈전이문〉 너머로 사라졌다.

아인즈는 정령해골을 지우고 아우라와 함께 〈전이문〉으로 들어갔다.

문 너머는 보물전에서 빼앗은 아이템을 던져놓은 곳이었으며, 시선을 움직이자 회수하러 왔는지 엔토마가 이쪽을 향해 고개를 숙이고 있었다. 〈전이문〉이 다시 발동한 것을 보고 아인즈가 돌아왔음을 이해했기에 저렇게 행동하고 있을 것이다.

그리고 그 주위에는 일을 거들고자 달려온 것으로 보이는 죽음의 기사들이 무료하게 서 있었다.

"어서 오세요, 아인즈 님."

"음. 회수는 그대로 부탁한다, 엔토마. 그리고 반지를 맡고 있느냐?"

"네, 여기 있습니다."

"그럼 아우라에게 주거라. 그리고 아우라. 그것은 중요한 정보원이다. 죽어버리면 곤란하다. 정중하게, 그리고 신속하게 빙결뇌옥까지 옮기도록. 뉴로니스트라면 문제없을 거라 생각한다만 무장은 확실하게 벗겨내도록 하거라."

"아, 아인즈 님, 잠시 괜찮으시겠어요?"

"왜 그러느냐, 마레. 무언가 걱정되는 거라고 있느냐?"

"네, 네에. 이 인간……? 은 엄청 강했어요. 〈샌드맨의 모래〉를 쓰긴 했지만, 혹시 어쩌다 눈을 뜬다면, 뉴로니스트 씨는 못 이길 거예요."

"……그렇구나. 그렇다면 아우라는 나나 누군가가 갈 때까지 그대로 그 여자의 근처에서 대기하며 경계하거라."

반지를 낀 아우라는 마레보다도 신중하게 그 인간을 들어선 반지의 힘으로 전이했다. 그 모습을 지켜본 아인즈는 마레를 돌아보았다.

"자, 그러면…… 왜 저 인간이 나와 샤르티아의 싸움을 감시했다고 생각했느냐, 마레?"

그것이 최대의 의문이었다.

"네, 네에. 저 인간이 아인즈 님의 The goal of all life is death하고, 샤르티아 씨의 에인헤랴르를 썼거든요. 틀림없이, 무언가 관계가 있을 거예요!"

"뭐!! 뭐라고!!"

보통 히든카드라 불릴만한 강한 특수기술은 하나를 가지는 것이 한계다. 그것을 두 개나 보유했다는 것은 아인즈의 상식으로 보건대 있을 수 없는 일이었다. 그렇게 되면 분명 마레의 추측이 옳을지도 모른다. 복제능력을 가지고 있다거나, 그런 걸까.

"용케 죽이지 않고 잡았구나."

"네, 네에. 저도 〈소재앙〉을 써서 죽여버린 걸까, 생각했지만요, 이 사람, 생명력이 엄청난지, 운 좋게 죽지 않았어요."

"〈소재앙〉을 썼다고?! ……그러고도 죽지 않았다니…… 그 인간은 틀림없는 강자로구나. 마레는 정말로 운이 좋았는걸…….

그러면 엘프 왕은 어떻게 되었느냐?"

마레에게서 엘프 왕의 최후를 듣고 아인즈는 ──없는── 눈살을 찌푸렸다. 〈시간정지〉를 막아냈다는 것은 대책을 강구한 매직 아이템을 가지고 있었을 가능성이 높기 때문에 그가 장비한 아이템을 회수하고 싶었다. 그런 한편, 마레가 생포한 인간에 대한 정보수집도 하고 싶었다.

어느 쪽을 우선시해야 하는가. 그것은 아이템 쪽일 것이다. 인간이 나자릭에서 그리 쉽게 도망칠 리는 없다.

'그렇다면 판도라즈 액터를 보내자. 놈이라면 수색도 할 수 있을 테니. 아니면 그 인간의 정보수집 쪽으로 보낼까……. 아니지, 정보수집은 판도라즈 액터보다도 내가 더 나아. 그렇게 되면…….'

아인즈는 엔토마 쪽을 보았다.

"엔토마여. 조금만 더 기다리거라. 이제부터 판도라즈 액터를 부르겠다."

엔토마가 대답한 후, 아인즈는 〈전언〉을 발동시켰다.

엘프 나라에서 귀환한 주인에게 빙결뇌옥에서 인사를 마친 알베도는 주인의 방으로 돌아가 일을 재개했다.

왕국을 멸망시키고 광대한 영토를 지배하게 되면서 업무량은 증대하고 있다. 하지만 내정에 특화된 능력을 가진 알베도가 고민할 만한 문제는 없었다. 왜냐하면 다수의 도시를 불태운 결과 어려운 문제 ——특히 점령정책—— 또한 불타버렸기 때문이다.

그러므로 알베도가 자신의 지적 리소스를 크게 할애해 검토하고 있는 것은, 장래에 여러 국가를 지배하게 되었을 때 각국의 점령정책에서 사용할 수 있는 매뉴얼 작성이었다.

에 란텔에서 썼던 것을 국가 수준으로 확대하는 것 자체는 가능할지도 모르지만, 규모와 정도를 확대하는 과정에서 문제가 발생하리란 것은 상상하기 어렵지 않았다. 역시 도시에는 도시의, 국가에는 국가의 메소드가 있다고 처음부터 구분해두는 편이 훗날의 장애를 회피할 수 있을 것이다.

물론 이를 어느 나라에나 그대로 적용할 수 있으리란 생각은 하지 않는다. 종족이 다르면 문화도 크게 달라진다. 다만 그렇다 해도 대체적인 뼈대에는 쓸 수 있을 것이다.

'완성된 자료는 데미우르고스와 판도라즈 액터에게도 보여주고, 그 후에 아인즈 님께 승인을 받아야겠지.'

그 두 사람의 지혜를 빌리면 자신이 만든 형틀은 더 나아질 것이다.

'그 계집애를 써도 될 거고……'

지혜가 뛰어난 자신의 주인에게 처음부터 봐달라고 하는 편이 빠른——그 두 사람보다 깊은 부분까지 간파해주실 것이다—— 것은 사실이지만, 한눈에 문제점을 알아볼 수 있을만한 안건을 제안한다는 것은 수호자 총괄책임자라는 지위에 있는 자로서 용인할 수 없었다.

그런 생각을 하며 서류를 정리하고 있으려니——

『알베도! 즉시 빙결뇌옥으로 오거라.』

〈전언〉을 받은 알베도는 말 그대로 펄쩍 뛰어올랐다. 주인의 사념에서 강한 분노를 느꼈기 때문이다.

어느 정도의 레벨대에 이르면 정신조작에 대한 내성은 필수다. 매료나 지배 등은 때와 경우에 따라서는 일격필살이 될 수 있으므로 당연한 일이다. 계층수호자 중에서 대책을 세우지 않은 자는 없을 것이다.

그럼에도, 약간이라고는 하지만 알베도가 두려움의 감정을 품었던 것은 정신조작을 무효화할 수는 있어도 내면에서 솟아나는 감정까지는 씻을 수 없기 때문이었다.

들켰다.

알베도에게는 주인에게 비밀로 하고 움직이던 안건이 있었다. 그것이 탄로 난 것은 아닐까.

역시 데미우르고스 같은 이들이 눈치를 채고 주인에게 진언했던 것일까.

하지만 아직 실험단계다. 본격적으로 시동한 것은 아니다. 그럼에도 그 정도의 분노를 자신에게 향할 수 있을까?

다만, 자신에게 분노의 감정을 향할 만한 일 중에 짐작이 가는 것은 그 정도였다.

모르겠다.

알베도는 황급히 반지의 힘을 발동시켜 빙결뇌옥으로 향했다.

주인은 엘프 나라에서 사로잡은 하프엘프의 감옥 앞에 서 있었다. 그 뒤에는 영역수호자 뉴로니스트, 그리고 아우라와 마레의 모습이 있었다.

주인의 표정은 여느 때와 다를 바 없었다. 그렇지만 극심한 분노를 느낄 수 있었다.

알베도는 주인의 발밑으로 뛰어가 즉시 무릎을 꿇고 고개를 조아렸다.

"면목이 없나이다!"

"……뭐, 뭐냐?"

그 곤혹스러워하는 목소리에서, 주인이 진노한 원인이 자신의 생각과는 다르다는 것을 순식간에 깨달았다. 그렇다면 이 자세는 악수였다.

다만 이곳에 오기까지 어떻게 변명을 할지에 대해서는 생각해 두었다. 아무리 주인이 자신보다 현명하더라도 시간을 들이면 그에 필적할 작전을 짤 수는 있다. 아마도.

'통하면 좋겠는데…….'

"──나자릭 내에 아인즈 님께서 불쾌하게 여기시거나 진노하실만한 일이 있었다면 그것은 모두 수호자 총괄책임자인 소녀가 부덕한 탓이옵니다. 타블라 스마라그디나 님께도 송구스럽게 생각하옵니다. 그렇기에 이처럼 고개를 조아리고 사죄하는 것이 가장 옳은 줄 아옵니다."

"…………아니, 그게 아니다, 알베도. 우선 네 착각을 정정해 두겠다. 이 분노는 나자릭에 대한 것이 아니었다."

알베도는 안도의 한숨을 쉬었다. 연기가 아니라 진심이었다.

"그러시다면, 대관절 무슨 일이셨는지요?"

"그 전에 고개를 드는 게, 아니, 일어나는 게 어떻겠느냐? 죄도 없는 네가 무릎을 꿇고 있는 것은 별로 마음에 들지 않는다."

"감사하옵니다, 아인즈 님."

감사의 인사와 함께 알베도는 자리에서 일어났다.

아우라와 마레가 한순간 의아하다는 표정을 지은 것이 약간 마음에 걸렸지만, 지금은 그 이상으로 중요한 일이 있었다.

"그러면 이 포로의 어떠한 정보가 아인즈 님의 역정을 샀는지요?"

〈기억조작Control Amnesia〉을 써서 정보를 수집한다는 이야기는 들었다.

훈련을 거듭한 주인조차 오랜 세월에 걸친 기억을 찾아낼 때는 어림잡아 주 단위의 시간이 걸리고, 중요한 정보를 얻기 위해 자세히 들여다보려면 연 단위의 시간이 필요하리라는 설명을 들었다. 기억의 개찬까지 포함하면 수십 년 단위일 거라고.

기억을 본다는 것은 위증이 불가능한 심문방법이라고 생각하는 자도 많을지 모르지만, 얻을 수 있는 정보는 어디까지나 그자에게 한한 진실일 뿐이다. 말할 것도 없지만 그자가 누군가에게 속았을 경우도 충분히 있다.

확증을 얻으려 한다면, 여러 사람을 대상으로 기억을 들여다보기 전까지는 정보원으로 신뢰할 수 없으며, 그런 일을 했다간 시간이 아무리 많아도 부족하다. 결국 가장 단순히 정보를 얻을 방법을 선택하는 편이 현실적이라고 주인은 푸념했다.

기억을 개변시킬 경우도 그렇다.

예를 들어 주인이 어떤 마을을 불태우고, 살아남은 주민이 불경하게도 원한을 품어 힘을 추구해—— 절대로 불가능한 일이지만, 주인을 해칠 만한 경지에 올랐다고 가정하자.

그 마을을 불태운 것이 주인이라는 기억을 지워버리면 그것으로 문제가 해결되고 그자를 이용할 수 있게 되는가 하면, 그렇지 않다. 그 주민이 복수를 위해 힘을 추구하며 살아오는 과정에서 주인에 대한 원한을 누군가에게 털어놓은 일도 있을 것이다. 그런 것까지 지워버리지 않으면 그자의 마음속에서 커다란 모순이 발생하고 만다.

마을을 불태운 인물은 기억하지 못하는데, 어느 순간 술자리에서 '아인즈라는 언데드가 마을을 불태웠다'고 말했던 기억이 남아있는 것이므로.

다만 포로가 기억을 잃은 동안에도 정보수집을 할 수 있다는 점에서는 편리하므로 사용해봤다는 말이었다.

"──샤르티아다."

그 한마디로 대체적인 사정을 추측할 수 있었다.

"⋯⋯저 여자는 어디에 속한 자였나이까?"

"⋯⋯알베도."

"예!"

알베도는 한쪽 무릎을 꿇었다.

"지금 하고 있는 나자릭 방위에 관한 사항 이외의 모든 안건을 내팽개쳐도 상관없다. 당장 법국을 쳐서 멸망시킨다. 놈들이 먼저 걸었던 전쟁이다. 확실하게 받아줘야지. ⋯⋯그렇게 생각하지 않느냐?"

다정한 어조였다. 그러나 그 이면에 있는 감정은 정반대였다. 이만한 분노를 보인 것이 얼마 만이었던가.

"──예. 그야말로 지당하신 말씀이옵니다. 즉시 모든 계층 수호자에게 명령을 전달하고 임전태세로 이행하겠나이다."

"좋다. 당장 부탁한다, 알베도. 당장이다."

주인의 다정한 목소리에 몸을 떨며 알베도는 깊이 고개를 숙였다.

OVERLORD
Characters

캐릭터
소개

안틸리네 헤란 푸셰 인간종

antilene heran fouche

칠흑성전 번외석차 '절사절명'

주거 —— 법도 시클상텍스의 성전(聖殿) 내부 한 곳

생일 —— 말하기 싫음

취미 —— 돈을 쏟아부어 새로운 것들을 이것저것
확인해보는 일(음식, 패션 등)

클래스 레벨	
파이터(Fighter)	10 lv
버서커(Berserker)	10 lv
마스터 파이터(Master Fighter)	10 lv
레서 발키리(Lesser Valkyrie/올마이티Almighty)	5 lv
웨폰 마스터(Weapon Master)	7 lv
로그(Rogue)	1 lv
어새신(Assassin)	5 lv
익스큐셔너(Executioner)	10 lv
클레릭(Cleric)	10 lv
하이클레릭(High Cleric)	10 lv
인퀴지터(Inquisitor)	10 lv

[종족 레벨]+[클래스 레벨]	합계 88레벨
●종족 레벨	클래스 레벨
취득총계 0레벨	취득총계 88레벨

원래 '발키리'는 전제조건을 만족하지 못해 습득할 수 없어야 하지만, 그녀는 이것이 가능했다. 다만 이 때문에 레서 클래스가 되었으며, 발키리보다도 전체적인 능력, 그리고 히든카드인 에인헤랴르가 약간 약해진 디메리트가 발생했다.

현지인이라 해도, 많은 희생을 치러 정보를 모을 수 있다면 '레서'가 붙지 않은 발키리도 전제를 일부 무시하고 습득할 수 있게 된다. 예를 들면 모 캐릭터들이 불가능한 레벨임에도 '닌자'를 습득한 것처럼.

하지만 실제로는 역시 무리라고 하지 않을 수 없다. 왜냐하면 닌자보다도 발키리는 습득 난이도가 높으며, 일탈자라 해도 레서 클래스를 취득하는 것조차 불가능해, 실험체를 모으기가 어렵기 때문이다.

따라서 위그드라실의 지식을 풍부하게 가진 자가 서포트한다 해도 현지인이 습득하기란 거의 불가능할 것이다.

참고로 수백 년의 시간 동안 그 세계에서 발키리를 ——레서라고는 해도—— 습득한 사람은 절사절명뿐이었다.

발키리는 1레벨을 취득한 단계에서 모종의 무기 하나를 특화하게 된다. 하지만 2레벨 이후로는 다른 속성——구타, 참격, 찌르기——의 무기를 한 계통 선택해 숙련할 수도 있다. 예를 들면 1레벨에서 랜스를 선택한 발키리가 2레벨에서 참격 무기를 선택할 경우, 참격 무기에 속한 모든 무기 및 랜스를 쓸 수 있게 되는 것이다. 다만 그 경우에도 에인헤랴르는 약해진다.

그래도 절사절명은 다양한 무기——다른 육대신의 것——를 쓸 수 있도록 그 불이익을 받아들였다.

이것은 그녀의 탤런트가 사이코메트리와 비슷한 능력이기 때문에, 그 디메리트를 감수하고서라도 다양한 무구를 구사하는 편이 메리트가 크다고 판단해서다.

또한 그녀는 신앙계 마법을 제3위계까지 사용할 수 있으나, 여기에 의존하는 전투를 하는 일은 별로 없다. 마법의 사용 목적은 치유나 상태이상 회복 등이지, 자신의 강화를 위해서가 아니다. 이제까지는 그렇게 하지 않아도 문제가 없었을 정도로 강했기 때문이다. 그러나 그것이 경험 부족이라는 약점으로 이어진다는 데에 생각이 미치지 못했던 것은 치명적인 실수였다.

만약 신앙계 마법으로 버프 등을 걸더라면 마레와의 접근전에서 이 정도로 호각 이하의 전투가 되지는 않았을 것이다.

·

데켐 호우간

인간종

decem hougan

엘프 왕

역직 ——— 엘프 왕

주거 ——— 엘프 나라 왕성

클래스 레벨 – 드루이드(Druid) ——————— **?** lv

하이 드루이드(High Druid) ——— **?** lv

서머너(Summoner) ——————— **?** lv

엘레멘탈리스트: 어스(Elementalist: Earth) – **?** lv

생일 ——— 라비트 14일

취미 ——— 엘프들을 단련시키는 것

| personal character |

왕의 혈통이란 존엄한 것이므로, 이를 받는다는 것은 기쁨이라 받아들여야 할 만한 일이고, 실제로도 그럴 것이다. 하지만 약한 자는 혈족으로 인정하지 않으며, 자신의 자식을 쉽게 죽을 만한 사지로 보내기 때문에 살아남은 아이가 없다. 이 사실이 엘프들에게 불쾌감을 주지만, 절대 이길 수 없음을 알기에 드러나도록 반항하는 이는 없었다.

OVERLORD
Characters

지고의 41인

캐릭터 소개

편

사수천 주작

이형종

shizyuutensuzaku

요괴박사

| personal character |

현실에서는 거대 기업이 운영하는 대학의 교수로, 길드 최연장자.
길드 방침 등에 적극적으로 의견을 제기하지는 않고, 정해진 일에는 순순히 따른다.
이것은 현실에서의 학내 정치, 기업이나 학생에 대한 아첨 등으로 지쳤기 때문이다.
다만 항상 차분한 어른인 것은 아니어서, PK를 즐기는 등 방정맞은 면도 있다.
정신 계통 매직 캐스터 음양사를 취득해 마법으로 폭넓게 대응하는 것이 특기지만,
굳이 따지자면 마법 대미지 딜러다.

후기

여러분, 오랜만입니다. 마루야마입니다.

이 책을 구입해 여기까지 읽어주셔서 감사합니다!

14권 권말예고에서 15권은 2021년 초봄에 나온다고 했는데, 그렇게 치면 1년 정도 늦어버린 셈이네요. 하지만, 말이죠. 16권이 금방 나왔으니, 뭐, 용서받을 수 있지 않을까, 생각합니다.

용서해주실 거죠?

1년에 1권…… 제가 독자였다면, 좀 늦는 거 아니냐고 생각할 수도 있겠지만, 역시 그 입장이 되어보기 전까지는 아무 것도 모르는 법이네요. 지금의 마루야마는 다른 작가님들에게 매우 상냥해질 수 있습니다. 그 선생님도 바쁜 거야, 어쩔 수 없지, 하고.

그건 그렇고 많은 일이 있어서 힘들었습니다. 좋은 일이 일어난다면 끝내주겠지만 세상에는 어째 나쁜 일만 일어나는 것 같네요. 하지만! 이미 이 책이 나왔을 때쯤에는 시작됐을 거라 생각합니다. 애니메이션 4기가요!

솔직히 마루야마에게는 그 정도 말고는 좋은 일이 일어나지 않는 것 같지 않은 것도 아니지만, 일어나고 있다는 것만 해도 다행일지도 모르겠네요. 좀 더 여러분에게 밝은 화제를 잔뜩 전해드릴 수 있다면 최고겠지만, 유감스럽게도 그 정도밖에 없어요…….

어쨌거나 아무튼, 축 애니 4기!

이것도 응원해주신 여러분 덕입니다.

'오버로드'는 앞으로 두 권이면 완결입니다! 조금 더 함께 해주세요. ……조금 더가 몇 년 단위의 이야기일지는 마루야마도 모르겠지만요.

다만 마지막 두 권도 가능하다면 이번처럼 짧은 간격으로 내고 싶습니다. 그렇기는 해도 그 준비에 조금 더 시간이 걸릴지도 모르겠네요. 그래도 최대한 빨리 앞당기도록 노력을, 노력 정도는 해볼까 합니다.

각설하고, 마지막으로 '오버로드' 15권, 16권에 힘을 쏟아주신 모든 분들, 그리고 책을 읽어주신 여러분께 깊은 감사를.

그럼 이만!

2022년 6월 마루야마 쿠가네

Postscript by So-bin

스케줄 사정으로 후기를 먼저 썼는데,
일러스트 작업이 고비라
후기에 무슨 그림을 넣을지 전혀 생각나지 않네요!!
16권은 표지가 진짜로 힘들었는데
어떻게든 된 건가···?
귀여운 아이를 메인으로 그린다는 건
평소 같으면 매우 즐거운 일일 텐데,
과연 오버로드. 크리처 같은 게 나오는 표지가
더 그리기 쉽네요.
하지만 그런 발주였으니까 어쩔 수 없지!!

完
So-bin

오버로드 16 하프엘프 신인 | 下

2023년 02월 20일 제1판 인쇄
2023년 03월 02일 제1쇄 발행

지음 마루야마 쿠가네 | **일러스트** so-bin

옮김 김완

발행 영상출판미디어(주)
등록번호 제 2002-000003호
주소 07551 서울특별시 강서구 양천로 570 NH서울타워 19층
전화 032-505-2973(代) | FAX 032-505-2982

ISBN 979-11-380-2435-8
ISBN 978-89-6730-140-8 (세트)

オーバーロード16 半森妖精の神人 | 下
ⒸKugane Maruyama 2022
First published in 2022 by KADOKAWA CORPORATION, Tokyo.
Korean translation rights arranged with KADOKAWA CORPORATION, Tokyo.

구매 시 파손된 도서는 구매처에서 교환하실 수 있습니다.
기타 불편사항, 문의사항이 있으신 독자님께서는 노블엔진 홈페이지
[http://novelengine.com] 에서 Q&A 게시판을 이용해 주시기 바랍니다.

절대지배자를 받들어라—— 인기 인터넷 소설의 만화판!

오버로드
[만화판]
1~14

소설, 애니메이션에서 압도적인 인기를 끈
「오버로드」 시리즈의 만화판!

한때 일대 붐을 일으켰던 온라인 게임 '유그드라실' 서비스 종료의 날.
로그아웃 대신 찾아온 것은 현실이 된 나자릭 대분묘였다——.
해골의 몸, 절대적인 강함을 지닌 '모몬'이 된 플레이어.
서버 최정상 길드 '아인즈 울 고운'의 이름을 걸고
새롭게 발을 내디딘 세계에서 절대지배의 전설이 시작된다!

만화 : 미야마 후긴 | 원작 : 마루야마 쿠가네 | 제14권 2022년 12월 출간

오버로드 불사자의 왕!

1~4

평범한 샐러리맨 스즈키 사토루는 이러저러하다
플레이하던 게임과 똑같은 이세계로 날아가버렸다.

그 후에는 절대적인 힘을 가진 죽음의 지배자 오버로드가 되어
그럴듯하게 행동하기도 하고,
자신을 흠모하는 부하들에게 휘둘리기도 하면서 매일 대소동!

아무리 작은 소재라도 열심히 맛있게 주워 먹는 공식 스핀오프가 여기 있다!

만화 : 쥬아미 / 원작 : 마루야마 쿠가네